I0694417

SARAH McCARTY

Amar Peligrosamente

Estimados lectores,

Nos complace gratamente recomendaros *Amar peligro-samente*, un tórrido romance ambientado en la segunda mitad del siglo XIX en el inhóspito y salvaje Oeste americano.

Una historia de ritmo trepidante en la cual Sarah McCarty nos describe, prestando especial atención a los detalles, un nuevo mundo lleno posibilidades y riquezas, pero también un lugar brutal, donde nuestros personajes, una joven estadounidense de origen chino y un mestizo, se enfrentan a los problemas sociales propios de sus orígenes en un territorio donde impera la ley del más fuerte.

Utilizando todos los elementos que caracterizan al género del *western*, nuestra autora ha dado vida a este intenso, atrevido y apasionante relato donde nos deja claro que los hombres peligrosos pueden ser un potente afrodisíaco, y que ellos pueden ser redimidos por el amor.

Los editores

Dedicado a mi hermana, capaz de hacer bromas ante la adversidad y que siempre ha estado ahí cuando se la necesita. Te deseo un futuro lleno de amor y felicidad, un futuro idílico con su «y fueron felices y comieron perdices».

Capítulo 1

Julio de 1859
Territorio occidental de Kansas

Había que hacerlo. Fei Yen Tseng de pie delante de la puerta en mitad de la penumbra, miraba a su padre sentado a la mesa, la cabeza gacha, la espalda encorvada tras años de trabajo manual. La larga coleta le caía descuidadamente por encima del hombro derecho, la punta colgaba sobre el cuenco de avena sin tocar. El gabán de seda que se empeñaba en ponerse mañana, tarde y noche era un andrajo lleno de manchas. Costaba creer que hubo un tiempo en que fue el imponente cabeza de familia. Siempre bien vestido. Siempre astuto. Al mando de un imperio oculto que él solo había levantado de la nada. El hombre que tanto le había enseñado, bueno y malo. Su padre levantó la cabeza y, por un momento, Fei Yen vio al antiguo Jian Tseng, al hombre que era antes de que se apoderase de sus ojos aquella expresión vaga y sus cejas se fruncieran permanentemente. Una expresión que solo dos años antes habría asustado al más pintado.

—¡Tú! ¿Qué haces en medio de la puerta? —le espetó en chino.

Por muy secas que fueran las palabras, no consiguió ocultar el miedo que se ocultaba tras la pregunta. Pero se habían vuelto las tornas, como decían los americanos. Ahora era él quien vivía asustado. Pero el miedo no estaba contenido dentro de aquella habitación.

–Nada. Ya me iba –respondió Fei Yen en un susurro, cerrando lentamente la pesada puerta del todo y asegurándola con una barra de madera.

Tenía muchas cosas que hacer. Muchos entuertos que solucionar. Ella no era más que una mujer, no le correspondía a ella tomar decisiones ni optar por un curso de acción u otro. En China no lo habría hecho de ninguna manera. Pero ya no estaba en China y ya no tenía una gran familia de la que responsabilizarse, ni tampoco tenía que atar los cabos que su padre había dejado sueltos al cebarse en él la enfermedad. Ya solo estaban ella y el dragón que acechaba su suerte. Podía sentir el fuego de su aliento en la nuca; el peso de sus garras en los hombros. Deseaba verla fracasar. Esperaba verla fracasar. No era siquiera un hijo varón. No era más que una cría insignificante de sangre mestiza. O algo así pensaría.

Oyó que su padre comenzaba con su ritual de orar moviéndose de un lado a otro de la habitación al otro lado de la puerta. En cuestión de nada llegarían las blasfemias y las amenazas. Por la noche era cuando peor se ponía. Tocó la barra. Se arañó con las astillas. Los gruesos muros de tierra del sótano y las recias hojas de la puerta de madera amortiguaban los gritos, pero la rabia y la sensación de injusticia atravesaban la barrera y la envolvían, uniéndose al dragón que la acechaba por detrás. Hubo un momento en el que había sido ella la prisionera. Ahora era la guardiana. La vida se movía en círculos. Ahora le correspondía a ella pagar las deudas que su padre había contraído en vida. Su camino era ahora el de ella.

Dio media vuelta y subió la escalerilla que comunicaba el sótano con el suelo del granero en el piso superior, cerró la trampilla con cuidado y la cubrió con tierra y heno para disimularla. Nadie podía descubrir su secreto. Si alguien llegara a averiguarlo sería el fin. La garra del dragón la oprimió con más ímpetu.

Su viejo caballo, Abuelo, la saludó con un suave relincho. Fei no llevaba nada en los bolsillos. No tenía zanahorias, así que le compensó con una palmadita y una promesa.

–Luego.

Suspiró. Se pasaba el tiempo diciendo lo mismo. Haciendo siempre promesas. Haciendo siempre lo imposible, confiando en que el dragón se rindiera, pero los dragones eran de los que aceptaban los retos y no estaba más cerca del éxito que cuando comenzara con la empresa ocho meses atrás. Ocho meses durante los cuales sus ancestros habían estado frunciendo el ceño y sus creencias habían ido muriendo.

Pero era más fuerte de lo que ellos creían. Más fuerte de lo que ella misma habría creído, y esta vez rogó a sus ancestros por parte americana que la ayudaran. Éstos eran impetuosos y temerarios, libres del peso de siglos de cultura que honrar. A lo mejor encontraba ayuda esta vez. El sol se filtraba por la ventana abierta del pajar. Guiñó los ojos para protegerse de la luz de la tarde y metiéndose las manos en las anchas mangas de la túnica suelta atravesó corriendo el patio en dirección a la casa. Tenía que cambiarse. Algunas cosas era mejor hacerlas con ropa al gusto occidental, aunque fuera pesada y un incordio. Casarse era una de ellas.

Fei Yen creyó por un momento que había llegado demasiado tarde. Tanto griterío indicaba normalmente la conclusión del ahorcamiento, no el principio. Pero en ese momento el gentío se separó un poco y pudo ver a qué se debía tanta algarabía. El ladrón estaba peleando, y bien, pese al hecho de tener las manos atadas a la espalda. La excitación crecía por momentos. Si hasta parecía que iba a ganar. Pestañeando sorprendida de lo rápido que se movía, el ladrón se giró sobre los talones y le atizó una patada al sheriff en la mandíbula con su pie enfundado en un mocasín. El fornido hombre se tambaleó hacia un lado escupiendo sangre y saliva. Sus amigos lo sujetaron y a continuación lo empujaron de nuevo a la pelea entre carcajadas. Y él fue. El ladrón estaba preparado, equilibrándose sobre la punta de los dedos, los ojos oscuros entornados, alerta. Viéndolo todo. Fei se mordió el labio. No parecía que necesitara que lo rescataran.

Las risas de los hombres montaban un bullicio injustificado para las circunstancias. Estaban borrachos. No era raro. Los residentes del campamento del ferrocarril siempre se emborrachaban cuando se reunían. Y se peleaban. Y a veces hasta se mataban. El ladrón permanecía de pie bien erguido entre la turba, desafiante. Era corpulento, mucho más de lo que habría creído, con unos hombros muy anchos que apenas cabían dentro de la camisa negra de algodón. Los músculos de los muslos se ceñían al velarte de los pantalones. Todo en aquel hombre resultaba desafiante, desde las estrechas caderas a las marcadas facciones, que parecían esculpidas con un cuchillo bien afilado.

«Un dragón».

Su determinación se tambaleó durante un momento. Bastantes dragones tenía ya en la espalda. No le hacía falta otro, pero desde luego no le iría mal uno que protegiera su depósito aluvial. Por ella, por su padre, por su prima, Lin. Y al contrario que si contratara a alguien para ello, asumiendo que pudiera encontrar a alguien lo bastante honrado, aquel hombre estaría en deuda con ella por haberle salvado la vida. Que no era baladí. Como tampoco lo sería que el hecho de seguir con vida dependiera de su benevolencia, ya que según la ley de no complacerla iría de inmediato a la horca.

El ladrón golpeó con la cabeza el rostro del hombre que le había agarrado los brazos por detrás, y ambos se tambalearon. Aprovechó que lo estaba agarrando para hacer palanca y rodear con las piernas el cuello del hombre que tenía la soga en la mano. A Fei no le cabía duda de que le habría partido el cuello con la misma facilidad con que había pateado al sheriff, si a uno de sus hombres, Damon creía que se llamaba, no se le hubiera ocurrido golpearlo en la cabeza con la culata de su arma. El ladrón cayó pesadamente al suelo y la larga cabellera le cubrió la cara.

Lo mismo no era un dragón al fin y al cabo.

–Joder, Damon, como lo hayas matado te voy a llenar el culo de perdigones –dijo el sheriff, escupiendo saliva marrón de mascar tabaco–. Hace un mes que no disfrutamos de un buen ajusticiamiento en la horca.

Fei se estremeció. En su opinión, no había ajusticiamiento bueno. Segar la vida de alguien era horrendo y desagradable.

–Ni siquiera lo habrá notado. Este hombre tiene la cabeza demasiado dura –se burló Damon–. Que alguien traiga un cubo de agua para espabilarlo.

Fei lo observaba todo desde una prudente distancia. Con las manos plegadas una sobre otra delante de sí, trató de dominar las acuciantes ganas de ir y hacer algo. Pero un montón de hombres frustrados y borrachos no respetaría a una mujer joven medio americana, medio china. Aguardó sin hacer ruido, confiando en que el vestido de color marrón claro se disimulara entre las hierbas altas y las sombras. No era la primera vez que vacilaba sobre su decisión. La ley escrita no tenía por qué respetarse necesariamente, pero eran muy pocos los que no se dejaban dominar por el sheriff en el campamento. Si alguien llegara a enterarse de lo que había descubierto, los hombres se tirarían sobre ella como hormigas al azúcar. Como la nueva ley prohibía a una china el derecho de propiedad tenía las manos atadas. Había demasiado en juego como para arriesgar su oro. Demasiado como para arriesgar su vida. No era ninguna idiota. Comprendía los riesgos, pero también comprendía que tenía responsabilidades. En el país de su padre nadie se lo pediría, pero allí era una mujer sin patria ni ancestros a caballo entre dos mundos. Su sangre mestiza terminaría debilitándola o haciéndola más fuerte. Su madre había predicho lo segundo. Ella quería creer a su madre. Su madre, la mujer demasiado tierna que a menudo decía tonterías por lo bajo, y había muerto a causa de las fiebres que habían arrasado el campamento. Fei tenía solo ocho años, pero el tiempo no había logrado atenuar el recuerdo. Como si hubiera sido ayer en su mente.

Se había quedado sentada junto al cuerpo de su madre aquella noche mucho después de que hubiera fallecido, mirando a ver si su pecho subía, escuchando atentamente a ver si oía el gemido ahogado que señalara la vuelta a la vida. Rezando por que ocurriera. Pasada la medianoche, después de que saliera la luna, Fei había terminado por aceptar la realidad y comenzado el ritual de encender las velas para sus ancestros. Cuando su padre entró en la tienda miró el cuerpo recién bañado de su madre con lágrimas en los ojos. Y después la miró a ella, decepcionado. Fue entonces, entre la muerte y la desesperación, cuando notó la caricia del dragón por primera vez. La decepción de su padre se debiera tal vez a que, al contrario que su prima, ella tenía unas facciones más americanas que chinas. Su piel era demasiado blanca. Sus ojos no lo bastante almendrados. Su nariz demasiado puntiaguda y el óvalo de su rostro demasiado alargado. O tal vez fuera por no haber sido capaz de mantener a su madre con vida. Nunca llegó a saber qué había hecho para perder el amor de su padre, pero había hecho todo lo posible por ser la hija obediente que le había prometido a su madre que sería.

Tras la muerte de su madre, su padre la llevó a China. Fei cuidó de la casa y los negocios de su padre. Cuidó de su prima, Lin. Hizo todo lo que posible, durante todo el tiempo que le fue posible, pero no pudo evitar el hundimiento de sus vidas. Unos pocos años atrás, su padre y ella regresaron a Norteamérica, a unos negocios en franca decadencia. Lin se había quedado en San Francisco. Esa última visita había sido la primera vez que la viera en los últimos tres años.

La semana anterior, cuando llegó y se encontró con que su prima no estaba en la casa, que se la habían llevado en pago por una deuda contraída por su padre, Fei había hecho lo único que nunca creyó que llegara a hacer: revocar la herencia de su padre.

El agua salpicó cuando cayó sobre el hombre inconsciente, sacándola de sus ensoñaciones. Alguien había llevado un cubo.

—Está despierto —gritó Damon.

El ladrón escupió y se incorporó. Estaba no solo despierto, estaba furioso. Su mirada chocó contra la de ella. Frunció los labios en una sonrisa de deprecio. Fei se estremeció y se rodeó el estómago con los brazos como tratando de protegerse con el gesto del asco de aquel desconocido. El hombre se puso en pie y sacudió la cabeza. El agua le escurría por el rostro. El cabello negro azulado le caía por los hombros. Entornó los ojos y despegó los labios en una siniestra sonrisa. Tenía el aspecto de un león a punto de atacar. Los hombres que lo custodiaban retrocedieron instintivamente para que no los pillara.

A Fei no le extrañaba. Aquel ladrón tenía una personalidad tan grande como su cuerpo y sabía cómo blandir el arma de la intimidación. No era un hombre que se dejara controlar con facilidad. Tampoco intimidar con facilidad. Y eso puntuaba bien alto en la lista con sus requisitos. La gratitud y la avaricia eran potentes motivadores. Salvarle la vida podría convertirse con suerte en un motivo para devolverle el favor. Y tampoco podía decirse que él no fuera a recibir recompensa por ello. Fei se puso de pie y se alisó el vestido, para a continuación abrirse paso entre la multitud justo cuando el ayudante del sheriff colocaba la soga alrededor del cuello del ladrón.

—¿Quieres decir algo antes de morir, indio?

Con una gélida sonrisa que congelaría el agua, el hombre respondió:

—Sí, eres hombre muerto.

Damon no se dejó impresionar.

—No soy yo el que tiene la soga al cuello.

El ladrón siguió sonriendo.

—Aún.

Fei sintió que un escalofrío le recorría la espalda al ver la sonrisa. Aun yendo armados, los hombres parecían incómodos.

—Subidlo al caballo —espetó el sheriff.

Fei tomó aliento. Ahora o nunca.

—Esperad.

Los hombres se dieron la vuelta para mirarla.

—Me cago en la puta, Fei Yen. ¿Qué haces aquí?

Nada de señorita ni ningún otro tratamiento cortés delante de su nombre. No era buena señal. A la izquierda, un hombre que no conocía arrebujado en un guardapolvos sucio, pese al calor, bebía de una petaca. Manteniendo la mirada baja con fingida sumisión, Fei murmuró:

—Mi padre insiste en que apele a las leyes y tome a este hombre por esposo.

—Ya te lo dije la última vez, no puedes llevártelo sin legalizarlo.

Fei no se había casado con el último. No había resultado ser un luchador. Había dejado que muriera por los crímenes cometidos.

—Entiendo.

—Maldita sea, sheriff, no puedes estar considerándolo seriamente. Apenas tenemos diversiones por aquí, y pillamos a este indio con las manos en la masa robando un caballo.

—Cierra el pico, Damon.

—No me da la gana. Quiero colgarlo.

—Eso —terció Barney, amigo de Damon—. Para animar la tarde.

Aquello se estaba saliendo de madre. Fei alzó la voz para que la oyeran todos.

—Soy consciente del precio.

–Los caballos no son baratos –respondió el sheriff.

–Tengo entendido que no consiguió llevar a término el robo.

–Eso no significa que no lo estuviera intentando con ganas.

Fei cuadró los hombros y apretó la mandíbula.

–Pero si no hay robo, no hay compensación.

Tenía que pelear bien su dinero.

–Cierto –terció Barney–, pero será mejor que te esperes sentada a que llegue un guapo blanquito o un chino borracho. Este os matará a Lin y a ti sin pestañear. O peor. Los indios no tienen honor.

Y los chinos no valían nada. Había oído las calumnias demasiadas veces antes de darlas por válidas. Sobre todo viniendo de Barney. La semana anterior sin ir más lejos había intentado secuestrarla cuando volvía de hacer las gestiones. De no haber sido por el hedor de su cuerpo que le advirtió de su presencia, habría terminado como el hombre decía: muerta. Pero a manos de él. Fei contempló el sol que se iba ocultando en el horizonte. La noche no tardaría en llegar. La noche significaba sufrimiento. Necesitaba a aquel hombre, y lo necesitaba ya. Bajó la vista y plegó las manos adoptando una actitud recatada.

–No puedo ir en contra de mi padre.

–Ninguno de vosotros, chinos, puede, lo que se convierte en un entretenimiento para nosotros –se mofó Damon.

Fei podía sentir la mirada del ladrón en ella. Las miradas de los demás hombres no la incomodaban, pero la suya sí. Aquellos ojos castaños, tan oscuros que eran casi negros, parecían capaces de penetrar en su alma, hasta los secretos que trataba de ocultar. Tendría que andarse con ojo cuando estuviera cerca de él. Aquel hombre era sagaz.

–¿Quieres que vaya y le diga a mi padre que no se pudo llevar a cabo el matrimonio?

–¿Te envía Jian? –preguntó Damon.

–Sí.

—¡Joder!

—¿No te parece bien? —preguntó Fei Yen.

—Me gustaría que le dijeras que se fuera al carajo y que si no fuera por lo bien que se le dan los explosivos, ya me ocuparía yo —gruñó Barney.

Jian Tseng tenía talento con los explosivos y el ferrocarril necesitaba un túnel. Su habilidad les granjeaba los mejores barracones, consideración y favores. Con un poco de suerte le granjearía ese también.

Barney se acercó y le tocó la mejilla con el dedo.

—Pero las cosas cambiarán cuando abramos el túnel en la montaña, pequeña.

Fei sintió asco. No levantó la vista ni se movió. No dejaría que aquel hombre la viera huir.

—Le diré a mi padre que has tomado una decisión.

El hecho de que Jian no se alegraría estaba implícito y los hombres no estaban lo bastante borrachos como para reaccionar. Su padre tenía fama de mal temperamento y cuando se enfadaba, no trabajaba. O lo hacía de una manera que provocaba accidentes a aquellos que lo habían disgustado. Barney dejó caer la mano.

—No vas a decirle nada a tu padre.

No, claro que no. Pero porque de nada serviría. Jian Tseng no era el hombre que fuera antes de que la locura se cebara en él. El ladrón seguía estudiándola fijamente con aquellos ojos de dragón que veían más de lo que cualquiera querría. De nuevo se preguntó si no estaría cometiendo un error, y de nuevo se dijo que no tenía opción. La situación era cada vez más peligrosa. El juego cada vez más complejo. Su delicada red de engaños cada vez más frágil. Le hacía falta un aliado. Un perro guardián como mínimo. Esperó.

Se oyeron juramentos, pero ninguno por parte del ladrón.

—Que alguien vaya a buscar al padre.

Padre era el término empleado por todos para referirse

al cura y ella así lo entendía. Pero si el hombre de Dios que atendía a los moradores de aquel campamento había sentido alguna vez la paz interior que solo la sabiduría y la conexión con sus ancestros puede proporcionar, hacía tiempo que se había extinguido. Bebía en exceso y siempre olía a orín y a vómito, y casi nunca hablaba de forma coherente. Pero así y todo seguían refiriéndose a él como hombre de Dios.

Había muchas cosas que Fei no entendía de aquella tierra. Su padre la había criado según las costumbres de su pueblo, ajena al mundo, educada para obedecer y cumplir con sus responsabilidades. Hasta que decidió abandonar su hogar en China donde no era más que el tercer hijo y regresar a Norteamérica con ella y con Lin para aceptar el trabajo en el ferrocarril y hacer fortuna. Fei nunca se había sentido muy cómoda en su papel de hija obediente, pero la vida era agotadora fuera de él. Su prima quería regresar a China. Fei Yen no sabía adónde quería ir, solo que reinara la paz. Le gustaría mucho vivir en un mundo en el que no la consideraran inferior.

El cura se acercó tambaleándose, carraspeando y escupiendo.

—¿Has decidido casarte, Fei?

Su falta de limpieza era asquerosa. Más insultante que el hecho de que no la llamara por su nombre completo. Fei asintió levemente. El cura miró al ladrón.

—¿Seguro que quieres que sea con este? Tiene más pinta de que vaya a matarte que a ayudarte.

¿Es que no iban a dejar de fastidiarla con el tema?

—Ha sido decisión de mi padre.

—Jian es un hombre extraño, pero tú eres una hija demasiado buena para hacer siempre lo que dice.

No lo era, pero lo intentaba. A veces. Bajó la cabeza y en voz baja dijo:

—Es mi obligación.

El ladrón seguía mirándola. Notaba su mirada como si

le abrasara la piel. No tenía la mirada de un ladrón. Su actitud era orgullosa y levantaba el mentón con una arrogancia que nadie esperaría en un delincuente.

—¿Seguro que es culpable?

—Tan culpable como el pecado, señorita Fei —respondió el padre.

Aún no lo creía. El ladrón enarcó una ceja en respuesta a su escrutinio. Había algo en aquel hombre que la llevaba a pensar que no era lo que parecía. Claro que tampoco ella lo era.

—¿Seguro que tu papaíto no se lo pensará dos veces?

Sin levantar la vista, Fei asintió. Era humillante estar allí de pie, delante de un montón de hombres que sabían que estaba buscando marido. Y ni siquiera era necesario que tuviera buen carácter o que fuera de su misma raza, bastaba con que estuviera disponible. Porque creían que era lo que su padre quería y la consideraban una hija obediente, cuando no podía ser menos cierto.

El prisionero entornó los ojos. Para ser un ladrón era un hombre callado.

—¿Seguro que no quieres esperar un poco, señorita Fei? Pronto llegará un hombre blanco.

Un hombre blanco que se sentiría superior a ella debido al color de su piel. Un hombre blanco que todos considerarían superior a ella por tener sangre mestiza.

—No puedo ir en contra de los deseos de mi padre —contestó ella a media voz.

—No es natural que trafique de esa forma contigo —masculló Herbert, un minero de más edad, decente y harto de trabajar doblando el espinazo lavando oro en la batea. Fei se había preguntado muchas veces por qué seguía entre aquellos hombres sin honor.

—No convenzas a una hija para que desobedezca a su padre —le espetó el padre.

Fei deseó que el cura lo dijera porque estuviera preocupado por ella, pero sabía que lo decía por miedo a que su padre se largara con sus explosivos y lo que eso implicaría para las ganancias de los hombres que le pagaban el alcohol.

–¿Es que no veis por qué no puede contratar a alguien para que le ayude? –masculló Herbert.

–Es chino –terció Barney–. Piensan de una forma extraña.

Ella no tenía ningún problema en que siguieran pensando así.

–¿Entonces qué, mujer? ¿Vale o no? –espetó el sheriff–. Si no vamos a colgarlo, quiero irme a beber.

Fei notó que el estómago se le encogía. Tenía que decidirse. Mantuvo la postura gracias a años de disciplina mientras hacía acopio de valor.

–¿Quieres preguntárselo?

–No sé por qué tienes que pasar por esto –masculló el sheriff–. Un hombre que se enfrenta a la muerte no pondrá objeciones a aceptar unos votos que puede incumplir con la facilidad con que los jure.

–Me sentiría mejor.

Necesitaba hacerse la ilusión de que su plan iba a funcionar.

–Tienes una oportunidad, indio –el sheriff señaló a Fei con el pulgar–. Morir o casarte con esta mujercita y empezar una nueva vida.

–¿Por qué no me lo pide ella? –la voz del ladrón tersa y profunda la apaciguó como un buen té en un día frío. Le costó mucho no levantar la mirada.

–Tiene prohibido preguntártelo, bruto ignorante –le espetó el sheriff.

Por una vez, Fei agradeció la rudeza de los hombres de aquel pueblo sin modales. Le evitó tener que responder o dar explicaciones.

–¿Qué respondes?

El caballo se movió, tensando la soga, y por un momento el ladrón no pudo responder. Barney hizo retroceder al caballo un paso. Cuando el ladrón recuperó la voz, su arrogancia no había disminuido.

–Quiero que me lo pida ella.

El sheriff le clavó la culata del rifle en el estómago. El hombre gruñó y se removió pese a estar atado. El caballo retrocedió y bailoteó debajo de la rama del árbol. Barney aflojó las riendas sonriendo. El ladrón se deslizó suavemente hasta el extremo de la soga.

Fei observó horrorizada cómo el hombre aferraba las piernas al caballo mientras la soga se tensaba alrededor de su cuello. Durante un instante quedó completamente estirado, suspendido entre el árbol y el caballo. Su piel ya de por sí oscura se oscureció aún más. Pataleó cuando el animal sobre el que se apoyaba se movió. Los hombres se rieron.

–Supongo que esto significa que ya ha tomado una decisión.

–Parece que al final sí que vamos a tener ahorcamiento.

–No. Bajadlo –dijo Fei. No podían estar haciendo aquello.

Nadie le prestó atención y se dio cuenta de que había hablado en chino. Aunque tampoco le habrían hecho mucho más caso de haber hablado en inglés. Su macabro juego había comenzado. Fei Yen se abrió paso entre los hombres, agarró las pantorrillas del ladrón y las empujó hacia arriba. En vano. Pesaba demasiado. Ásperas carcajadas acompañaron sus esfuerzos.

–No te canses, niña. Está colgado. El destino se ha decidido.

¡El destino no había decidido nada! No podía ser. Las largas faldas se le enredaron alrededor de las piernas al intentar saltar para agarrar la soga. No llegaba. Controló la respiración. Pensar. Tenía que pensar. El hombre luchaba por tomar aire, haciendo ruidos con la garganta y pataleando. En el pataleo la golpeó en el costado y cayó al suelo, entre las risotadas de los presentes.

Los hombres estaban disfrutando del espectáculo que

querían. ¿Pero y qué pasaba con lo que ella quería? ¿Es que no importaba? Se había esforzado de veras. Había demasiado en juego para dejar que una panda de borrachos se inmiscuyera en sus planes.

Se apoyó en las dos manos. A pocos centímetros de donde se encontraba vio asomar un cuchillo de una bota. Lo agarró, retrocedió y trepó por el cuerpo del hombre como si fuera un árbol, sin hacer caso del repentino silencio mientras añadía el peso de su cuerpo al nudo de la soga.

—Hijo de puta. ¿Has visto eso?

Cortó la soga con todas sus fuerzas haciendo caso omiso a los hombres. Esta se partió con un chasquido y los dos cayeron al suelo. Pero no era suficiente. El nudo seguía tenso alrededor del cuello del hombre, impidiéndole el paso del oxígeno.

Fei no sabía a qué se dedicaba cuando no robaba caballos, pero nadie merecía morir de aquella forma, mirando al cielo ahogándose. Nadie.

—Que me aspen. Esto sí que es una mujer ávida de un hombre.

Fei no hizo caso de la amenaza creciente que se cernía a su alrededor y se concentró en el hombre, que empezaba a forcejear y a sacudirse tratando de tomar aire.

—No te muevas.

Él dirigió bruscamente la mirada hacia ella. Feroz. Desafiante.

Fei le acercó el cuchillo al cuello.

—No es la yugular lo que quiero cortarte.

Con una disciplina que la desarmó, el hombre se quedó quieto. Fei se mordió el labio mientras introducía la hoja entre el cuello y la soga.

—Abuela materna, haz que esto funcione —rogó.

Gotas de sangre brotaron cuando el cuchillo cortó un pliegue de piel como si fuera mantequilla.

«Y no dejes que corte una arteria».

Tiró de la hoja hacia sí con todas sus fuerzas. El hombre

no se movió. La soga no cedió. Empezaba a ponerse azul. Lo mismo se le había roto el cuello. ¿Qué sabía ella? Movió el cuchillo hacia arriba y la soga se separó bajo la hoja afilada. Lo descontrolado del movimiento hizo que se cortara en el pecho. Gritó de dolor. Los hombres se agolparon a su alrededor. No lo hacían porque estuvieran preocupados. No se engañaba. Aquellos hombres eran como buitres.

—Atrás —ordenó blandiendo el cuchillo delante de sí.

Ellos se echaron a reír, pero por lo menos se detuvieron. El ladrón permaneció donde estaba, sin patalear, sin moverse. Fei creía que con lo despacio que se había deslizado al suelo desde el lomo del caballo no podía haberse roto el cuello, pero con toda seguridad se había hecho daño. Se quedó parada blandiendo el cuchillo mientras la sangre le resbalaba por el torso y, alejándose del tono bien modulado que su padre insistía en que utilizara siempre porque era lo más apropiado en una mujer de su clase, dijo:

—No os acerquéis más.

—¿Crees que nos das miedo, niña?

Temblando de la cabeza a los pies y blandiendo el cuchillo con la hoja manchada de sangre ante sí se agachó sobre el amplio torso del ladrón para llamarle la atención. Este tomó un silbante aliento y tosió.

—Tenemos que irnos —le dijo.

Él la miró. Sin duda era un hombre atractivo. Era un momento extraño para fijarse, pero era como si estar rodeados por el peligro hubiera agudizado sus sentidos. No le sorprendió que el hombre no respondiera de inmediato. Rodó hacia un costado para enseñarle las manos y la delgada cuerda que las ataba. Con un rápido corte las liberó. El hombre se llevó la mano a la garganta y comprobó la sangre.

—¿Has venido a rescatarme o a matarme?

Tenía la voz ronca, masculina con un toque áspero agradable. Un estremecimiento recorrió la espina dorsal de Fei.

—Aún no lo he decidido.

Los hombres seguían presionando. Se estremeció de nuevo pero por otra razón.

–Apártate de él, Fei.

–No –Fei no podía retroceder. No podía avanzar.

El ladrón miró a su alrededor.

–Decídete.

–Ya lo he hecho. No estás escuchando.

A Fei le bastó ver la forma en que el hombre enarcó la ceja para recordar de repente que los dragones tenían una memoria portentosa y no siempre se podía confiar en ellos.

–No hace falta que te quedes con un sinvergüenza como este, Fei –dijo Barney–. De buena gana me ocuparé yo de tus necesidades.

–No jodas, si vamos a ponernos en fila, yo tengo preferencia. Hace meses que le tengo el ojo echado a esta dulzura –terció Damon, relamiéndose.

El pánico se apoderó de ella. Aquello no pintaba nada bien. El ladrón se limitaba a mirarla, esperando. ¿Qué estaba esperando?

«Quiero que me lo pida ella».

Se dio cuenta de que estaba esperando a que se decidiera. El círculo se estrechó. ¿Dragones o buitres? No había mucho que decidir. Barney metió baza. El sheriff soltó una carcajada. Herbert maldijo y se dio media vuelta. El padre escupió. Damon alargó la mano.

–Cásate conmigo –dijo Fei con respiración ahogada.

–Creía que no me lo ibas a pedir nunca.

Con una velocidad que la dejó pasmada, el ladrón se puso en pie y se apoderó del cuchillo que hasta ese momento estuviera en sus manos, ahora más rojo con la sangre de Damon. Ante ella, Damon gritaba y se sujetaba la mano. Barney estaba en el suelo, aferrándose el rostro con las manos después de la patada del ladrón, y todos los presentes retrocedieron mientras este los observaba en pie con una levísima sonrisa en los labios.

«El dragón».

El sheriff se llevó la mano al revólver.

–Yo no lo haría –le advirtió él con letal tersura. El sheriff no llegó a tocar su arma, pero continuó con su bravata.

–¿Qué crees que estás haciendo, indio?

El ladrón agarró a Fei de la mano y con desconcertante facilidad tiró de ella hacia sí. Cuando esta levantó la vista lo vio mirándola. No pudo interpretar la expresión de su rostro, no pudo interpretar su mirada y no supo qué trataba de decirle con aquella forma de rodearle la cintura.

–Casarme según parece.

Capítulo 2

Su flamante esposa no era muy habladora. No había dicho una palabra desde la «boda». Shadow no estaba seguro de que el trámite que habían realizado fuera verdaderamente legal. Por no estar, no estaba seguro de que el borracho que los había casado fuera un sacerdote de verdad, pero mientras que a otras mujeres les habría preocupado el tema de la legalidad de la ceremonia, a su mujer le preocupaba más que se subiera a la carreta para poder irse de allí. Pero no sin pedirle antes con aquella melodiosa vocecita que tenía que lo ataran de pies y manos. No había tenido que pedírselo dos veces al sheriff y sus hombres, que se habían esforzado al máximo. Incluso le habían puesto grilletes en los tobillos. Su mujer había dado las gracias suavemente y después se había guardado la llave en el bolsillo rematado con encaje que tenía sobre el pecho.

De entre todo lo que le había ocurrido el último día lo que más le molestaba era cómo había hecho para atraer su atención hacia sus senos. Él no era de los que se casaban. No podía ofrecerle a una mujer más que el dolor y la violencia entre los que se había criado y ninguna mujer decente merecía algo así. Joder, ninguna mujer lo merecía. Y sin embargo a su mujercita le había bastado con guardarse la llave en el bolsillo para empezar a ponerse a pensar en derechos y posibilidades. Por ejemplo, cómo quedarían aquellos pechitos respingones, blancos y de textura cremosa en contraste con su piel oscura. O cómo se le endurecerían los pezones cuando se los acariciara con la palma de la mano antes de metérselos en la boca. O cómo gemiría y pronunciaría su nombre entre susurros.

Shadow se detuvo en seco. ¿Con amor acaso? ¿A quién creía que engañaba? Puede que Tracker hubiera encontrado el amor con su Ari, pero su hermano gemelo y él eran diferentes. Y Ari había visto esas diferencias. Diferencias que Tracker se negaba a reconocer, pero bastaba decir que él carecía de los aspectos que Ari había encontrado en su hermano que eran dignos de ser amados. En su interior solo existía la oscuridad. En caso contrario habría vacilado antes de asesinar al hombre que había intentado matar a su cuñada y a su hija en vez de sentir satisfacción. Era un asesino, simple y llanamente. A pesar de los años que llevaba siendo ranger en Texas, uno a cuya cabeza habían puesto precio, estaba en el otro lado de la ley. Era un prófugo.

«Aclararemos esto, Shadow».

La promesa que le había hecho Tracker la última vez que se vieron resonó en su cabeza sin que pudiera evitarlo, demorándose en aquella parte de debilidad que no había sido capaz de eliminar por completo. La parte de sí mismo que deseaba ser merecedor de cosas agradables. Tracker tenía una forma de decir las cosas que hacía que te las creyeras. Si a eso le sumabas que era tenaz y leal, sus promesas ganaban aún más peso. Shadow sabía que Tracker nunca dejaría de luchar y creer en él. Luchar aun cuando él, Shadow, dejara de hacerlo. Había sido su conciencia toda la vida. El barómetro que indicaba qué estaba bien, porque para Shadow las líneas eran borrosas a veces, como si todas las palizas que había recibido en su vida cuando era pequeño hubieran terminado por romper algo en él que en su hermano había resistido más. Tracker era capaz de matar sin pestañear cuando era necesario, la diferencia era que él no lo veía necesario tan a menudo como Shadow. Tal vez fuera paciencia o la creencia latente de que el bien triunfaba sobre el mal, pero fuera lo que fuera, Shadow carecía de ello. Y hacía mucho que había dejado de buscarlo.

«Solo intenta no meterme en problemas mientras tanto».

Shadow se reclinó contra el respaldo y sonrió ante la advertencia de Caine. Puede que este fuera duro como el acero y el líder de los Ocho del Infierno, pero no podía controlarlo todo, y menos la bestia interior de Shadow que deseaba arremeter contra todo y contra todos. Los grilletes de metal de los tobillos entrechocaron con un tintineo. Se preguntó que pensaría Caine de la situación. Sus labios esbozaron una sonrisa al imaginárselo soltando juramentos.

La mujer dio un respingo al oírlo. «Fei», la habían llamado. Miró los grilletes y se humedeció los labios, luego dejó escapar un breve suspiro de alivio y terminó volviendo la atención al camino. Shadow no respondió con un suspiro de alivio precisamente. Había que tomarse muchas molestias para hacer que una mujer fuera capaz de quitarle a un condenado a la horca la soga del cuello solo por tener marido. Y él no se sentía caritativo.

—¿Sabes que huir no soluciona nada?

Ella asintió e hizo restallar las riendas contra el lomo del viejo caballo de tiro. Le fastidiaba que no lo mirase siquiera.

—No parece que te preocupe demasiado.

—Te tengo a ti.

A Shadow le gustaba el sonido de su voz, tan dulce y melódica. Le hacía pensar en flores delicadas que se mecen con la brisa, flores que muy posiblemente terminarían aplastadas por pisadas descuidadas. Era una imagen interesante, teniendo en cuenta que aquella mujer le había trepado por el cuerpo mientras él se ahogaba para cortar la soga y liberarlo. No eran actos propios de una florecilla delicada, sino de una luchadora. Y no podía evitar la intriga que le producía el contraste.

—¿Por qué estás tan segura? Podría tener la intención de

robártelo absolutamente todo y escapar en cuanto me quites los grilletes.

—No lo harás.

Él enarcó una ceja. Había hecho muchas cosas en su vida como uno de los Ocho del Infierno. La hermandad no tenía demasiados escrúpulos a la hora de hacer un trabajo, pero al convertirse en rangers siempre obraron dentro de la legalidad. Proteger a las mujeres de los Ocho del Infierno le había costado la placa y desterrado al territorio de los prófugos, aunque la adaptación no le había resultado demasiado dura. Miembro de los Ocho del Infierno o prófugo, su intención seguía siendo la de hacer lo que fuera necesario. No se trataba de acicalarse para la fiesta.

—Pareces muy segura.

Ella volvió a asentir.

—Eres demasiado arrogante para ser un ladrón vulgar.

Podría ser una justificación. Shadow notó que le temblaban las comisuras de los labios en un esbozo de sonrisa. Hacía mucho que no sonreía.

—¿Es que los arrogantes no roban?

—Los que se mueven con la arrogancia con que te mueves tú no.

Interesante teoría. Por norma general la gente hacía rápidos juicios de valor cuando lo conocían, normalmente algo turbio. Pero al parecer, ella veía en él algo similar al honor.

—Arrogante o no, lo más probable es que esos hombres de ahí atrás se vuelvan al *saloon* a seguir bebiendo. Y cuanto más beban, más les dará por pensar en lo que se han perdido —la miró con gesto elocuente—. Creo que esa eres tú.

Esta vez, Fei sí que lo miró. De refilón.

—Y tú.

—Yo estoy acostumbrado.

—¿Y crees que yo no?

Había visto a un montón de mujeres que estaban acostumbradas a que los hombres fueran tras ellas cuando estuvo buscando a Ari. Caracolas rotas de lo que quiera que hubieran sido antes. No le cabía duda de que esa mujer no estaba acostumbrada a ser el juguete de ningún desconocido. Había una inocencia en ella que aún no había sido quebrada.

—No.

—Oh.

Un «oh» casi inaudible. Le molestó que siguiera ocultando a la luchadora que llevaba dentro.

—¿Discrepas conmigo porque soy tu esposo o es que de verdad no tienes una opinión?

—No te considero mi esposo.

Lo dijo con una calma feroz. Él la miró enarcando una ceja.

—¿Y si yo sí que te considero mi esposa y esta nuestra noche de bodas? ¿Qué piensas hacer entonces?

Ella no se demoró en responder.

—Eludir tus insinuaciones hasta que llegue el momento de poder rectificar la situación.

Shadow no pensaba que se refiriera a ir a ver al abogado. Se removió en el asiento. La ropa se le enganchó en la áspera madera. Aquella mujer le picaba la curiosidad. Era menuda, de huesos delicados y la esbelta constitución de las mujeres asiáticas. Pero era evidente que no era china de pura raza. Tenía la piel demasiado clara. Y sus facciones se acercaban más a las de una mujer blanca, aunque los ojos almendrados y los pómulos elevados le conferían un toque exótico. Tenía unos ojos preciosos. Grandes y verdes con motas de ámbar en los que se reflejaba el resplandeciente sol poniente. Nada en ella sugería que fuera una amenaza, y sin embargo se le erizó el vello de la nuca.

—Un plan interesante. Es una pena que te falte la fuerza para llevarlo a la práctica.

¿Era tensión aunque mínima lo que se notaba en sus manos? Fei hizo restallar el látigo de nuevo, pero el caballo prosiguió con su ritmo lento y tranquilo.

–No hace falta fuerza.

–¿Y eso por qué?

Estaba claro que no quería decírselo.

–Porque existen otros medios además de la fuerza.

Shadow no tenía ganas de complacerla.

–¿Por ejemplo?

Ella soltó el aire bruscamente y lo miró.

–Te he salvado la vida.

–¿Y qué te hace pensar que eso va a influir en algo en cómo voy a tratarte?

Ella sacudió la cabeza.

–Qué arrogante eres.

–Ya lo has dicho antes.

–La arrogancia está bien si va acompañada por el sentido del honor.

–¿Te parece que soy honorable?

Ella apretó las riendas entre los dedos. Fue la única indicación de que el escepticismo de Shadow le provocaba incertidumbre.

–Sí.

Shadow hizo tintinear los grilletes solo para ponerla nerviosa. Vio con satisfacción que Fei dio un respingo.

–Así que estás dispuesta a confiar tu vida y tu virtud a mi arrogancia y la ilusión de que poseo cierto honor.

Ella negó con la cabeza y apretó la mandíbula.

–Hablas demasiado.

Y ella no quería responder a la pregunta.

–Nunca me habían acusado de tal cosa.

Ella lo miró nuevamente de reojo con sus preciosos ojos.

–Me cuesta creerlo.

–¿Me estás llamando mentiroso?

El tono la obligó a girar la cabeza. Tragó saliva una, dos veces. Al menos tuvo la sensatez de saber cuando mostrarse cautelosa. A la tenue luz del día que se acababa, Shadow se percató de la mancha oscura que llevaba en el vestido. Un segundo después vio el desgarrón justo encima. Una abertura similar a las que él había causado en la ropa de muchos hombres a lo largo de los años. Se le quitaron las ganas de bromas. Se inclinó hacia delante y tomando las riendas, tiró de ellas y el caballo se detuvo. Fei se las arrebató bruscamente, pero él la agarró por el brazo y la obligó a volverse hacia él.

—¿Es grave la herida?

Ella bajó la vista, las oscuras pestañas negras se posaron sobre la blanca mejilla, sin querer mirarlo.

—No es nada.

Y una mierda.

—Es una herida de arma blanca.

—Me corté cuando trataba de liberarte.

Shadow recordó el tirón que le metió cuando trataba de segar la soga que le rodeaba el cuello. Alargó la mano hacia los botones del vestido. Fei le dio un manotazo. Él insistió.

—No te enfades. Solo quiero ver cómo está la herida.

—No hace falta.

El vestido se rasgó cuando se giró para apartarse de él.

—Basta.

—Te sugiero que no te muevas, a menos que quieras acabar desnuda.

Ella siguió dándole manotazos en las manos. Él siguió ignorando sus protestas, sin soltarle el vestido. Ella lo fulminó con la mirada cuando le desabrochó el quinto botón y Shadow vio que tenía la camisola interior machada de sangre.

—No es justo.

La vida casi nunca lo era.

—La próxima vez te sugiero que ates a tu marido las manos a la espalda en vez de delante.

Ella movió la boca. Él aguardó el inevitable reproche. Quedó sofocado bajo una fachada de calma. Él negó con la cabeza. Maldita sea, pensó, cómo no iba a admirar un hombre a una mujer capaz de ejercer semejante control sobre sí misma, al tiempo que se preguntaba cómo habría aprendido a desarrollarlo.

—Como sigas tragándote la bilis de esa forma, te morirás joven —observó él mientras seguía desabrochándole los botones.

Ella volvió la cabeza hacia el trecho de camino que llevaban recorrido.

—No creo que sea la bilis lo que me mande a la tumba.

La promesa que Shadow se había hecho a sí mismo de no preocuparse por nada más que por él se diluyó al ver la mirada de desasosiego. Se dijo que era porque aquella mujer le había salvado la vida.

—Tu situación es más grave de lo que les has hecho pensar a esos zopencos, ¿a que sí?

Fei se retorció las manos.

—En este momento sí.

Se percibía una nota de pánico en aquella calmada afirmación. La miró a los ojos. Por calmada que fuera su expresión, en sus ojos bullían una emoción que trataba de ocultar. Guardó silencio. Nunca antes había asustado a una mujer. No le sentó bien saber que en ese momento lo estaba consiguiendo. Puede que fuera al infierno por un montón de motivos, pero él no era su padre. Él no se dedicaba a perseguir a los débiles.

—Relájate, Fei. No soy de los que hacen daño a los débiles.

Ella se enderezó bruscamente.

—¡Yo no soy débil!

¿Era eso lo que la sacaba de sus casillas?

—Comparado conmigo sí que lo eres. Eso es así y será mejor que lo aceptes antes de que ese orgullo tuyo te meta en un lío.

Fei apretó la muñeca de Shadow con fuerza, clavándole incluso las uñas en la piel. ¿Miedo? ¿Rabia?

—¿Me dejarás en paz después de mirarme la herida?

—Siempre y cuando no esté muy mal.

–Entonces mira y acabemos con esto.

Rabia. Aquella mujer tenía carácter.

–Gracias. Eso haré.

Mientras Shadow le introducía el dedo por debajo de la camisola, Fei se apoyó contra el asiento, la espalda recta, el mentón alto, enarbolando su dignidad como si fuera un escudo. A Shadow no le importó. Podía echar mano de toda la dignidad que quisiera. Él pensaba comprobar cómo estaba la herida. El tejido estaba tieso alrededor de la herida y se le había pegado con la sangre seca. Cuando tiró, Fei se puso rígida.

Shadow se detuvo, levantó la vista y la pilló en un momento de vulnerabilidad.

–Tendré cuidado.

Ella le apretó aún más la muñeca.

–No hace falta que hagas nada.

Una observación más detenida reveló un corte de cinco centímetros en el esternón. Cinco centímetros más abajo, un poco más hondo, y la herida podría haber sido fatal. Le tocó la piel tersa con el dedo. Tan cremosa y blanca. Tan perfecta a excepción de la marca de la entrada en su vida. Un recordatorio de que para él no había cambiado nada.

–Vas a necesitar uno o dos puntos.

Ella se retiró. Él se lo permitió.

–No tenemos tiempo. Vendrán a por nosotros, como tú has dicho.

Shadow le subió la camisola de nuevo, tapándole la herida. Había miedo en la voz de Fei. Podía hacerles la vida imposible a aquellos que amaba, pero también podía hacérselo a quien se le ocurriera amenazar a aquellos que estaban bajo su protección. Como su esposa.

–Déjalos.

–Te matarán.

–Es poco probable –le tomó el mentón entre los dedos y escrutó su rostro. Tenía una ligera sombra en el pómulo. Al menos tenía manera de devolverle el sacrificio–. Pero entre tanto eres mi mujer, estás bajo mi protección y tu protección es mi prioridad.

—Hablas como un necio.

—Y yo que creía que hablaba como un marido.

Ella se zafó de él.

—Ha sido un error elegirte.

Él le tocó el moretón descolorido. Alguien iba a pagar por ello. Sonrió ante la actitud desafiante de ella.

—No, cariño. Creo que esta vez has elegido bien.

La casa de Fei se encontraba un buen trecho apartada del camino. En algún momento alguien había intentado delimitarla con una cerca blanca de madera, pero se estaba cayendo a pedazos. Decoraban las ventanas unas cortinas rojas descoloridas. Era de buen tamaño, inusual para tratarse de una retribución por trabajar en el ferrocarril. Normalmente, lo máximo que podía esperar un trabajador era una de aquellas tiendas apiñadas y harapientas. El padre de Fei tenía que ser muy útil para el ferrocarril.

En el interior olía a especias exóticas, limón y algo que Shadow no estaba seguro de reconocer. Estaba impoluto. Todo estaba en su sitio. Parecía que había dos dormitorios separados, un salón y una cocina. Fei lo condujo a la cocina y le hizo un gesto hacia la silla y la mesa.

—Siéntate, por favor. Iré a por agua.

—Quítame los grilletes y yo iré a por ella.

Fei lo recorrió con la mirada empezando por los pies, las rodillas y ascendió hasta el rostro.

—¿Shadow es tu verdadero nombre?

—Es la única parte pronunciable.

Hacía más de un año que no lo llamaban así. No sabía muy bien por qué lo había empleado en la ceremonia. Habían puesto precio a su cabeza. Un alto precio. Es lo que solía ocurrir cuando uno mataba a un hombre que estaba bajo la protección del ejército de Estados Unidos en sus narices. Poco importaba que fuera necesario matarlo o que el hombre en cuestión fuera un asesino capaz de matar mujeres y niños a sangre fría. El ejército tenía una reputación y Shadow la había mancillado. Su hermano y los Ocho del Infierno estaban tratando de conseguir que lo absolvieran, pero el gobernador no parecía muy animado a ello. El hombre que Shadow había matado era rico y tenía contactos, por eso buscaban a Shadow, vivo o muerto. Y a juzgar por los disparos, le daba la impresión de que alguien ofrecía una segunda recompensa por entregarlo muerto. En cuyo caso era una necedad haber dicho que se llamaba Shadow Ochoa en la ceremonia matrimonial. Pero en el momento de identificarse, había querido que Fei Yen supiera a quien pasaba a pertenecer. Lo que en sí era aún más necio. El matrimonio no iba a durar. En cuanto su mujer consiguiera lo que quería de él, se largaría. Y él estaría dispuesto a irse también. Se quedaría porque se lo debía. Una vida a cambio de una vida. Pero cuando todo terminara, seguiría con su vida. Sin la protección de la hermandad de los Ocho del Infierno, prefería no quedarse quieto en un sitio.

Fei reclamó su atención con una brusca inclinación de cabeza. Tomó una palangana grande y una toalla y fue hacia la puerta trasera.

—Iré a por agua.

—Será más fácil si me quitas los grilletes y dejas que yo tome el peso.

Ella se volvió y lo miró por encima del hombro.

—Los grilletes se quedan donde están.

La puerta se cerró de golpe tras ella y allí lo dejó, a solas en la cocina con una buena selección de cuchillos bien afilados clavados en un bloque de madera en el otro extremo de la mesa. Shadow dejó el sombrero en la mesa y se pasó los dedos por el pelo. Era evidente que Fei creía que con los grilletes en los pies no suponía amenaza. Eligió un cuchillo de carnicero con una sonrisa y cortó las ataduras de las manos. Después buscó un cuchillo pelador y empezó a hurgar en las cerraduras de los grilletes. El primero saltó con facilidad. El segundo le costó un poco más.

La puerta de la cocina chirrió y los piececitos de Fei enfundados en sus botas negras aparecieron a la vista. Por el rabillo del ojo vio el remolino que le formó la falda cuando se detuvo en seco. El agua rebasó la palangana y salpicó todo el suelo.

—¿Qué has hecho?

Señalando los pesados grilletes como si no fuera nada, Shadow explicó:

—Estas cosas irritan la piel.

Silencio. El mecanismo cedió. Abrió la cerradura del segundo grillete. Levantó la vista. Fei seguía de pie observándolo con expresión cercana al horror.

—No voy a hacerte daño, Fei.

Ella se irguió y levantó el mentón.

—No tengo miedo. Solo estoy enfadada. Mis cuchillos… Los has estropeado.

—Te los volveré a afilar. ¿Alguna otra queja?

Se levantó. Ella dio un respingo. Tan de cerca era difícil no darse cuenta del porqué. Fei le llegaba a la altura del esternón. Tenía una cintura tan estrecha que probablemente podría abarcarla con las dos manos. Normal que estuviera aterrorizada. Un mosquito podría con ella. Shadow señaló la mesa con el mentón.

—Siéntate.

Ella se tocó la toalla que se había echado sobre el hombro.

—Tu cuello…

—Solo está un poco magullado —terminó él—. Pero tú sí te has cortado.

Le quitó la palangana de las manos haciendo caso omiso de su expresión. En sus mejores días intimidaba, pero hacía dos días que no se daba un baño y lo más probable era que su aspecto no hubiera mejorado después de haber estado colgando de una soga. Indicó nuevamente la mesa, aunque esta vez con menos ímpetu. Era lo más cercano a la delicadeza que se podía sacar de él.

–Siéntate.

Fei se quedó donde estaba.

–No necesito tu ayuda.

–No es esa la impresión que me ha dado.

Fei se señaló la herida.

–Con esto.

Él señaló la silla.

–Insisto en que se hagan bien las cosas.

–Yo también. Por eso prefiero curarme yo sola.

El ángulo del mentón era una prueba más de que ese aire de dulce sumisión no era más que una pose.

Fei miró los grilletes amontonados en el suelo junto a la mesa. No costaba trabajo adivinar lo que estaba pensando. Shadow dejó la palangana en la mesa.

–No estabas más segura cuando los llevaba puestos, lo sabes, ¿verdad? Solo creías estarlo.

Ella los observó nuevamente.

–Me gustaba pensarlo.

Hablaba como si tuviera la intención de guardarle rencor por ello. La idea lo hizo sonreír. Mierda. Dos veces en una tarde. Un récord.

–Necesitas puntos.

–Tengo un… –Fei movió las manos, explicando con gestos como si estuviera extendiéndose por la piel algo al tiempo que lo decía en chino.

–¿Te refieres a un ungüento?

–Sí. Tengo de eso –y haciendo un brusco gesto de corte con la mano añadió–: No preocuparte.

Shadow tomó nota de la incorrección gramatical. Le sería útil para saber cuando estaba nerviosa.

–No lo estarás diciendo para que no te vea el pe… –dejó la palabra en el aire y la sustituyó por–: Algo inapropiado, ¿verdad?

—Mi herida puede tratarse sin tener que enseñar nada. No es eso lo que me preocupa.

Shadow tardó un segundo en identificar la emoción que se apoderó de él. Deseo. Aquella no era el tipo de mujer que solía gustarle, pero había algo en ella. La había tomado por una esposa aburrida que se acercaba a la horca por la secreta excitación de verlo, la primera vez que reparó en ella oculta entre las sombras. Como un ratoncito, fue lo primero que se le ocurrió, pero luego había aparecido como un rayo, había agarrado un cuchillo y se le había subido encima trepando como si su cuerpo fuera un amable roble, y bueno, digamos que le había hecho cambiar de opinión. Bajo su fachada de calma, aquella mujer escondía la ferocidad de un tejón. Estaba empezando a intrigarlo.

Fei tomó la toalla, la hundió en la palangana, la escurrió y se la tendió.

—Póntela alrededor del cuello y mantenla húmeda en todo momento. La magulladura bajará con el frío.

Él tomó el paño. Estaba frío.

—Si después de que han intentado ahorcarme lo único que me llevo es una magulladura, no es grave.

—Has tenido mucha suerte.

Él negó con la cabeza e hizo un gesto de dolor cuando notó la tensión en los músculos.

—Toda la suerte te la debo a ti.

—Yo no diría tanto.

Shadow se envolvió el cuello con la toalla y le sonrió, confiando en calmar así los nervios de Fei. Era agradable el frescor del paño húmedo. Con un poco de suerte le bajaría la inflamación que hacía que su voz sonara más áspera. Tragó saliva para aliviar la tensión.

—Me he fijado en que te gusta llevar la contraria.

Ella lo miró con ojos brillantes. Shadow recibió la mirada como si le hubiera dado un puñetazo en el estómago. Aquella mirada revelaba muchas cosas. Miedo. Determinación. Incertidumbre. Fei no sabía qué pensar de él. No sabía qué hacer, pero era evidente que estaba confusa respecto a un tema en el que sabía que se había quedado sin opciones.

–¿Hasta dónde llega tu desesperación?

Sus preciosos y exóticos ojos refulgieron nuevamente, pero esta vez la impaciencia era la emoción predominante.

–Me he casado con un hombre que estaba a punto de ser colgado –le espetó–. Creo que eso demuestra lo desesperada que estoy.

Tenía razón en eso. Un reguero de agua fría le caía por el torso. Lo contuvo echándose el extremo de la toalla por el hombro.

–Eso has hecho, sí, pero no me has dicho el motivo.

Fei movió la boca mientras decidía mentalmente qué responder. Tenía una boca preciosa. Formaba un exuberante arco de sonrosada tentación que le hacía pensar en tórridas noches y saciadas mañanas. Lo mismo estaba teniendo una reacción tan intensa porque llevaba demasiado tiempo sin una mujer. Huir de la justicia y los cazarrecompensas no dejaba mucho margen para la diversión. Shadow lo descartó nada más pensarlo. Muchas prostitutas le habían dejado claro que era bienvenido. No había sido falta de oportunidad, sino de compromiso por su parte. A él le gustaba la ilusión del placer mutuo cuando estaba con una mujer. Pagarle para que se abriera de piernas no le merecía el esfuerzo que requería buscarse una que estuviera disponible. Las pocas mujeres que solía visitar se habían casado, de modo que había terminado prescindiendo de ellas. Una anomalía más en su comportamiento de los últimos tiempos. Él no había sido nunca de los que prescindía de una mujer.

Pero en este caso no iba a tener que prescindir. Al menos en lo que a información se refería. Si iba a proteger a Fei tenía que saber a lo que se enfrentaba. Se quitó la toalla del cuello y la empapó de nuevo en el agua.

–Avísame cuando decidas cuánta verdad vas a entremezclar con tus mentiras.

Una expresión de sorpresa cruzó el rostro de Fei para trocarse al momento siguiente en una de serenidad que Shadow comenzaba a sospechar que no era más que un escudo.

—¿Crees que te mentiría?

Shadow escurrió la toalla.

—Sí, lo creo, pero te ahorraré el esfuerzo. Necesito saber a lo que te enfrentas, todo, si quieres que te proteja.

—Algunas cosas son privadas.

Shadow se envolvió el cuello con la toalla y respondió:

—Si compromete mi vida y tu seguridad, puede seguir siendo privado, pero privado entre tú y yo.

Mientras ella se debatía, él echó un vistazo a la cocina. Los brillantes colores proclamaban un intenso amor a la vida. El orden transmitía la necesidad de control. Los extraños recipientes y cucharas manifestaban que se trataba de una cultura diferente. Dirigió la mirada a Fei nuevamente. Los chinos se lo guardaban todo para sí mismos. Por instinto de autoconservación y porque era una forma de ser. ¿Hasta dónde llegaría el término «privado» para ella?

—Te has casado conmigo para que te proteja, ¿verdad?

Lo último que necesitaba era involucrarse con una mujer que lo único que quería era fastidiar a su papaíto.

Una expresión que no pudo descifrar cruzó por el rostro de Fei y seguidamente asintió. Con demasiada serenidad. La damisela en cuestión ocultaba algo; le había dado con demasiada rapidez lo que él asumiría sería la verdad. En ese punto, Shadow tenía dos opciones: intimidarla y confiar en obtener lo que quería o esperar el momento adecuado. Como todo buen cazador sabía que era mejor aguardar que perseguir, así que optó por esperar. Y él era muy buen cazador.

Empezó a gruñirle el estómago.

—¿Tienes algo de comer?

—No he preparado nada. Y no hay tiempo para cocinar ahora.

Él enarcó una ceja y aguardó, forzándola a que hablara, motivado por un perverso deseo de oír su voz. Fei se humedeció los labios, que quedaron resplandecientes a la luz del ocaso. Sin poder apartar la vista, Shadow aguardó a que formara las sílabas y empezaran a moverse. Se dio cuenta de que quería disfrutar con ello. Se obligó a levantar la vista, molesto por aquella necesidad que lo dominaba. Fei bajó los párpados, escudando así los ojos. Tenía las manos plegadas ante sí. Shadow deseaba separárselas, desbaratar su serenidad. Se dio cuenta de que deseaba que se fijara en él.

—Podemos sacar un rato para comer.

Fei estaba negando con la cabeza antes de que Shadow hubiera terminado la frase.

—Antes tenías razón. Cuando se juntan para beber, Damon y el sheriff son como… —agitó los dedos alrededor de la cabeza al tiempo que hacía con la boca un ruido parecido a un zumbido.

—¿Abejas?

Ella negó con la cabeza.

—Con peores intenciones.

—Avispones.

—Eso, avispones —dijo ella, asintiendo. Un mechón de cabello negro azulado se le soltó de detrás de la oreja—. Uno le contagia su excitación al otro, igual que los avispones. Vuelan en círculos, haciendo cada vez más ruido, cada vez más furiosos hasta que atacan a lo que quiera que los irrita.

—¿Y tú los has irritado? —Shadow le tomó la barbilla con la punta del dedo y la obligó a levantar la vista.

—Sí.

—¿Han sido ellos los que te han hecho ese moretón?

—No.

Le estaba diciendo la verdad. Shadow miró a su alrededor. No había postigos en las ventanas, ni barra para atrancar la puerta. No había obstáculo para alguien que quisiera entrar. Una mujer sola en aquella casa era un blanco fácil.

—Dime, ¿cómo es que no te han hecho nada entonces?

—Porque tienen miedo de mi padre.

—El miedo no suele impedir que un borracho cometa una estupidez.

—Jian Tseng tiene mucho temperamento y es muy hábil con los explosivos.

—Acostumbra a volar cosas, ¿no es así?

—Cuando está molesto o haciendo su trabajo no hay nadie mejor.

La frase dejaba muchas cosas sin decir.

—Un hombre que sabe cómo hacer agujeros en la roca en el lugar exacto es muy valioso para el ferrocarril. Los jefes no se tomarían bien que le ocurriera algo malo.

—No se lo tomarían bien, no, pero creo que si el sheriff y Damon pudieran encontrar una manera de matar a mi padre sin perder sus incentivos, lo harían.

Si conseguían acabar el trabajo antes de lo pactado, los miembros de una cuadrilla recibían dinero contante y sonante a modo de incentivo por cada día de adelanto. Shadow intentó adivinar.

—Tu padre les ha hecho ganar mucho dinero.

Fei se libró de la mano de Shadow, retrocedió un paso y retomó su pose recatada. ¿Decoro, miedo o engaño?

—Sí.

—Y eso es lo que te ha mantenido a salvo.

No era una pregunta y Fei no lo tomó como tal. Se alisó una inexistente arruga en la falda.

—Sí.

Engaño. Interesante.

—¿Dónde está tu padre?

—No corresponde a una hija cuestionar a donde va o deja de ir su padre.

—A mí me parece que tú eres de las que sí preguntan.

Fei vaciló ligeramente antes de contestar.

—Puede, y puede que mi padre no sea de los que responden.

En eso tenía razón, pero Shadow seguía sin poder quitarse de encima la sensación de que no le estaba contando toda la historia.

—¿Esa vieja bestia de carga es el único animal que tenéis?

—Sí.

Maldita sea.

—¿Tienes en mente el lugar al que quieres ir?

Ella levantó la vista.

—Sí.

—¿A qué distancia está?

Ella levantó un dedo.

—¿Te refieres a un minuto, una hora o un día? Un día.

Lejos para que una mujer viajara sola.

—¿En ese caballo?

—Sí.

Tardarían la mitad con unas monturas mejores. Shadow tomó el sombrero del gancho de la parte trasera de la puerta.

—¿Adónde vas? —le preguntó.

—A robar unos caballos mejores.

Ella alargó la mano y con la misma velocidad se escondió la mano detrás de la espalda.

—Te iban a colgar por eso precisamente.

—Debe de ser que no he aprendido la lección.

Ella se quedó mirándolo fijamente.

—No te entiendo.

El cuerpo del vestido se le abrió y Shadow se lo colocó en su sitio. Fei no respiró siquiera mientras le cerraba la solapa.

—Has dicho que no me considerabas un ladrón. Tal vez deberías construir tu opinión a partir de ahí.

La fachada de serenidad de Fei se resquebrajó y lo miró con el ceño fruncido.

—No creo que sea sensato.

No, probablemente no, teniendo en cuenta las ganas que tenía Shadow de besarla.

–¿Seguro? –se puso el sombrero en la cabeza–. Te serviría para calmar los nervios.

–Tal vez no necesite ayuda, después de todo.

–Cariño, necesitas un montón de ayuda. La cuestión es cuánta y dónde. Mientras estoy fuera será mejor que te ciñas a la realidad.

Fei le quitó la toalla del cuello con una bravuconería traicionada solo por un leve temblor en las manos.

–Será mejor que te ciñas a la realidad tú. No eres mi padre y tampoco un marido de verdad. Tu opinión es limitada.

Shadow no estaba preparado para que lo desdeñase de esa forma, con lo que Fei solo consiguió enfadarlo. Se caló bien el sombrero.

–Tan de verdad que si quisiera empujarte sobre esa cama y demostrártelo ahora mismo nadie podría discutírmelo.

–Yo lo haría.

–Cariño, si quisiera salirme con la mía, tus palabras se reducirían a pequeños chillidos.

La expresión fogosa de Fei se tornó en fría certeza.

–Será mejor que no me desprecies, ladrón.

–Y será mejor que aprendas cuando no es aconsejable nadar contra corriente.

–Estás advertido.

–Te he oído –contestó él y señalándole la herida con la mano añadió–: Ponte ese ungüento en la herida. Y prepara algo que podamos comer por el camino.

Ella miró por la ventana.

–Es peligroso cabalgar de noche.

¿Primero lo amenazaba, a él, el hombre más temido del territorio, y ahora le preocupaba cabalgar de noche? Aquella mujer era un mar de contradicciones.

–Esta noche será una noche comanche. Tendremos luz suficiente. Además, conmigo estarás segura.

–Acabas de amenazarme.

–No, me he limitado a decirte la verdad. Eras tú la que estabas haciendo amenazas.

Fei se cruzó de brazos y preguntó:

–¿Crees que debería confiar en ti? ¿Así sin más? –añadió chasqueando los dedos.

Él sonrió, le acarició la mejilla con los dedos y respondió con otra verdad:

–¿Qué otra opción tienes?

Capítulo 3

«¿Qué otra opción tienes?».

Tres horas más tarde, cabalgando junto a un silencioso Shadow, Fei se tocó la herida del pecho, pero no notó nada más que el vendaje y cierta molestia debajo de este. El vendaje que Shadow había insistido en comprobar cuando llegó con caballos, arreos y armas de dondequiera que hubiera estado. No había habido nada sexual en su contacto cuando la había inspeccionado, pero ello no había impedido que un estremecimiento de excitación la recorriera de arriba abajo. Una excitación que no necesitaba. Se había deshecho de esa clase de sentimientos muchos años atrás al darse cuenta de lo que significaría el matrimonio para alguien mestiza como ella. No quería estar casada con un hombre que le dijera lo que tenía que hacer, que tomaría a otras esposas y esperaría que ella le estuviera agradecida por la ayuda. Pero sobre todo no quería estar en la posición de segunda o tercera esposa, que sería lo mejor a lo que podría aspirar dentro de la cultura de su padre, puesto que su sangre no era pura. Peor aún, podría quedar relegada al estatus de concubina. Una mujer ocasional sin lugar propio.

No, no le gustaba ninguna de esas opciones, así que había sofocado todo tipo de ideales absurdos sobre el amor. Cada vez que el corazón se le aceleraba en presencia de un hombre joven se recordaba adonde la llevarían sus sentimientos, a la ruina. Y no la clase de ruina que su padre temía que pudiera llegar a manos de un hombre, sino la clase de ruina que implicaba terminar enterrada mientras aún respiraba. Tenía veintitrés años. Ya no era una soñadora. ¿Entonces por qué el mero hecho de mirar a aquel hombre le producía un placer tan inmenso?

—¿Acaso me ha salido una verruga en la barbilla?

Hasta su voz, grave y susurrante, con una resonancia que se deslizaba por sus nervios como si fuera una caricia, le producía placer. Sonaba más áspera ahora debido al rozamiento que le había provocado la soga, pero, aun así, era placentera. Fei agachó la cabeza fingiendo sumisión y fijó la mirada en las crines de su yegua.

—Te pido disculpas por haber sido tan grosera.

—Pide disculpas solo si lo que ves no resulta de tu agrado.

La afirmación hizo que Fei lo mirara. Tenía que estar de broma. No creía que hubiera muchas mujeres a las que no les agradara su aspecto. El tono oscuro de su piel podría desagradar a muchas, pero el aire peligroso que portaba con la serenidad con que otros hombres llevaban una camisa lo compensaría de sobra. La sexualidad que irradiaba llamaría su atención. Definitivamente muy pocas mujeres dirían que aquel hombre no les resultaba atractivo.

—Ya eres mayor para saber lo que vales.

Unas arruguitas se formaron alrededor de las comisuras de los labios de Shadow. ¿Diversión o enfado?

—¿Me estás llamando viejo?

—No —aunque lo pensara, no se lo diría. Al menos en ese momento. Su paciencia debía tener un límite y no quería averiguarlo antes de cumplir con su obligación.

Las arruguitas dieron paso a una sonrisa en toda regla.

—Tú, Fei Ochoa, no das a un hombre mucho donde agarrarse.

Oír su nuevo nombre la sorprendió. Ahora era esa persona. Ya no era Fei Tseng, sino Fei Ochoa. Ya no era china, era americana. Las mujeres americanas no eran sumisas. Dejó de fingir algo que no era. Hizo restallar las riendas y le dijo:

—Seguro que sí porque no quiero que me agarren.

Él la miró de reojo.

—Todo el mundo quiere que la abracen.

—No hablaba de forma literal.

—Yo tampoco.

Fei suspiró. Y ahora tenía curiosidad por algo. ¿Cuándo había deseado él que lo abrazaran? ¿Y por quién? No le hacía falta sentir curiosidad por aquel hombre. Ya era como *dim sum* para ella.

Fei agachó la cabeza para esquivar una rama. Una hoja le pasó muy cerca del rostro agitándose frenéticamente. Algo tan pequeño y tan relevante. Como la hoja, su vida giraba descontroladamente y ella corría en círculos tratando de alcanzar el punto de partida. La hoja se posó en su pie enfundado en un botín hasta el tobillo, y permaneció allí en equilibrio hasta que el aire se la llevó de nuevo. Miró a Shadow y se lo encontró mirándola con mesura. ¿Sería aquel su momento de equilibrio antes de caer?

—¿Fei?

Ella sacudió la cabeza.

—Lo siento. No he tenido un buen día.

—Parece que le estás dando vueltas a un trozo de carne muy duro.

—No entiendo.

—Pareces disgustada.

—Te repito que lo siento. Hay muchos aspectos de ser americana que no he aprendido.

—¿Has estado estudiando?

—Sí.

Shadow enarcó una ceja. Fei sintió que el estómago se le encogía y el corazón le latía desbocado. Era un hombre muy atractivo.

—Ese «sí» ha sonado cansado.

–No es tan fácil como creía.

Shadow espoleó a su caballo para que se le acercara.

–Puedo ayudarte, ¿sabes?

La rodilla de Fei chocó contra el muslo de Shadow. A través de la túnica y los pantalones que vestía pudo sentir los músculos duros. Nunca antes había notado el contacto de la pierna de un hombre contra la suya. No creyó que fuera a sentirlo nunca.

–*Xei-xei.*

–Qué bonita palabra.

–Significa «gracias».

–Dilo otra vez.

Ella hizo lo que le pedía y cuando terminó, él lo repitió. Su forma de hablar arrastrando las palabras añadió un toque exótico al conocido sonido.

–¿Lo he dicho bien?

Ella sonrió, bajó la mirada y asintió, inusualmente complacida ante el hecho de que hubiera tratado de hablar su idioma.

–Bien.

No había ninguna razón de peso para que el aire se le atascara en la garganta o para que le hormigueara la piel de los pechos bajo su mirada, pero así fue. Se humedeció los labios secos y trató de fingir que no era plenamente consciente de él de repente. Ayudaría que pudiera apartar la vista de sus manos. Aquellas manos fuertes con unos dedos sorprendentemente elegantes. Unas manos que seguro que sabrían cómo tocar a una mujer para proporcionarle ese momento de placer del que había oído hablar a las concubinas de su padre...

–Cariño, como sigas mirándome así no llegaremos antes de mañana por la mañana.

La había pillado mirándolo, y lo que era aún peor, había sabido interpretar su interés en él. Pero no era interés propiamente. Solo debilidad de las defensas. No era mujer destinada a tener un hombre. Su destino estaba en otra parte.

–No te estoy mirando de ninguna forma.

Él sonrió. Una sonrisa genuina que transformó su expresión de austera a encantadora.

–Conque no, ¿eh?

Le rozó la mejilla con los dedos. Ella pestañeó varias veces mientras las sensaciones internas viraban hacia un territorio más peligroso. Y mucho más excitante. No estaba bien sentir algo por aquel hombre. Shadow era un prófugo de la justicia. Un ladrón de caballos. Un hombre sin principios que se abría paso en la vida a base de violencia. Era todo lo que su padre no querría para ella. Todo lo que estaba mal para ella, y, sin embargo, había muchas cosas en él que le parecían aceptables. Al menos a ese nivel instintivo que no la dejaba en paz. Se llevó la mano a la mejilla y la posó sobre los dedos de él. ¿Era eso lo que había experimentado su madre cuando se enamoró de un hombre procedente de China? ¿Ese verse empujada sin remedio en una dirección que sabía no debía tomar?

La atracción que su madre había sentido por su padre tenía que haber sido muy poderosa si había conseguido que abandonara a su familia y sufriera los insultos y la humillación de una sociedad en la que no había lugar para las costumbres chinas y aquellos que las abrazaban. Pero su madre había abrazado la cultura de su padre aun sabiendo que ella no había sido bien acogida. Había aprendido el idioma y las costumbres, y había criado a su hija conforme a ello. Fei sacudió la cabeza. Deseaba que su madre hubiera vivido más para pedirle la respuesta a aquellas preguntas que aún tenía. Preguntas sobre el cómo y el porqué. Deseaba que su madre estuviera allí, para que su padre estuviera allí, pero no estaba, como tampoco su padre, y tan seguro como que su madre estaba sepultada bajo tierra, su padre estaba sepultado en la angustia de la muerte de su esposa. La pena le había robado el juicio y el amor. El hombre que había dejado en casa encerrado en el sótano no era más que una concha hueca, la sombra del hombre que amó su madre. Fei deseaba poder recordar a ese hombre.

—Creo que me gustaba más cuando me mirabas como si estuviera recubierto de miel.

Esta vez no le molestó que la sacaran de sus recuerdos. No había lugar para pensamientos tristes en su nueva vida. Bajó la mano al regazo de nuevo. Aún sentía en las yemas de los dedos el calor de la piel de Shadow. Los dobló para guardarse la sensación, tratando de mantener la conexión con él. Con su madre. Con su plan.

—¿Y cómo crees que te estoy mirando ahora?

—Como si fuera un bicho asqueroso que apartas con un palo.

Fei no pudo evitar sonreír un poco. Shadow tenía una forma de decir las cosas capaz de dibujar imágenes en su mente.

—A lo mejor estoy esperando que huyas.

Shadow se puso serio.

—¿De veras?

Fei escudriñó las armas que este se había procurado: las pistolas ceñidas a sus caderas, los cuchillos metidos entre las botas que le llegaban hasta la rodilla, como si ese fuera su lugar natural, el rifle en el regazo como si tal cosa. Se acordó de cómo peleó con los hombres que iban a colgarlo a pesar de estar atado.

«Esta vez has elegido bien».

Tal vez.

—No, no espero que huyas.

—Me alegra saber que te soy útil.

—Todo el mundo ha de tener un uso en la vida.

—¿Y cuál es el tuyo?

Salvar la reputación de su familia. Salvar a su prima. Encontrar un modo de vivir.

—Asumir mi destino.

—Eso es mucho pedir.

—Es lo mismo para todos.

—¿Tú crees que yo tengo un destino?

—¿No lo tienes?

—Cariño, creo que el nacimiento de mi hermano y el mío fue una maldición.

—¿Tienes un hermano gemelo?

—Sí.

—Eso es buena suerte para tu familia.

Shadow detuvo a su caballo en seco.

—Mi madre era una puta india. Mi padre un soldado mexicano de una familia que no veía su unión, ni lo que de ella pudiera resultar, como una bendición.

El caballo de ella avanzó un par de pasos más. Fei se volvió en la silla para mirarlo a la cara. Su expresión, sus ojos, estaban desprovistos de toda emoción, pero Fei comprendía la rabia que tenía su origen en aquella clase de dolor.

—Mi madre era blanca, mi padre chino, de buena familia. Sé lo que es que no seas bien vista por los ancestros. Es una maldición que no se va nunca y desluce la prosperidad de todo el que está cerca.

Shadow espoleó a su caballo.

—Maldita sea, Fei. Lo siento.

El caballo relinchó. Parecía un buen animal, con unos tiernos ojos marrones. ¿Qué sentiría al verse apartado de la vida que conocía? Fei se inclinó hacia delante y le dio una palmadita en el pescuezo.

—Pero no es excusa para hacer lo que a uno le dé la gana.

—¿Vas a sermonearme?

—¿De dónde has sacado las armas?

—Ya te lo dije.

—Este caballo está bien cuidado. Era feliz en su hogar. Se nota en sus ojos.

—¿Estás molesta porque crees que robé un caballo de su hogar feliz?

—No es justo para él.

—Tal vez yo sea su destino.

–Y tal vez no.

–¿Nunca has hecho algo de lo que no estuvieras orgullosa simplemente porque no tenías más remedio?

Sí que lo había hecho. Dejar a su padre solo en el sótano. Aquella habitación era como un santuario. Tenía un pozo y estaba bien aprovisionada de comida. Al principio la puerta solo se abría desde dentro, pero se había visto obligada a poner la barra para cerrar también por fuera. Había estado dudando entre echar además el cerrojo, pero al final le había dado miedo porque si algo le sucediera a ella, su padre no podría salir. De modo que lo había confinado en el sótano con mentiras, diciéndole que las tropas del emperador los habían localizado y estaban peinando la zona buscando su escondite. Afortunadamente aquella mentira lo mantendría escondido y no habría posibilidad de que regresara y se encontrara con que se le había desbaratado el plan.

–¿Fei?

Esta levantó la vista y se encontró a Shadow escudriñándola con aquellos ojos que veían demasiado.

–¿Sí?

–Puedo ocuparme de tu problema, sea lo que sea, de verdad.

Contaba con ello, y para eso tenía que confiar en él, pero le costaba confiar en un hombre que tenía sus propias reglas y vivía a su manera, un hombre cuyas expresiones no sabía interpretar. Y, pese a todo, estaba siguiendo sus instrucciones sin rechistar. Tenía que saber por qué.

–¿Por qué haces esto?

–¿Qué?

Ella gesticuló con las manos, buscando sin éxito las palabras para explicarlo.

–Hacer lo que digo –dijo al final.

–Me has salvado la vida. Eso merece cierto grado de colaboración por mi parte.

Cierto grado. Eso implicaba un final.

–¿Durante cuánto tiempo?

–El que sea necesario.

–¿No tienes curiosidad por saber qué es lo que necesito de ti? ¿Y si quiero que mates a alguien?

–Pues lo haré.

Fei se quedó estupefacta.

–¿Solo porque yo te lo pida?

Él se encogió de hombros.

–Te lo debo.

Mataría a alguien solo porque ella se lo pidiera. Fei no sabía si horrorizarse o dar gracias. Había rogado a sus ancestros americanos que le enviaran ayuda. ¿Y eso era lo que le enviaban? Un hombre que prometía matar con la facilidad con que otras personas prometían ir a recoger el correo.

–*Xei-xei* –dijo con una vocecilla tímida, apenas audible. Todo lo que ella no quería ser. Shadow la detuvo sujetándole las riendas con una mano. Sus ojos eran poco más que dos rendijas oscuras por debajo del ala de su sobrero.

–Cariño, soy condenadamente bueno con un arma en las manos y aún mejor con un cuchillo, pero no puedo enfrentarme a un enemigo que no veo. Tienes que decirme de qué tipo de amenaza hablamos.

Cierto. Para bien o para mal, su destino estaba unido al suyo. No podía seguir guardando secretos. Tomó aire y lo contuvo para controlar el pánico. Aquello podía estropearlo todo.

–Desconozco cuál es la amenaza, pero sí sé que llegará.

–Explícate.

–He encontrado oro.

–¿Oro?

No era la primera vez que se topaba con el escepticismo. La primera vez que le llevó una traza a la oficina de certificaciones del pueblo para que le dijeran si era oro de verdad, el certificador no se mostró muy emocionado. Pero ella sí lo estaba, porque sabía que había mucho más y su primer instinto había sido irse corriendo a casa a por la pepita y volver a la oficina, pero al salir y sentir las miradas de los hombres que siempre andaban por allí, se había dado cuenta del error. Cualquiera de aquellos rudos hombres le habría robado el oro. De manera que en vez de regresar a casa, había bajado la vista y hundido los hombros. Nadie la había seguido a casa. Y nadie la había seguido desde entonces, pero no podía seguir escondiéndose. Necesitaba el oro. Necesitaba ayuda. Shadow era lo que tenía. Un proscrito. Un ladrón. Un hombre que decía que mataría por ella.

–Sí.

Shadow soltó las riendas y se irguió en su silla.

–¿Cuánto? ¿Una chispa brillante en la batea o el suficiente como para construirte una mansión?

Fei se metió la mano en el bolsillo y buscó la pepita. Desde el día que la encontrara en el depósito secreto de su padre su vida había cambiado. Volvería a cambiar en cuanto revelara su existencia. Si para bien o para mal estaba por ver.

–¿Fei?

Fei contempló la amplitud de hombros de Shadow. Que sus ancestros la protegieran. Si aquel hombre quisiera matarla y arrebatarle el oro ella no podría impedírselo.

–Tengo miedo.

La verdad pendía entre los dos.

–¿Por qué?

–No puedo detenerte.

–No, no puedes –acercó su caballo al de ella–. Pero puedes confiar en mí.

–Jura por tus ancestros que no me harás daño.

–Haré algo mejor.

Ella aguardó. Shadow le acarició suavemente el brazo con las yemas de los dedos, por encima de la túnica de seda negra, le rozó entonces la piel del cuello y finalmente ahuecó la palma contra su mejilla. Fei era plenamente consciente de lo fácilmente que le resultaría lastimarla. Bastaría con que apretara los dedos y girase la muñeca para poner fin a todas sus preocupaciones. El rostro de su prima se le apareció en la mente, furioso, resentida y decidida. Le había dicho a Lin que esperase, que no actuara por impulso. Le había dicho que confiara en ella y en su plan. Si muriese ahora, su prima se quedaría sola con su naturaleza irresponsable por todo apoyo y sin plan de acción. Y eso no podía ocurrir.

Shadow le acarició los labios con el pulgar. Fei debería estar asustada, pero no lo estaba. No podía apartar la mirada. No podía mientras él le acariciaba la mejilla. No mientras entornaba la mirada y sus ojos se fijaban en su boca. No mientras imprimía solo un poco más de presión sobre ella. Y desde luego no cuando le decía:

—Fei Ochoa, te hago esta promesa. Como esposo tuyo que soy, te protegeré.

Como esposo suyo. Si aceptaba su promesa, significaba que estaba aceptando el matrimonio. No sería digno negarlo. Tragó saliva y escudriñó el rostro de Shadow en busca de una señal de engaño. Nada. Le estaba dando lo que ella quería. ¿A cambio de qué?

—¿Por qué debería creerte?

—Eres mi esposa. Tus problemas son los míos.

—¿Por qué?

—Porque yo lo quiero así.

¿Era posible que fuera hombre de honor de verdad?

—Eres un ladrón de caballos.

—Solo si recuperar lo que es tuyo se considera robar.

—¿Estos caballos son tuyos?

Fei esperaba que sonriera. No lo hizo. Si acaso su expresión se endureció aún más.

—Lo que es mío, es mío para siempre.

Era una advertencia. Y haría bien en hacerle caso, pero en ese momento podía ver al hombre detrás de la máscara de calma. Era intenso. Estaba enfadado. Y… y podía confiarse en él.

Se sacó la pepita del bolsillo y tomando la mano de Shadow en la suya, depositó el oro en la palma y la cerró sin dejar de mirarlo a los ojos en ningún momento.

–Acepto tu promesa.

La pepita pesaba en la palma de Shadow. Había tenido en las manos oro las veces suficientes como para reconocer lo que significaba. La leche, si había más piedras de aquel tamaño, quería decir que era rica. Y tenía razón. A saber por dónde llegarían los enemigos. Pero llegarían.

–¿Ya no quieres mantener tu promesa?

La pregunta de Fei estaba desprovista de censura. Había solo una aceptación que lo molestó. Llevaba peleando por los demás toda la vida. Primero por su madre, después por su hermano y después para los Ocho del Infierno. ¿Y ahora que tenía una mujer, algo suyo por lo que luchar, ella pretendía negarle su derecho? Como que se llamaba Shadow que no.

–También te prometo esto: nadie te hará daño mientras viva.

Ella sacudió la cabeza.

–Eso es demasiado. Solo quedamos en que me darías tu protección, no tu vida.

Él le devolvió la pepita.

–Puede que tú lo pensaras así.

Ella pestañeó y se la devolvió.

–Entonces me parece que al final no voy a poder aceptar tu promesa.

Él no la aceptó.

–No te estoy dando otra opción.

El labio le temblaba. Hizo recular a su yegua un poco.

–Prometes demasiado.

El caballo de él la siguió instintivamente hasta que llegó al saliente del camino y no pudo seguir avanzando.

–Y tú pides muy poco.

La yegua estaba tranquila, pero Fei estaba a punto de perder los nervios. Shadow intentó tocarla; necesitaba borrar aquel miedo de sus ojos, el temblor de sus labios.

–¿De qué tienes miedo, Fei?

Ella sacudió la cabeza.

–No puedo cargar con tu vida en la conciencia también. No puedo.

Él ahuecó los dedos contra la nuca de ella y empezó a acariciarle el labio con el pulgar hasta que dejó de temblar.

–¿También?

Ella abrió los ojos desmesuradamente y sus pupilas se ensancharon.

–Por favor.

Shadow recordó cuando Fei le quitó el cuchillo a Hubert de la bota arriesgándolo todo para salvarle la vida. No había mostrado que tuviera miedo entonces. Había actuado con pasión, luz y determinación. Su exótico ángel vengador.

Los ojos de Fei se llenaron de lágrimas. A tan escasa distancia, Shadow veía claramente las ojeras, la palidez antinatural de su piel. Estaba exhausta. Estaba a punto de estallar.

–No quiero tu vida –susurró Fei.

–Solo mi protección.

Ella asintió.

–Van de la mano.

–No.

Dudó si levantarla del caballo y tomarla en brazos. Deseaba abrazarla con toda su alma. Asumir la carga que se negaba a cederle. Borrar el miedo de sus ojos. Estaba en su naturaleza ayudar a los débiles. Quería ayudarla. ¡Mierda! ¿Cuándo había decidido que la deseaba? ¿Y qué beneficio podía tener? Él era un proscrito a cuya cabeza habían puesto precio. No bromeaba al decir que sus tristes días estabas contados.

Puso distancia entre ellos en un ejercicio de control de sus deseos.

–¿Cuánto oro hay?

–Suficiente.

–¿Para qué?

–Empezar de nuevo.

Empezar desde cero supuso.

–¿Y qué piensas hacer conmigo cuando llegues a ese nuevo comienzo?

–Puedes quedarte con el tesoro.

–¿Dejarás que me quede con todo el oro? ¿Sin preguntarme nada?

–Soy china. No puedo tener nada a mi nombre aquí. Y aunque pudiera, no poseo la capacidad para luchar contra aquellos que querrían arrebatármelo.

–Yo soy capaz por los dos.

Fei ya estaba sacudiendo la cabeza antes de que terminara la frase.

–Mi destino comienza con el oro, no se centra en él.

«Interesante filosofía», pensó.

–Tú podrías hacer mucho con el poder que ese oro te proporcionaría –continuó ella.

Shadow se echó el sombrero hacia atrás.

–Lo tomaré como un cumplido.

–No tenía más intención que la de decir la verdad.

Él lo creía. Fei se estaba afanando en intentar mantener las distancias y Shadow comenzaba a enfadarse.

–Gracias.

–De nada.

Muy amable y educada cuando solo unos minutos antes le había dejado claro que era tan consciente sexualmente de él como él de ella. Puede que él no fuera su «hombre para toda la vida» como Tracker lo era para Ari, pero como que hay Dios que uno no se olvidaba tan fácilmente de él.

Espoleó a la yegua de Fei con un brusco movimiento. Se produjo un silencio incómodo. Shadow se fijó en la tensión en las manos y la espalda de Fei. Estaba molesta. La luna, alta en el cielo, lo bañaba todo en una luz blanca. Se reflejaba en la seda de la túnica de Fei. Sabía que no los seguían porque no se le había erizado el vello de la nuca, pero estaban dejando rastro, por lo que la situación podía cambiar en cualquier momento. Supuso que se dirigían hacia el oeste, hacia las colinas. A la montaña de Flat Top en concreto. No conocía bien el camino. De haberlo hecho, dejaría a Fei en algún punto y volvería para poner pistas equivocadas. Lo haría una vez que llegaran donde estaba el depósito aluvial y dejara instalada a Fei, pero por el momento tendría que confiar en que nadie les estaba siguiendo el rastro. Un motivo de nervios más.

—¿Qué es lo le pides tú a la vida, señor Ochoa?

«¿Señor?»

—Ir a casa.

—¿Y dónde está esa casa?

—En las colinas de Texas. Con los Ocho del Infierno.

No le importaba que lo supiera. Le haría un mapa para que supiera llegar en caso de que algo le ocurriera a él. Había enviado un telegrama a Tracker con su código secreto para decirle que había recuperado lo que era suyo. Entrar en la oficina de telégrafos y enviar el telegrama había sido un riesgo, pero tenía que hacerlo. Fei necesitaba protección. El mensaje iría pasando de oficina de telégrafos en oficina de telégrafos siguiendo un patrón preestablecido hasta que alguien de los Ocho del Infierno lo recogiera.

—¿Por qué te fuiste?

—Por un pequeño desacuerdo entre el ejército y yo.

—¿Eres un desertor? —preguntó, atónita.

—¿Importa eso?

Ella se volvió y lo miró entornando los ojos. Al final sacudió la cabeza.

—No eres un desertor.

—No, soy un asesino.

Fei levantó una mano.

—¿Por qué siempre buscas que piense mal de ti?

Porque era más seguro que la alternativa.

–¿Sabes que cometes errores al hablar cuando estás nerviosa?

–¿Y tú sabes que te pones evasivo cuando temes que pueda ver demasiado?

Lo cierto era que veía condenadamente demasiado.

–Entonces lo mismo será mejor que cerremos el pico y sigamos cabalgando.

–¿Siempre finges ser despreciable cuando quieres poner fin a una conversación?

–Cariño, no hay fingimiento, es que soy despreciable.

Fei hizo un ruido extraño con la lengua.

–¿Qué has dicho?

–Me mofo de lo de que eres despreciable.

Fei estaba demasiado adelantada para oír a Shadow mascullar:

–Me cago en la puta.

Redujo la velocidad y dejó que Shadow la alcanzara.

–Y ahora te pregunto por qué me dices que eres un asesino.

Shadow se inclinó un poco y le dio a la yegua una palmadita en la grupa. El animal se lanzó hacia delante. Fei se agarró al pomo de la silla y lo miró con cara de pocos amigos.

Él le devolvió la sonrisa.

Fei se reacomodó en la silla y se recolocó la túnica mientras le decía:

–Como te pongas a mi lado, me veré obligada a gritar.

La maleza no era tan abundante como para no poder cabalgar uno junto al otro.

–¿Y?

–Más adelante llegaremos a una zona de parada en el camino popular entre los indios.

–¿Sueles viajar sola por territorio indio?

–Es necesario.

Shadow soltó una imprecación por lo bajo y clavó las rodillas en los flancos de su montura. La delicada sonrisa de victoria que asomó a los labios de Fei lo irritó aún más.

–¿Siempre te sales con la tuya?

–Creo en el valor de la tenacidad.

–Y yo creo que lo que necesitas es una azotaina.

–Eres mi marido. No puedo impedírtelo.

–Sería más útil para apaciguar mi enfado que te mostraras un poco asustada.

La sonrisa de Fei se expandió.

–Has prometido que no me harías daño. Una azotaina dolería.

–Yo disfrutaría.

Ella ladeó la cabeza a un lado y estudió detenidamente, con esa forma tan suya, hasta que finalmente afirmó decididamente:

–No, no lo harías.

Fei no tenía manera de saberlo del mismo modo que no tenía motivos para creer en sus promesas.

–¿Qué te hace estar tan segura?

–Lo sé. Igual que sé que, si es verdad que has matado a alguien, tus razones tendrías.

–Al ejército no le basta.

El ruido ese con la lengua otra vez.

–Me he encontrado alguna vez con ese ejército. No todos los hombres que están al mando son hombres de equilibrio.

–Interesante modo de decirlo.

–No siempre conozco las palabras.

Tampoco él. Sobre todo cuando alguien que no tenía motivos para creer en nada tenía una fe ciega en él. Lo incomodaba.

–No soy un santo, Fei.

Fei tiró de las riendas de su yegua.

–No, eres un dragón. Y eres mío por el momento.

«Mío». Le gustó demasiado cómo sonaba aquella declaración de posesión.

–Ten cuidado con lo que declaras, pequeña.

–Ten cuidado con los juicios que haces –repuso ella–. Hace años que dejé de ser una niña.

Mierda, lo estaba desafiando. Y él deseaba aceptar el desafío.

–¿Cuántos años exactamente?

–Tengo veintitrés.

–Qué mayor.

–¿Cuántos años tienes tú?

–Llegando a los treinta y uno.

Ella asintió.

–Entiendo. Qué mayor.

–No tanto –y espoleando a su caballo para ponerse más cerca de ella, Shadow puso fin al juego con una sencilla maniobra. Fei abrió desmesuradamente los ojos y contuvo el aliento cuando Shadow le sujetó la nuca con los dedos. ¿Miedo? ¿Interés? Fei bajó la vista y la clavó en la boca de él mientras se inclinaba sobre ella. Se humedeció el labio inferior con la lengua, dejándolo húmedo y atrayente.

Mierda. Era interés. Shadow se detuvo a un milímetro de la boca de ella. Estaba tan cerca que sus alientos se mezclaban.

–Dime que me vaya al infierno –susurró él.

–Dime que deseas hacer esto.

Era a ella a quien deseaba. Con locura. Necia e insensatamente.

Le rozó los labios.

–Tentadora.

–Dragón –le susurró ella en la boca.

–Yo no soy ningún maldito lagarto.

Ella abrió la boca para protestar o para darle una explicación. Pero a él le daba lo mismo. La deseaba. Y la tomó de la única forma que se podía permitir. Con un beso que quería que fuera tierno, pero resultó impetuoso. Fei ahogó un gemido cuando le introdujo la lengua en la boca y forcejeó un poco mientras él paladeaba su dulzura, pero al cabo de un segundo suspiró suavemente, le rodeó el cuello con los brazos y tiró de él hacia sí. Dios santo, ni siquiera sabía besar, pensó Shadow.

Entonces Fei comenzó a mover la lengua tímidamente y Shadow decidió que no le importaba porque nadie le había proporcionado nunca un placer tan inmenso como aquella mujer en aquel momento. Introdujo los dedos en el grueso moño que llevaba en la nuca y se dio el lujo de creer en la ilusión de que aquello no tenía por qué ser imposible, que una mujer entre sus brazos podía amarlo de verdad. Fingió que aquella era de verdad su noche de bodas y que Fei era de verdad su esposa y aquel era el comienzo. Fingió que había un futuro.

—Así —susurró él, mostrándole cómo utilizar los labios y la lengua para proporcionar placer, comenzando suavemente para ir aumentando la pasión gradualmente, guiándola antes de dejarle tomar el control. Y vaya si lo tomó, con un entusiasmo que resultaba más excitante aún precisamente por la falta de artificio. A aquella mujer le estaba gustando besarlo. Demasiado.

—Fei.

Ella soltó una profunda risa gutural cuando él intentó retirarse y le apresó el labio inferior entre los dientes. Su miembro despertó de golpe. Su autocontrol empezó a desmoronarse.

—Te gusta esto, ¿verdad?

—Demasiado.

¡Mierda! Tenía que bajar el ritmo. Seguro que Fei era virgen. Y él no se liaba con vírgenes.

«Es mi mujer».

«Es la mujer que te ha salvado la vida», le corrigió su naturaleza más primaria. Le debía algo más que fornicar como animales a lomos de un caballo. Se apartó con cuidado mordisqueándole el labio inferior, la besó en la mejilla, la comisura de la boca y finalmente le acarició con el pulgar los labios hinchados por la pasión.

—Fei.

Ella abrió los ojos. Lo miró con expresión soñadora, los labios entreabiertos, con anticipación. Una imagen que lo perseguiría en sueños durante años. Inocencia, pasión y confianza, todo junto, lo que él más deseaba.

–¿Y ahora qué hacemos?

Shadow quería arrancarle la túnica, tomar uno de sus pechos en la mano y metérselo en la boca. Quería oírla jadear de placer, sentir su sorpresa cuando le enseñara lo placentero que podía ser estar con un hombre. Quería ser el primero para ella, el último, el único. La necesidad de poseer lo estaba dejando impresionado, si bien añadió un poco de estabilidad a su pétreo control. Le tiró un poco del labio inferior, solo un poco, y se dejó llevar por la tentación de la húmeda tibieza. Fei suspiró y se removió en la silla. Seguro que sería todo pasión en la cama.

«Con otro».

Saberlo no significaba que no pudiera disfrutar de lo que tenía un poco más. Con una leve presión de la rodilla instó a Noche a acercarse más a la tentación. Él siempre había sido de los que aprovechan el momento. No tenía sentido cambiar ahora.

Con un gemido de frustración le dijo la verdad pura y dura.

–Voy a besarte de nuevo y después iremos a buscar tu maldito oro.

Capítulo 4

–¿Es aquí? –preguntó Shadow al llegar a la orilla de un arrollo que formaba un recodo alrededor de la base de un empinado terraplén al pie de una montaña no muy alta.

Fei negó con la cabeza y desmontó. Se estiró mientras la yegua relinchaba suavemente y agitaba la cabeza en dirección al agua. Fei la acompañó tambaleándose y el animal acercó la cabeza al arroyo. No podía culparla. A ella también le iría bien beber un poco. A juzgar por la humedad que flotaba en el aire, el día iba a ser abrasador.

El caballo de Shadow también relinchó. Fei volvió la cabeza. Shadow la observaba, pero esta vez no había nada de indiferente en su mirada. La miraba como se miraba a una mujer a la que se deseaba. La parte femenina y vulnerable de Fei cobró vida de repente. Sonriendo, se movió ligeramente y se estiró de nuevo arqueando la espalda un poco más de lo necesario, dejando que el calor de los primeros rayos del sol recorrieran su cuerpo junto con la mirada de Shadow.

–Estás jugando con fuego, Fei.

Cierto y le gustaba.

–Puede que haya estado pasando frío durante demasiado tiempo.

–Puede, o puede que…

Fei se soltó el moño y sacudió la melena. Le entraron

ganas de gemir de alivio al sentir el peso del pelo derramándosele por la espalda. Shadow se quedó paralizado cuando desmontaba, sin poder dejar de mirarla. A Fei no le importaba. Tenía calor y estaba exhausta, y él se sentía demasiado satisfecho con lo ocurrido entre ellos para la paz espiritual de esta.

Fei se despegó el pelo de la piel y preguntó:

—¿Puede que qué?

—Igual te quemes —dijo con un susurro que le brotó de lo más profundo del pecho. Y sin decir nada más desmontó y condujo a su caballo hasta el agua.

Fei lo odió en aquel momento. Por su calma, su proximidad, pero sobre todo por remover las creencias que ella había levantado a su alrededor. Habían pasado seis horas desde que la besara. Seis horas en las que debería haber olvidado la sensación de su boca, pero la huella de su beso seguía tan viva como en el instante en que se rozaran sus labios. Se tocó los labios sin darse cuenta. Él le sujetó la muñeca. Le buscó la mirada. En el fondo ardía todo el calor que ella pudiera desear y un peligro más tangible de lo que cualquier mujer debería desear. El paso que dio hacia él fue involuntario. La reacción de él no. Con una brusca sacudida de la cabeza extinguió la llama de esperanza que Fei no podía controlar. La que aun viendo lo imposible pensaba: «quizás».

—Ni lo pienses.

—No estoy pensando en nada.

Era mentira. Él sabía que lo era. Fei lo vio en su expresión. Entornando los ojos para protegerlos del sol, lo retó a que la desafiara. Él arqueó una ceja, pero tuvo la sensatez de no decir nada. Fingiendo no haber entendido su mirada, Fei se dirigió hacia el terraplén.

—Hay que subir.

Otro problema. Tenía las piernas rígidas de cabalgar y la empinada ascensión, que en circunstancias normales no le causaría dificultad, se le antojaba imposible después de dos noches sin dormir. Tomó aire para prepararse y dio un paso. Él la agarró por el brazo.

–¿Qué?

–Pensé que a lo mejor agradecerías un poco de ayuda.

–*Xei-xei*.

Fei agarró las riendas de la yegua y empezó a ascender por la colina. Al menos aquella parte era más fácil que con su viejo caballo de tiro. Le costaba mucho subir. La mayoría de las veces había que ayudarlo a subir tirándole de la brida a fuerza de voluntad. La pequeña yegua, sin embargo, trepaba ágilmente. A veces demasiado rápido. Saltó a un lado cuando el animal superó de un salto un esquisto suelto.

Shadow la sujetó por la cintura.

–Cuidado.

Fei le empujó del brazo y se fijó en que él no tenía que llevar a su caballo de las riendas. El animal lo seguía dócilmente. Por supuesto. El detalle la irritó aún más.

–Suelta.

–Solo velo por mis intereses.

Ella sacudió la cabeza.

–Eres un mentiroso. Estás velando por mí.

–¿Y es un delito?

Fei no lo sabía. Sí. No. Tal vez. Le resultaría más fácil decidirlo si no fuera tan consciente sexualmente de él.

–Dime de verdad qué estás haciendo.

–La verdad no siempre es agradable.

–La mentira tampoco.

–Cierto –Shadow la empujó terraplén arriba y dijo–: Tenemos que llegar arriba para que pueda volver sobre nuestros pasos y cubrir nuestras huellas.

Le soltó el brazo. Fei se volvió. De pie, por encima de donde se encontraba él, sus ojos estaban casi a la altura de los de él. Era sorprendente la seguridad en uno mismo que ofrecía la ilusión de la altura–. ¿Puedes hacer eso?

–Probablemente no tan bien como para que un rastreador profesional no pueda encontrarnos, pero lo bastante bien como para engañar al sheriff y sus secuaces. O al menos entretenerlos lo justo para que nos dé tiempo a recoger el oro.

Shadow tenía las pestañas más espesas que había visto en un hombre y los ojos más hermosos. Profundos y oscuros, aunque terriblemente angustiados. Su dragón tenía sus propios demonios. ¿Hasta qué punto tenía que estar herido un dragón para que los demonios echaran raíces en su interior?

–Gracias.

–De nada.

Fei no pudo evitar mirarle la boca al formar las palabras. También era muy hermosa. Grande y generosa, pero muy masculina. La boca de un hombre seguro de sí mismo. Un hombre poderoso. Un hombre apasionado. No un ladrón de caballos. Seguía teniendo su sabor en la boca, en sus sentidos. Apartó la vista y miró hacia arriba, hacia el cielo.

«Cuando os rogué que me ayudarais, ancestros americanos, no os pedí un marido».

No llegó respuesta del cielo. No llegó tampoco de su cabeza, y no podía oír la de su corazón. Puede que no quisiera un marido, pero ahora lo tenía. No la marioneta que ella había imaginado, sino un hombre de corazón. No sabía qué hacer al respecto. Shadow no era lo que ella esperaba. En absoluto. Chasqueó la lengua a la yegua y echaron a andar colina arriba. Shadow la alcanzó. Ella lo miró por el rabillo del ojo y lo vio ganar terreno rápidamente con sus largas piernas, dos pasos suyos equivalían a uno de él. Sus músculos se contraían bajo la ropa. Recordó la sensación bajo la palma de la mano cuando se besaron. Duros y poderosos. Recordó cómo le había clavado las uñas y la carne no había cedido. Recordó cómo había sentido la necesidad de estar más cerca de él, y que hacerlo no le había bastado. Ahí radicaba el peligro de aquel hombre. Que la hacía desear.

Ella negó con la cabeza. No podía permitirse aquella distracción. Se habían besado, habían conocido su sabor, y había sido enloquecedor. Pero ella no era alocada, y seguía estando en deuda con Shadow porque lo había visto y había sido fuerte por los dos para resistirse. Le tomó una mano entre las suyas sintiéndose muy audaz mientras él la miraba enarcando una ceja, y le dio un apretón. Una mujer china no haría algo así, pero se lo había visto hacer a muchas mujeres americanas. Al menos con miembros de la familia. Y en ese momento, Shadow era lo más cercano a la familia que tenía.

–¿Y esto?

–Te doy las gracias por tu fuerza.

Shadow la levantó y la ayudó a pasar un momento difícil.

–No estamos hablando de mis músculos, ¿no es así?

Ella negó con la cabeza.

–No. Aunque son bonitos, no me refería a ellos. No es que no vea la pasión que hay entre nosotros. Y tampoco quiero ofenderte, pero si hacemos lo propio de un matrimonio de verdad, corremos el riesgo de que venga un niño.

–Lo entiendo.

–No puedo tener un hijo contigo.

–He dicho que lo entiendo.

–De modo que lo que pasó antes…

–¿Que nos hayamos besado?

Fei no pudo evitar el sonrojo.

–Sí. No puede volver a pasar.

Él se volvió hacia ella y la obligó a mirarlo sujetándola de la barbilla. Fei sintió que se le doblaban las rodillas de repente.

–¿Aunque te gustara?

–Ya he admitido que hay pasión entre nosotros.

–Resulta que me gusta oírte decir que te gustó.

Brotaron unas leves arruguitas alrededor de los ojos de Shadow. Podía estar bromeando. O no.

–No puedo satisfacerte en esto.

—¿En qué?

—En la pasión. Me quedaría embarazada seguro.

Él pestañeó varias veces, se le oscurecieron los ojos y se ablandó el gesto de sus labios mientras ella se ablandaba por dentro también.

—Ya lo creo que sí.

Ya podía haberlo dicho con un tono menos alegre. Fei retrocedió un paso. Él sacudió la cabeza y se ajustó bien el sombrero. Acto seguido la levantó con toda facilidad con aquella agilidad musculosa digna de envidia y la ayudó a saltar un zanja en el camino.

Las manos de Fei temblaban y tenía la respiración agitada. En cuanto Shadow apartó las manos, Fei se alisó la camisa buscando la forma de controlar sus reacciones. Quería ver si él estaba teniendo la misma reacción, pero no se atrevió porque de haber sido así, lo mismo se habría visto tentada de poner a prueba su fuerza otra vez.

Él se puso a su lado.

—¿Estás bien?

Fei sabía que no podía ocultar sus reacciones.

—No entiendo esto que pasa entre nosotros.

—¿No esperabas sentirte atraída por un indio?

Esta vez cuando se trastabilló, Shadow estaba ahí para sostenerla.

Fei se dio la vuelta tan deprisa que la yegua retrocedió. No le gustó el tono de Shadow.

—No esperaba sentir esto por ningún hombre, chino, blanco o indio. No forma parte de mi plan.

—¿No planeaste en ningún momento que pudieras sentir deseo?

Shadow parecía sorprendido.

—Me he ocupado de evitarlo.

—¿Por qué?

—Yo no iba a elegir a mi marido. Permitirme esos sentimientos solo conducirían a la decepción.

—Carajo.

Más allá de soltar una imprecación no parecía que Shadow tuviera mucho más que decir. Siguieron en silencio durante un par de minutos y al final Fei tuvo que preguntar:

–¿Tú también sientes pasión?

–Ya conoces la respuesta.

–¿Te disgusta porque soy china?

–Ni lo más mínimo. Y lo sabes.

Fei le respondió igual que había hecho él antes.

–A lo mejor me gusta oírtelo decir.

El escozor que sintió en el trasero la hizo dar un salto al pasar sobre otra irregularidad en el terreno. Se giró sobre los talones.

–Me has pegado.

–Te he dado un azote en ese trasero descarado que tienes.

Ella so frotó donde la había azotado.

–Prometiste no hacerme daño.

Shadow esbozó una sonrisa.

–Así es. ¿Me quieres decir que eso te ha dolido?

Ella quería decir que sí, pero él la miraba sabiendo que no era así.

–Si es verdad que te ha dolido algo, apuesto a que ha sido un dolor bueno.

Ella bajó la mano de su trasero incapaz de dejar de mirarlo. Tenía razón. El suave escozor estaba dando paso a un desconcertante calor.

–De hecho apostaría que si te amenazara con repetirlo, te prestarías.

Ella echó la cabeza hacia atrás.

–Eres muy grosero.

–Puede –se levantó el sombrero mientras le retiraba las riendas de la mano y reanudaba el ascenso–. Pero eso no quiere decir que no tenga razón.

Ella lo siguió.

–No me gustaría que me azotaras.

La afirmación sonó débil incluso a sus oídos.

—En general tal vez no, pero bajo las circunstancias adecuadas, apuesto a que podría hacerte gritar de placer.

—¿Te gusta azotar a las mujeres?

—A la mujer adecuada.

Fei tenía que saberlo.

—¿Cómo sería esa mujer adecuada?

—¿Seguro que quieres oírlo? Podría ser grosero.

Ella quería oírlo con toda el alma.

—Una mujer debería conocer al hombre con quien está casada.

—La mujer adecuada sería aquella capaz de confiar en que voy a darle placer.

Fei estaba intrigada. Horrorizada. Y lo peor de todo era que quería ver si ella era una de esas mujeres que podían excitarlo. ¿Qué le estaba ocurriendo?

—A ninguna mujer le gusta que la azoten —masculló mientras Shadow y la yegua llegaban al final del terraplén.

Shadow se volvió y le tendió la mano. Ella la tomó, pero se dio cuenta de que había sido un error cuando sus dedos se cerraron en torno a los suyos como un cepo. Tiró de ella para ayudarla a ascender los últimos metros. El terreno era regular allí. El cuero crujió cuando su caballo sobrepasaba la cresta de un salto.

Shadow se dirigió a la yegua. Sin previo aviso se echó a Fei sobre el hombro. Esta lo agarró del cinturón y chilló.

—¿Qué haces?

Shadow se sentó en un tronco y la tendió sobre su regazo. Fei no veía la luz del sol porque él le cubría la cara y esto aumentaba la sensación de intimidad.

—Satisfacer tu curiosidad.

Ella pataleó y se retorció.

—¡No tengo curiosidad!

Él se rió y le puso el antebrazo en el centro de la espalda.

—Mentirosa. No solo tienes curiosidad, sino que todavía sientes el calor producido por ese primer azote.

–No.

Shadow pasó las manos por encima de los pantalones de seda y Fei sintió que se le ponía la piel de gallina. Se estremeció y después se quedó inmóvil.

–¿Seguro?

Ella apoyó las manos en el suelo y trató de echarse hacia atrás.

–Totalmente.

La respuesta le valió otro azote que le produjo un escozor tan estimulante como el primero. Las terminaciones nerviosas empezaron a bullir de excitación. Sus sentidos se pusieron alerta. Miedo. Anticipación. Placer.

–Ya la sientes.

–¿Qué?

–La anticipación mezclada con la excitación.

–No –por mucho que lo negara, no pudo contener el escalofrío cuando Shadow le acarició el muslo con el dorso de los dedos.

–¿No?

–No.

Shadow la tenía inmovilizada con el brazo sobre la espalda. Fei notaba el bulto de su verga contra el estómago y el peso de su mano en el trasero. No podía escapar, no podía hacer otra cosa que aguantar allí mientras él le ceñía la nalga derecha con los dedos, cálidos y fuertes, abrasándole la seda de los pantalones como un hierro candente. Shadow no se movió. La tensión comenzó a crecer dentro de ella en respuesta a aquella provocadora sensación de calor, concentrándose en el centro de su ser, debilitando su determinación. Ella quería negarle la razón, pero cuando notó los dedos recorriéndole el trasero, jugando con la hendidura entre las nalgas, la anticipación creció, y así el calor que se convirtió en un dolor sordo entre sus piernas. Se removió y sacudió, pero solo consiguió que le clavara más los dedos y que las sensaciones se incrementaran. Deseaba sentir sus manos en el trasero, sobre la piel.

—Suéltame.

—Aún no.

Ya. Tenía que ser ya mismo. Antes de que se pusiera en evidencia.

—Por favor.

Pero él no tenía clemencia, solo más pasión, más deseo. Otro sugerente azote, un poco más fuerte que el anterior, un poco más abajo. Seguido de otro y otro. Deseó que ojalá le doliera, necesitaba que le doliera, pero Shadow sabía proporcionar a cada palmetazo la fuerza justa para causarle el placer más dulce. Era tan agradable.

—Por el amor del cielo.

—Esto no es el cielo, cariño. Es solo el principio del camino.

Solo el principio. Ella sacudió la cabeza mientras le clavaba las uñas en los muslos y trataba de ponerse de lado, pero él era demasiado fuerte, tenía demasiado control. Y ella quería más. Más de aquel placer doloroso que la laceraba con la aguda dentellada del deseo. Estaba tan cerca de obtener un dulce premio. Lo percibía.

—No puedo…

—Sí que puedes.

La promesa se derramó sobre ella en una brutal caricia tan cálida como la emoción que crecía dentro de ella. Quería saber hasta dónde podía llevarla aquella experiencia, hacia dónde se dirigía todo aquel cúmulo de sensaciones. Y el único hombre que podía decírselo era Shadow. Su marido.

—¡Por favor!

—¿Me suplicas que pare o que continúe?

Una mujer sensata habría exigido lo primero, pero la salvaje que llevaba dentro, la que no sabía que existiera hasta ese día, quería que continuara. La que todavía tenía el control fue la que contestó:

—No lo sé.

—Sí que lo sabes. Separa las piernas.

Ella lo hizo, incapaz de hacer otra cosa. Él deslizó una

mano entre sus piernas con la suavidad de una pluma y la tocó de forma íntima hasta encontrar el punto más sensible de su sexo, y entonces lo acarició y lo frotó aumentando poco a poco la presión que, con una velocidad que la dejó atónita, explotó invadiéndola en forma de intensas contracciones de placer. Era demasiado. Demasiado. Fei alargó los brazos como si necesitara asir algo, a alguien. Se le escapó un gemido sollozante.

No había nada y de pronto allí estaba Shadow, dándole la vuelta con mimo y estrechándola entre sus brazos en el regazo mientras iban cediendo poco a poco los estremecimientos. Le rozó la sien con los labios. La mejilla. El bálsamo de ternura tras el fuego arrasador era más de lo que podía soportar. Y al mismo tiempo era lo único que necesitaba.

—¿Estás bien? —le preguntó él arrastrando la áspera voz de esa forma tan típica suya.

Fei pensó que nunca volvería a estar bien. No reconocía a la mujer que había estado en los brazos de Shadow. No reconocía a la mujer que lo único que deseaba en el mundo era volver a ellos. No se consideraba débil ni necesitada, y sin embargo, él la había hecho sentir ambas cosas de una forma extática. Negó con la cabeza por toda respuesta. Él le apartó el pelo de la cara y le secó la primera lágrima.

—Lo siento, cariño. No era mi intención llegar tan lejos.

¿La emoción más intensa que había sentido jamás y no lo había hecho intencionadamente? Una segunda lágrima siguió a la primera. Lo odiaba a él y se odiaba a sí misma. El pulgar de Shadow se detuvo en la comisura de sus labios.

—Me abrasarías si te dejara.

No había tenido vergüenza. Su padre tenía razón. Estaba hecha solo para ser concubina, pero no por la sangre que corría por sus venas, sino por una lascivia natural en ella. Bajó la mirada y se disculpó.

—Cariño, no me quejo. Un hombre quiere que su mujer

arda de deseo por él. Y que sea capaz de provocar la misma pasión fogosa en él.

–Pero yo no soy eso, para ti, ¿verdad?

Sus caricias eran tiernas, pero la verdad resultó áspera.

–No –la dejó de pie en el suelo. La distancia entre ambos era abismal–. Así que deja de jugar con fuego y recuerda lo cerca que estás de emprender ese nuevo comienzo.

Sí, tenía que recordarlo. No comprendía cómo podía haberlo olvidado. Tal vez fuera porque era tanto lo que tenía que recordar que quería algo que la ayudara a olvidar. O tal vez se debiera solo a él. Se humedeció los labios y se rodeó el torso con los brazos, dando un respingo al notar la presión contra los sensibles pezones. ¿Cómo podía provocarle aquellas sensaciones?

–Lo haré.

Shadow se dirigió a los caballos y sacó una cantimplora de la silla de Noche, la abrió y se la tendió. Esta se acercó a por ella con piernas temblorosas.

–Algún día me lo agradecerás.

Puede o puede que no, pero en ese momento no estaba de humor para aguantar su condescendencia.

–No soy una niña a la que decirle qué está bien y qué está mal.

–No, eres una mujer adulta, y ese es el problema.

Ella le devolvió la cantimplora.

–No va a haber ningún problema.

–No soy el hombre adecuado para ti, Fei.

La afirmación le cayó como un mazazo. Dio un paso atrás y alzó una mano para impedirle que se le siguiera acercando. Él permaneció allí de pie, su figura recortada contra el sol, una fantasía viviente de hombros anchos y caderas estrechas que jamás podría ser suyo, que arrojaba luz sobre su estupidez.

–Eres una mujer decente, Fei, y estoy en deuda contigo.

–Y tú pagas tus deudas.

Eso lo que estaba haciendo, pagar sus deudas. Sin saber

muy bien cómo encontró la fuerza para fingir que no le importaba. Tomó las riendas de la yegua y la llevó hacia el claro que se abría a la derecha.

—Sí —Shadow se quitó el sombrero y se pasó los dedos por el pelo—. No puede ser más que eso.

Ella no volvió la vista atrás.

—Lo entiendo.

Pero a su espalda lo oyó murmurar:

—Y un cuerno.

Aquella mujer no tenía ni un pelo de sentido de autoconservación. Shadow siguió a Fei por el claro admirando el contoneo de sus caderas en su silencioso caminar. Apretó las uñas contra la palma encerrando en ella la sensación de su trasero pequeño y prieto. Jamás había deseado algo como había deseado proporcionarle la experiencia que despertaba su curiosidad. Enterrarse en aquel atractivo cuerpo menudo y darle y recibir placer hasta que se corriera para él y él para ella. Le había faltado muy poco para perder la cabeza y ceder a la primitiva necesidad de tomarla, de hacerla suya, pero justo en ese momento, Fei había gemido, y de repente había tomado conciencia del disparate de lo que estaba haciendo.

«Te envuelve el tufo del demonio, hijo», resonaron en su mente las palabras de su padre. Shadow sacudió la cabeza y esbozó una sonrisa que absorbió el frío que sentía dentro. Si era verdad lo que decían los rumores, no solo tenía al diablo dentro, sino que él mismo era el demonio. La sombra de la muerte que sobrevolaba la tierra. Pero no quería ser la muerte de Fei. Fei era inocencia y pasión unidas con una desconcertante sinceridad. Lo hacía sonreír. Lo hacía arder de deseo. Lo hacía desear querer ser mejor. Y no le gustaba.

No tenía sentido intentar ser mejor. Era un hombre buscado a cuya cabeza habían puesto un alto precio. Conllevaría solo muerte para Fei. No quería que muriese por él. Y cuanto más tiempo pasaran al descubierto, más posibilidades habría. Pero daría lo que fuera por poder tenerla en sus brazos una noche. Fei era una mujer que sabía cómo amar. Lo más cerca que había estado de pertenecer a alguien había sido al besarse en el caballo antes, mientras lo abrazaba como si fuera a morir si lo soltaba. Pero tenía que dejarla ir.

Fei se detuvo delante de unos densos matorrales que creían junto a un desprendimiento de roca. Entonces se volvió y lo estudió de arriba abajo.

—Me parece que es muy estrecho.

—¿Cómo de estrecho?

—Bastante. Debería haber traído grasa de oca por si te quedas atascado.

La grasa de oca olía que apestaba.

—No voy a quedarme atascado.

Rodeó el desprendimiento en el terreno y se metió por detrás de una roca grande medio oculta entre la maleza. La madre que lo parió, pensó Shadow, ¿estaba en una cueva?

—No me habías dicho que el oro estuviera dentro de una cueva.

—Una vez que atraviesas la boca de entrada es bastante grande.

Perfecto. Shadow se quitó el sombrero. Seguro que la maldita cueva era grande solo desde la perspectiva de Fei, pero él era mucho más alto y el doble de corpulento. Cuando llegó a la boca de la cueva comprobó que Fei tenía razón. Se iba a dejar la piel tratando de meterse allí. Mierda. Detestaba meterse en sitios que hacían que se sintiera como si las paredes se le echaran encima.

—¿Vienes?

—Sí, pero no me hace ni pizca de gracia —masculló él, introduciéndose en la abertura.

—¿Cómo dices?

—Que sí, que voy.

La cueva se ampliaba casi un metro más adelante y era

mucho mayor de lo que había esperado. Parecía que alguien había excavado por dentro y apuntalado los laterales con vigas de madera. Tres túneles arrancaban de lo que parecía un gran sala. Se oía agua correr en algún punto del oscuro interior. En vez de húmedo, el aire era fresco. Con que había más de una boca de entrada. La idea de que hubiera una vía de escape lo hacía sentir menos encerrado.

Fei estaba de pie en el centro de la sala grande trenzándose el pelo. Shadow se fijó en los sacos y las bolsas de cuero que se alineaban contra la pared en la oscuridad. Sin duda se trataba de provisiones y ropa para dormir. Tenía sentido que Fei hubiera aprovisionado la cueva. Llevaba tiempo sacar oro. Miró los puntales, sorprendido. Había tenido que llevar tiempo.

La fricción del fósforo contra la roca rompió el silencio. A continuación el tintineo del cristal contra el metal al encender la lámpara. El interior oscuro adquirió un resplandor dorado. Tomó la lámpara en alto y se volvió hacia él.

—Este es mi depósito aluvial.

Aun con la luz que arrojaba la lámpara sobre los rincones, no se veía nada que justificase el orgullo de su voz.

—Está bien escondido.

La roca lisa de color gris absorbía la luz. No se veían reflejos dorados por ninguna parte. El color oscuro de las vigas oscuras alineadas verticalmente contra la pared se mezclaba con la roca y la tierra de alrededor.

—¿Cómo diste con él?

—Seguí a mi padre. Él lo construyó.

Shadow estudió detenidamente una entrada sin reforzar.

—¿Lo terminó?

—No.

Estupendo. Sintió un escalofrío de mal augurio.

—¿Entonces por qué has venido hasta aquí?

—Necesitaba un lugar para esconderme.

—¿De qué?

Ella se encogió de hombros.

—De muchas cosas.

Él dejó el tema por el momento y preguntó:

—¿Encontraste aquí el oro?

Ella negó con la cabeza y señaló hacia una salida situada al fondo.

—Más allá, junto a la cascada.

—Enséñamelo.

Ella levantó la lámpara y lo condujo. Las sombras se movían al ritmo de la temblorosa llama. Parecía como si las paredes temblaran. Shadow odiaba las cuevas. El sonido de la cascada fue cobrando intensidad, amplificándose a medida que la cueva se iba haciendo más grande. Se quedó algo decepcionado al ver que la cueva no tenía más de tres metros de alto. De la cascada partía un arroyo serpenteante que se iba ensanchando hasta llegar a una estrecha repisa en la margen derecha. Fei se detuvo junto a la repisa.

—Aquí.

Esta vez cuando levantó la lámpara, Shadow se quedó impresionado. Bajo la superficie poco profunda las pepitas de oro brillaban entre trozos de piedra común y corriente. Un botín digno de un rey, que esperaba justo bajo la superficie a que alguien lo tomara. Una fortuna por la que muchos hombres perseguirían y matarían. Y Fei lo había encontrado.

Shadow tomó una pepita. Pesaba como si fuera oro.

—¿Lo has llevado a certificar?

—Sí. Es oro.

—¿Te vio alguien?

—Sí, pero la pepita que llevé era pequeña y fingí decepción.

Shadow notó que se le erizaba el vello de la nuca. Pero el certificador sabía la verdad. Y muchos hombres habían matado por menos con la esperanza de encontrar más. Con su padre fuera de combate, Fei sería presa fácil. Carajo. Tarde o temprano irían a por ella. La empuñadura del cuchillo se deslizó en su palma con la familiaridad de un amigo en quien uno confía. Y él estaría esperándolos cuando aparecieran. Pero no quería que Fei anduviera por allí cerca, lo que significaba que cuanto antes borrara su rastro, mejor.

Tomó a Fei por debajo de la barbilla con la otra mano y la obligó a mirarlo.

–Quédate aquí y no te metas en problemas.

Capítulo 5

Fei estaba fuera de la cueva y metida en un lío a las tres horas. No porque hubiera querido, sino porque el rancho de Culbart estaba a solo una hora del depósito aluvial. Y Culbart tenía a Lin. Como esperaba que Shadow estuviera fuera varias horas, le daba tiempo a ir a ver cómo estaba su prima y regresar antes de que volviera. Llegó a hurtadillas por la parte trasera del granero. Un caballo relinchó dentro. Se oían voces de hombres procedentes de los barracones.

«Quédate aquí y no te metas en problemas».

No podía hacer ninguna de las dos cosas. Tenían a su prima prisionera en aquellos barracones. Entregada en forma de trueque por su padre en un momento de locura dos semanas atrás. No le había dado tiempo más que a dar a Lin a escondidas unas cuantas provisiones en su última visita antes de que Culbart regresara a casa. Seguro que ya se le estarían acabando. Confiaba en que Lin hubiera seguido sus instrucciones. Confiaba en que estuviera bien. Confiaba en que recordara la señal convenida. Se metió la mano en el bolsillo y tocó el frasquito. Sin el elixir, la virtud de Lin estaría perdida.

Junto a la esquina trasera derecha del granero había un manzano y detrás un montón de madera y un hacha rota. Amparándose en las sombras y conteniendo el aliento como si así pudiera evitar hacer ruido, Fei avanzó sigilosamente hacia la madera. Cuando llegó al hacha, se le había erizado el vello de miedo. En cualquier momento esperaba oír un grito de advertencia, sentir una mano en el hombro. Soltó el aire muy despacio y dirigió la hoja del hacha hacia la derecha. Con suerte, Lin vería la señal y se las arreglaría para salir del granero. Pero eso solo en el caso de que estuviera esperando atenta su llegada, y las posibilidades de que fuera a ocurrir en los siguientes minutos eran realmente muy escasas, lo que significaba que Fei tenía que encontrar un sitio en el que esconderse. Había estado solo una vez en el rancho, de modo que solo conocía un lugar. Esperaba que estuviera libre.

Fue contando los tableros que constituían el costado del granero y probó con el décimo. Estaba agradecida de que con el ajetreo de los meses de primavera y verano, los Culbart no se ocuparan de reparar los desperfectos. Tiró del tablero y se coló en el interior, luego se volvió para meter el morral que llevaba y finalmente dejó el tablero tal como estaba. Sus antepasados seguían sonriéndole. El compartimento del caballo estaba vacío. Se hizo un ovillo en un rincón y se cubrió con el heno. Varios ratones salieron correteando por un rincón. Se tragó las ganas de gritar y se obligó a quedarse donde estaba, sencillamente porque no había más sitios donde esconderse. Demasiados hombres entraban y salían del cuarto de los aperos. Demasiados hombres se colaban a escondidas en el henil a echar la siesta y otras cosas.

Fei se quitó una paja del pelo entre respiraciones lentas, controlando la urgente necesidad de buscar otro escondrijo. Odiaba andar a hurtadillas. Odiaba a su padre por haberla puesto en aquella situación. Odiaba al hombre que creía que su prima era algo que se podía comprar y vender. Pero sobre todo se odiaba por su impotencia en ese momento.

Había intentado hablar con Culbart. Y él la había echado del rancho entre carcajadas. La única manera de llevar a Lin a casa era comprando su libertad. Y la única forma de hacerlo era consiguiendo el oro. Mucho. Pronto lo tendría, pero mientras, tenía que proteger a Lin como fuera. Aferrándose al frasquito como si fuera un talismán, Fei se preparó para esperar.

Los minutos pasaban muy lentamente. La gente entraba y salía. Cada vez que se abría la puerta, cada vez que oía una voz, imaginaba que la iban a descubrir.

«Quédate aquí y no te metas en problemas».

Deseó haberlo obedecido. Deseó haberle podido contar a Shadow lo que ocurría, pero no podía arriesgarse a que entrara hecho una furia en el rancho de Culbart y consiguiera que mataran a su prima. Lin era lo único que le quedaba.

Los minutos se convirtieron en horas. Cayó la noche. La temperatura descendió y empezó a sentir frío. Hundiéndose aún más entre el heno, trató de no pensar en los bichos que podría haber allí dentro. Estaba preocupada por Joya, la yegua que le había dado Shadow. Esperaba que no la encontrara nadie. Le preocupaba que Shadow hubiera regresado ya.

La luz de la luna se colaba entre las rendijas de las paredes, iluminando el oscuro interior, lo que la tranquilizaba un poco. La puerta chirrió. Oyó unos pasos livianos, tanto que apenas se oían. Alguien se agachó en el estrecho pasillo que quedaba entre los compartimentos de los caballos. El heno empezó a crujir a medida que los pasos se acercaban. La puerta del compartimento se abrió. Fei aguantó por completo la respiración.

—¿Fei? —susurró Lin.

Fei se puso de rodillas y el heno le resbaló por los hombros.

—Estoy aquí.

Lin se le acercó corriendo, se agachó y la abrazó.

—Has venido.

—Te dije que lo haría. ¿Qué ocurre? —preguntó Fei cuando Lin rompió a sollozar.

Lin se puso a llorar a lágrima viva y negó con la cabeza.

–Cuéntamelo.

–Tengo que irme.

–No podemos. Aún no tengo el oro.

–No lo entiendes. Eso ya no le importa. Me echa la culpa a mí.

–¿De qué?

Lin se secó los ojos. Aun con el rostro surcado de lágrimas, Lin era muy bella con aquellas facciones clásicas bien proporcionadas, unos profundos ojos castaños rasgados y una tez pálida perfecta que Fei había envidiado siempre.

–Porque no es un hombre.

–¿Se ha enterado de que le estás drogando con el elixir?

Ella negó vehementemente con la cabeza.

–Me mataría si llegara a enterarse.

–¿Entonces por qué…?

–Dice que soy un mal augurio –la interrumpió Lin, agitando las manos–. Que le traigo mala suerte. Dice que me entregará a sus hombres.

–No hará tal cosa.

Lin sacudió de nuevo la cabeza.

–Sí que lo hará. Está loco. Tienes que llevarme contigo.

–No puedo –no tenían ningún lugar al que ir ni tampoco dinero–. Tenemos que ceñirnos al plan. Si te llevo conmigo ahora, Culbart irá a la ciudad. Padre no está protegido. Nosotras tampoco –Shadow se le apareció mentalmente, pero lo desestimó. Un solo hombre contra Culbart era lo mismo que ninguno–. No tenemos nada. Si nos marchamos ahora, moriremos.

Lin agarró a Fei con los ojos llenos de pánico.

–No me importa. No sobreviviré a una violación en grupo y no podré seguir reteniéndolo.

Fei cerró los ojos y trató de pensar. Creía a Lin, pero también sabía que lo que ella decía era cierto.

–Necesitamos un poco más de tiempo –le susurró, sintiendo el peso de unas obligaciones que no estaba preparada para soportar. Necesitaban más tiempo.

Se oyó un grito procedente de la casa.

Lin se quedó de piedra y susurró:

–Oh, Dios mío, saben que me he ido.

Fei sintió que el corazón se le caía a los pies.

–¿Estás segura de que no podrás retenerlo un poco más?

–Sí.

No había más remedio. Solo se podía hacer una cosa.

–¿Has traído tus cosas?

–No tengo aquí nada que quiera llevarme.

Fei lo comprendía.

–Tenemos que movernos deprisa. Quítate esas enaguas. Tendremos que correr.

Lin la miró y sin decir una palabra se desabrochó la falda y se quitó todo menos los pololos.

–Puedo correr.

Que su tímida y recatada prima no tuviera reparos en quedarse medio desnuda daba una idea bastante aproximada de lo aterrada que tenía que estar.

–Bien.

–Vamos.

Fei levantó el tablero suelto e hizo una seña a su prima para que pasara. Lin salió y se pegó a la pared del establo. Fei la siguió e hizo lo mismo. Tras una rápida comprobación se aseguraron de que no había hombres de Culbart a la vista.

La luna empezaba a alzarse en el cielo, inundando de luz las áreas abiertas. Ni una nube que les proporcionara cobijo. Tendrían que confiar en la velocidad de sus piernas.

–Quédate dentro de las sombras al otro lado de la verja y corre en línea recta hacia los árboles. Pase lo que pase, no te pares. Tú sigue corriendo, aunque te disparen.

Lin se mordió el labio, pero asintió.

–Al llegar a los árboles, busca dos caídos al suelo, uno junto al otro. A la derecha verás un estrecho sendero. Tómalo y no te salgas de él, pero cuando veas que se amplía y se forma una pradera, sal corriendo todo lo rápido que puedas hasta el centro y luego ocúltate en el bosque que hay al otro lado. Verás otra pradera y un caballo. Se llama Joya. Espérame allí.

–¿Qué vas a hacer tú?

Las cosas bien con un poco de suerte. Fei metió la mano en su morral y sacó dos cartuchos de dinamita.

–Demorarlos un poco.

Lin ahogó un grito de sorpresa y se encogió de miedo.

–¡Fei!

–Es la única forma.

–¿Sabes utilizar esas cosas?

–Padre me enseñó.

Lin se apartó disimuladamente sin quitarle ojo a los explosivos.

–¿Pero sabes emplearlos bien?

–Lo bastante como para demorarlos un poco. ¿Estás preparada?

Lin asintió con la cabeza.

–Si llegara allí alguien antes que yo, monta en el caballo y huye.

–¿A casa?

–No –sería el primer sitio en el que buscarían los hombres de Culbart–. No puedes volver allí. Ve hacia el este o el oeste.

–¿Qué le diré a tu padre?

Su padre. A Fei le entraron ganas de gritar cuando se dio cuenta de lo que su muerte significaría para su padre. ¿Permanecería encerrado a causa de sus miedos en aquel sótano para siempre? ¿Se liberaría en un momento de lucidez? Cerró los ojos e inspiró profundamente. Sea como fuere, no pondría en peligro la vida de Lin. Si ella moría, no podía enviar a Lin de vuelta con el hombre que bien podría entregársela de nuevo a Culbart.

«Ancestros, dadme fuerza».

Tomó aire y susurró:

–Si no regreso, dile a tu padre que venga a por su hermano. Está en el sótano que hay debajo del granero.

–¡Fei! ¿En el sótano?

Fei abrió los ojos y se encontró con la censura en los de Lin.

–Sabes que no está bien.

–Pero meterlo en ese agujero…

La sensación de culpa le atenazó el estómago. Sintió el aliento del dragón en la nuca.

–No podía correr el riesgo de que saliera y la gente lo viera en su estado –sacudió la cabeza–. No tenía elección… No podía dejarte aquí y dejar que siguiera cometiéndose este abuso.

Lin le dio un apretón en el brazo. Fei vio una mezcla de comprensión y sorpresa en sus ojos.

–No pretendía parecer desagradecida, pero tienes que entenderlo. No puedo abandonarte.

Fei sonrió a pesar del miedo.

–Si alguien te encuentra, abandonarme no tendrá ninguna importancia. Ya estaré con nuestros ancestros.

–No, Fei…

Fei comprobó la longitud de las mechas.

–Es una posibilidad. No muy grande. Padre me enseñó bien, pero esta dinamita es un poco vieja.

La dinamita vieja era inestable.

–Entonces déjalo y ven conmigo –le pidió Lin.

Fei sacudió la cabeza al tiempo que oían gritos procedentes de la casa. Empujó a Lin y le siseó:

–¡Corre!

Cuando Shadow encontró a la pequeña yegua tenía el corazón en la garganta y estaba furioso. Le había dicho a aquella condenada mujer que se quedara en la cueva y no se metiera en problemas, pero a juzgar por la situación, estaba hundida hasta las cejas. La yegua relinchó suavemente al verlo acercarse. Él le dio unas palmaditas en el cuello.

–Tranquila.

Se registró los bolsillos en busca de una zanahoria.

–Cuando encuentre a tu dueña, se va a llevar unos azotes, pero no del tipo que espera.

No quería pensar en la clase de problemas en que podía estar metida Fei. No sabía qué podía haberla llevado a abandonar la seguridad de la cueva para internarse en terreno hostil, pero no podía ser nada bueno.

La yegua trató de seguirlo.

–Quédate aquí un poco más.

Se veían luces entre los árboles. Tenía que ser allí donde estaba Fei. Si hubiera sido una visita de cortesía, no se habría dejado allí a la yegua. Lo que significaba que eran problemas y que se había metido de cabeza en ellos. Y no iba armada. Carajo.

Shadow se internó en el bosque y se dirigió a gran velocidad hacia las luces. Se oía ruido a unos seis metros de distancia. Alguien llegaba corriendo. Se echó hacia atrás y se fundió con la sombra de un pino. Sacó el cuchillo de su funda y esperó. La persona se estaba acercando. Era alguien menudo, una mujer. Shadow la agarró al pasar a su lado e impidió que gritara tapándole la boca.

–Te dije que no te movieras.

La mujer gritó y le clavó las uñas en la mano. No era Fei. Apartándole la mano de la boca lo justo para dejarla hablar, dijo:

–¿Quién demonios eres tú?

La mujer parloteó en chino, que para él era igual que nada. Estaba medio desnuda, aterrada y llegaba del mismo lugar en el que debía de estar Fei. Aquello solo podía significar una cosa. Fei tenía problemas.

–¿Dónde está Fei?

Ella se quedó inmóvil y lo miró con los ojos como platos. Shadow le acercó los labios al oído y repitió con un gruñido:

–He dicho que me digas dónde está, maldita sea.

El terror no desapareció de su rostro, pero Shadow reconoció la expresión que lo invadió. Se lo había visto a Fei muchas veces. Pura cabezonería.

—Vosotras dos tenéis que estar emparentadas.

Ella pestañeó.

—¿Conoces a Fei?

—Fui yo quien le dio el caballo —ella lo miró sin expresión alguna. ¿Fei no le había dicho nada de él?—. Soy su marido.

Ella se apartó de él como si le hubiera golpeado con un palo y se puso a hablar en chino.

—Pierdes el tiempo. No hablo chino.

—Fei no casada.

—Desde hace dos días, sí.

—Ella no dice.

—¿Había tiempo? —dijo él, haciendo una suposición a ciegas.

Ella se humedeció los labios. Aun con tan poca luz, Shadow vio que era una mujer bonita con el rostro redondo, grandes ojos castaños, una delicada boca en forma de arco y una figura esbelta y ágil. Y no decía una palabra.

—Te prometo que no voy a hacerle daño.

—Mientes.

—Tienes razón. Voy a darle unos azotes en el trasero por ponerse en peligro. Le dije que no se moviera y no se metiera en problemas y…

—Fue a buscarme —lo interrumpió ella.

—Hasta ahí llego.

—No podía quedarme allí más tiempo.

A juzgar por la poca ropa que llevaba, no había que ser un genio para imaginar el motivo.

—¿Dónde está Fei?

Ella señaló en la dirección de la que procedía ella.

—Se ha quedado para demorarlos.

—¿Cómo?

—No lo sé. Dijo que esperase aquí. Que la dinamita era vieja y que estaría bien.

Él la agarró por los brazos.

–¿Me estás diciendo que Fei está haciendo frente a un montón de hombres con un puñado de dinamita?

Ella se contrajo contra sí misma y lo miró con los ojos muy abiertos. Él apretó los dientes tratando de no perder la paciencia. Asustarla no le iba a proporcionar lo que necesitaba.

–Sí.

–Carajo.

–Dijo que eso los demoraría –repitió.

A ella también le pasaba que cometía incorrecciones gramaticales cuando estaba agitada.

–Ya te he oído.

Se oyó un disparo.

Lin lo agarró del brazo.

–Tienes que ayudarla.

Shadow la empujó hacia la yegua y le ordenó:

–Quédate con el caballo. Si viniera alguien desconocido, escóndete.

–Pero…

Shadow no se quedó a escuchar el resto. Sacó el revólver y echó a correr. Se oyeron más disparos y después gritos. Chillidos de mujer. Iba todo lo deprisa que podía.

¡Fei!

Saltó por encima de un tronco caído y evitó una roca. Los segundos parecían horas. La iba a matar por hacerle pasar por aquello.

Otra salva de disparos y de nuevo gritos de hombre, esta vez de victoria.

«Corre, Fei. ¡Corre, maldita sea!».

El silencio era peor que el caos. El silencio dejaba mucho a la imaginación, demasiado. De repente se produjo una explosión y el suelo vibró bajo sus pies. A la primera explosión siguió una segunda y una tercera. Los gritos se volvieron alaridos de pavor. Shadow apretó el paso. Iba tan concentrado en el caos que casi tiró a Fei al suelo cuando salió de la espesura. Estaba agachada detrás de una roca con un montón de cartuchos de dinamita en las manos.

Shadow se hizo una idea de la situación en cuestión de medio segundo. Fei había tendido la trampa con gran precisión. El perímetro de la pradera estaba sembrado de montoncitos de tierra como resultado de las explosiones, encerrando así a todos los hombres en el interior del círculo.

—La madre de Dios, cariño, es impresionante.

Ella continuó mirando al frente y no respondió.

—Demonios.

Fei estaba en estado de choque, contemplando los cuerpos desmembrados como si no comprendiera cómo había sucedido.

Él se arrodilló junto a ella, le quitó los cartuchos y los dejó con mucho cuidado en el suelo.

—Fei, es hora de irse.

Ella no se movió. Shadow oía que se acercaban más hombres. Cierto que se moverían más despacio por cautela, pero no sería así mucho tiempo. La zarandeó por el brazo y la estrechó contra sí.

—¡Fei!

Ella pestañeó varias veces seguidas.

—¿Shadow?

—¿Quién si no?

Fei miró fijamente la carnicería y susurró:

—No tuve más remedio.

Buscaba absolución.

—No lo tenías, no.

—Tenía que detenerlos. Querían a Lin.

Lin debía de ser la mujer que se había encontrado en el bosque.

—Has hecho lo que tenías que hacer, cariño. No te disculpes por ello. Pero hay más. Tenemos que movernos.

Ella echó mano del morral.

—Déjame que…

—Déjalo.

–No puedo. Tengo que hacerlo.

Él creía que se refería al morral, pero Fei se sacó una tira de tela del bolsillo y lo enrolló alrededor de una rama. Era un trozo de seda, pero de un diseño distinto a la que llevaba ella.

Agarrándola por el brazo con una mano, el revólver en la otra, tiró de ella.

–Ya me lo explicarás luego –la empujó por el sendero–. ¿Alguna otra trampa?

–Quería haber puesto otra más, pero no me dio tiempo.

–Bien.

–Espera –se volvió–. Tengo que encontrar a Lin.

Él la instó a continuar.

–Está con tu yegua.

–¿Está con Joya?

Como parecía que se movía mejor si estaba distraída, le preguntó:

–¿Le has puesto Joya de nombre?

–Sí.

Fei se tropezó y él la levantó un poco en volandas conforme los hombres que los perseguían apretaban. Estaban cerca ya. Demasiado. Dejó a Fei en el suelo y la empujó para que se pusiera delante de él.

–Vete.

Ella se detuvo.

–No puedo dejarte aquí.

–Sí que puedes. Esto es lo que mejor hago.

–Esto no es lo mejor de nadie.

Él le dio un empellón.

–Venga, vete.

Ella se volvió aferrándose a su morral y los labios apretados.

–No puedo.

–Lin te necesita.

El truco surtió efecto. Se dio la vuelta y salió corriendo. Él se volvió también y se internó entre las sombras. Lo único que tenía a su favor era el efecto sorpresa. A juzgar por el ruido, eran tres los hombres, puede que cuatro. Permaneció oculto entre las sombras hasta que pasaron y después se acercó al último de ellos por detrás. No perdió el tiempo. Le tapó la boca con la mano y le rebanó la garganta. La sangre manaba a borbotones mientras lo depositaba en el suelo en silencio y volvió a internarse en las sombras. Uno menos. Quedaban tres.

Los hombres se movían deprisa, más deprisa que Fei.

—Ha ido hacia la derecha —gritó el que abría la marcha.

Y tanto. Él le había dicho que fuera directamente hacia los caballos. Los siguió con cautela. Uno de los hombres fue hacia la derecha. Dos pasos más adelante estallaba la tierra delante de sus narices.

«Maldita sea, Fei».

No se le daba bien aceptar órdenes, pero era un hacha con la dinamita. Si hubiera explotado con un segundo de diferencia no habría sido tan efectivo. Dos menos. Quedaban dos. Shadow rodeó a los hombres mientras estos daban vueltas sin orden ni concierto. Era hora de acabar con todo aquello.

Derribó de una patada al hombre de la izquierda, aterrizando detrás del otro y entonces rodó hasta ponerse de pie como había hecho tantas veces. Se sacó el cuchillo de la boca al tiempo que aterrizaba y lo lanzó con letal puntería. La sangre brotó en un arco elevado cuando el segundo hombre cayó al suelo agarrándose la garganta. El que había recibido la patada se puso en pie. Miró primero a su compañero, luego a Shadow y acto seguido adoptó posición de pelea. Doblando hacia delante los dedos, invitó a Shadow a que se acercara. Este sonrió. Una buena pelea era siempre una buena pelea, independientemente de lo que ocurriera.

—Voy a ocuparme de ti, indio, y después me ocuparé de esa preciosidad de chica con la que estás huyendo.

Una ira ardiente se adueñó de Shadow.

—No tocarás a mi mujer. En la vida.

–¿Mujer? ¿Le has puesto las manos encima a una mujer blanca? Eso está penado con la horca.

–Igual que la violación –terció la tierna y dulce Fei, que debería haber estado ya lejos de allí. En la mano llevaba dos cartuchos de dinamita.

–Fei, no nos vayas a hacer explotar a los dos.

–Pues entonces corre.

Él no podía correr, estaba inmerso en la pelea, y el hecho de que Fei estuviera allí daba ventaja al adversario porque Shadow tenía que vigilarlos a los dos.

Fei se metió en la pelea mientras el hombre giraba en círculos estudiando el momento de distracción que le permitiera golpear, y blandió la dinamita como una espada.

–Atrás, mujer.

–Tenemos que correr.

–Tienes que hacer lo que te he dicho que hagas.

El hombre lanzó a Shadow un puñetazo al estómago y este respondió con un gancho a la mandíbula. El hombre pestañeó, se tambaleó y al final agitó la cabeza. Si Shadow le hubiera dado de lleno, seguramente que lo habría derribado.

–No tenemos tiempo para esto.

–Tampoco es que esté aquí pasando el rato.

Evitó el puñetazo del contrario con un salto atrás.

–Mujercita sedienta de sangre, ¿eh? –terció el desconocido con un gruñido.

El hombre hizo una finta. Era rápido, pero no lo suficiente. También mostraba querencia por el lado derecho en el que Shadow le había pegado la patada. Este arremetió dándole un codazo en la nuca. El hombre cayó al suelo pero rodó hasta ponerse en pie.

–Se le da bien reconocer lo que no carece de valor.

Se oyó el sonido rasposo del fósforo en la roca. Fei estaba de pie con el fósforo encendido en una mano y la dinamita en la otra.

–No lo hagas, Fei.

El otro hombre se detuvo en seco con una imprecación.

–Eso es dinamita.

–Exacto.

Ahora estaban empatados. El hombre estaba tan preocupado por lo que Fei estaba a punto de hacer como él mismo. Aunque por diferentes motivos.

Fei acercó la cerilla a la mecha, que empezó a crepitar.

–¡Por las llamas del infierno!

Fei agitó el cartucho.

–Aléjate de él.

–¿Vas a dejar que una mujer libre tus batallas?

Shadow miró de reojo la mecha chisporroteante. No parecía muy larga.

–Parece que no voy a tener otro remedio.

–Dile que la baje.

Shadow lo hizo.

–Bájala, Fei.

–He dicho que te apartes de él.

Shadow se encogió de hombros y miró a su adversario a los ojos.

–No quiere.

El hombre retrocedió un paso, dos, pero no era una distancia segura para Shadow en caso de que Fei le lanzara la dinamita.

–No me extraña que su familia dejara que se casara contigo. Está como una cabra.

La mecha se estaba consumiendo peligrosamente rápido.

–Aún no lo saben.

–Pues entonces devuélvela.

Mierda, cómo odiaba la dinamita. Era impredecible, inestable y casi nunca daba el resultado que uno esperaba.

–Puede que lo haga.

El pánico en los ojos de Fei indicaba que estaba dejándose llevar por los nervios y el miedo.

–No necesitamos dinamita.

–Te lastimará.

«Y un cuerno».

–Solo estamos discutiendo.

Shadow miró al otro hombre de manera significativa.

–Puede que estuvierais discutiendo, pero yo…

Shadow señaló con la barbilla en dirección a la dinamita. El hombre levantó las manos y retrocedió.

–Dos dólares a la semana no compensan esta mierda.

Shadow se volvió hacia Fei.

–¿Lo ves? Ya se va.

–No me fío de él.

–No tienes que hacerlo. Tú solo confía en mí.

–No es seguro.

Era más seguro que la dinamita. Fei le había dicho a Lin que era inestable, pero ella la tenía en la mano como si fuera a durarle todo el día. Carajo.

–¿Qué tienes en contra de este hombre, cariño?

–Le ha hecho daño a mi prima.

El hombre sacudió la cabeza y retrocedió un paso más.

–Yo no tuve nada que ver.

–¡Mientes!

–He empezado hoy.

Puede que fuera cierto o no. Poco importaba en cualquier caso. La mecha terminaría con sus opciones.

–¿Recuerdas que un día te dije que lo único que tienes que hacer es preguntar, cariño?

Ella asintió.

–Pregúntame.

–No puedo.

El hombre retrocedió un paso más.

Shadow sacudió la cabeza y le advirtió suavemente:

–No.

Dándose cuenta rápidamente de su error al tratar de distanciarse, el hombre regresó a la zona segura. Shadow esperaba. Entonces lo lanzó hacia atrás con un rápido gancho a la barbilla, y calló al suelo con un golpe sordo. No se levantó.

–Ya era hora –espetó Fei. Ni rastro de la mujer irracional, superada por el pánico. En su lugar estaba la Fei que estaba acostumbrado a ver. Calmada y tranquila. Fei arrancó la mecha del cartucho sin despeinarse siquiera y lo tiró al suelo.

Shadow tardó un momento en comprender.

–¿Era un farol?

–Se me dan mucho mejor los faroles que matar –dijo, encogiéndose de hombros–. ¿Está muerto?

–Inconsciente.

–Preferiría que estuviera muerto.

Shadow le quitó la dinamita con todo cuidado. Qué nervioso lo ponía aquello. Siempre le había pasado. La mecha chisporreteó en el suelo. Shadow la pisó con el mocasín al tiempo que guardaba el cuchillo en su funda–. Cuando despierte se va a encontrar con un buen dolor de cabeza y sin trabajo.

–No es suficiente.

–Ya, bueno, no se te ocurra hacernos saltar por los aires para que estemos igualados.

–No lo voy a hacer.

Fei lanzaba miradas fulminantes al hombre, la ira le oscurecía la mirada y hacía que apretara los labios. Quería venganza. Shadow lo entendía, entendía la ira que exigía una compensación. Una ira parecida había sido el motivo por el que se habían formado los Ocho del Infierno. Cuando el ejército mexicano exterminó a su pueblo y dejó tras de sí ocho niños huérfanos, podrían haberse rendido y haber muerto. Pero en su lugar decidieron unirse para sobrevivir y juraron vengarse de los hombres que habían asesinado a sus familias.

No era que mereciera la pena llorar por la pérdida de su familia y la de Tracker, pero la de Caine sí lo merecía y la casa de los Allen siempre había sido el santuario de los hermanos Ochoa. Allí les habían cuidado los moretones, llenado el estómago y abrazado, aunque los hubieran incomodado con ello. Para Shadow, los Allen habían sido la personificación del cuento de hadas. Una familia cariñosa que abrazaba, no golpeaba, que reía, no montaba en cólera. Una familia que había abierto sus puertas a dos chicos a quienes siempre se las habían cerrado en las narices. Pues bien, esas personas habían sido vilmente asesinadas.

Mientras cavaba sus tumbas, Shadow había pensado por primera vez en la finalidad de la ira. Hizo una promesa con la primera palada de tierra que echó sobre los cuerpos mutilados. Los responsables morirían. Todos y cada uno de los integrantes de los Ocho del Infierno hicieron la misma promesa. Y la habían cumplido.

Al final encontraron y mataron a los asesinos de sus familias. Y en el camino desarrollaron ciertas habilidades y se labraron una reputación. Tras matar al último de los culpables, Shadow esperaba que la satisfacción sustituyera a la ira con la que había vivido todo ese tiempo. Pero no había sido así. Dentro solo tenía ira sin ninguna finalidad. De manera que cuando los rangers de Texas le ofrecieron trabajo, lo aceptó, igual que los demás miembros del grupo. No porque quisiera ayudar a hacer que se cumplieran las leyes de Texas, para él las únicas leyes que valían eran las suyas, sino porque la ira sin finalidad podía acabar con uno.

Limpió una mota de suciedad que Fei tenía en la cara con el puño de su camisa. Él no quería que la ira consumiera a Fei por dentro. Él quería para ella un futuro repleto de luz y amor. Un hogar como el de los Allen con un hombre para quien ella lo fuera todo. Y para que eso sucediera, había que solucionar aquello.

Se llevó la mano al cuchillo y le preguntó:

—¿Quieres que lo mate?

Ella pestañeó sorprendida.

—No lo sé.

—Tú decides, pero has de hacerlo ya. No te lo guardes dentro.

Ella se mordió el labio.

–Matarlo ahora no es lo mismo.

–No es lo mismo que matarlo en defensa propia en el fragor de la pelea, pero al final, matar es matar.

Ella se llevó la mano a la garganta.

–¿De verdad lo matarías por mí?

–Pídemelo y lo sabrás.

–¿Qué clase de hombre eres?

Shadow agarró el morral y vació en el suelo el resto de los cartuchos de dinamita.

–La clase que necesitas ahora mismo.

Capítulo 6

Iban bien de tiempo considerando las circunstancias. Dudaba mucho que Lin hubiera montado a caballo antes, por lo que solo podían ir al paso, so pena de haber acabado por los suelos. Lo que Shadow no sabía era cuánto más podrían avanzar. Los caballos estaban cansados. Ellos estaban cansados. Miró por encima del hombro para ver qué tal iba Lin.

—Tenemos que parar —dijo Fei.

Shadow la estrechó un poco más fuerte recordando el momento en que oyó los disparos y sus gritos.

—No. Culbart querrá vengarse por lo que hiciste.

—Lo único que hice fue vengarme por lo que él hizo.

—Así es como funciona. Uno empieza y otro siente la necesidad de igualar las cosas. Y entonces esa venganza exige que te desquites.

—Compró a mi prima como si fuera un saco de harina.

—¡Fei!

Shadow se sintió mal por Lin, que parecía querer que se la tragara la tierra.

—Cuando intenté explicarle que era un error, él no quiso soltarla. Se rio y dijo que tendría que pagarle el doble si quería recuperarla.

«Conque un nuevo comienzo».

—Para eso querías el oro.

–Sí. Para comprar su libertad y marcharnos de aquí.

–¿Quién la vendió?

Ahora le tocaba a Fei sentirse avergonzada.

–Mi familia ha perdido mucho prestigio por este motivo.

–¿Una elegante manera de decir que lo hizo tu padre?

–Sí.

–Entonces Culbart cree que hizo un trato, simple y llanamente.

–Nadie tiene derecho a comprar a otra persona.

–Estoy de acuerdo, pero eso no cambia el hecho de que ese hombre crea que le has robado algo que le pertenece.

–Iré a la cueva a recoger el oro.

–Creo que ya se te ha pasado la oportunidad de hacer un trato.

–Querrá el dinero.

–Para cuando quieras vender el oro tendrás a todos los cafres del territorio buscándote.

–Para eso te tengo a ti.

«Mierda».

–Para llevar a cabo un plan tan estúpido vas a necesitar a todo el ejército americano.

–¿El ejército al que tan poco gustas?

Shadow asintió.

–Exacto.

–Entonces no hay elección. Tenemos que ir a la cueva.

–Solo si quieres despedirte de él. No podrás regresar por allí hasta que las cosas se calmen. Unos cuantos meses probablemente. Está demasiado cerca del rancho de Culbart. No hay ningún sitio donde esconder los caballos. No hay manera de disimular tu presencia. Y a menos que tengas una buena provisión de carne seca ahí dentro, no se puede cocinar porque te descubrirían por el olor.

Lin ahogó un grito.

–¿Crees que nos están persiguiendo?

–Apostaría mi caballo.

Lin intercambió una mirada con Fei.

–Tenemos que ir a casa.

–Allí es donde primero buscarán.

–El tío está allí solo –respondió Lin.

–¿El mismo tío que te vendió a Culbart?

–Sí.

–Me cuesta mucho preocuparme por él.

–Está enfermo.

–¿Y?

Fei hizo un gesto con las manos.

–De la cabeza. No siempre sabe dónde está ni lo que hace.

A Shadow le importaba poco lo loco que estuviera. No podía imaginarse capaz de vender a su sobrina.

–No.

Fei elevó la barbilla.

–Es mi padre. Tengo una responsabilidad como hija.

Él se fijó en que no había dicho que lo hiciera por amor.

–Y yo soy tu marido, lo que significa que también tengo responsabilidades.

–Y esa responsabilidad se extiende a mi familia.

–¿Sí?

–Si reclamas tu papel como esposo, lo serás en todo.

–¿Todo o nada?

–Sí.

Shadow espoleó a Noche hacia la derecha, en dirección a la casa.

–Lo tendré en cuenta.

De la pequeña casa y su granero no quedaba más que restos humeantes.

–¡Oh, no! No, no.

Fei desmontó y corrió hacia el granero. Se hincó de rodillas delante de las vigas hundidas. Lin la siguió más despacio. Shadow espoleó al caballo hacia delante y contempló la escena. Una nube de humo acre flotaba en el aire mezclado con el olor a carne quemada. No sabría decir si animal o humana. Semejante acto de destrucción ocultaba en el fondo una tremenda ira. Lin no parecía el tipo de persona capaz de despertar semejante pasión en un hombre, pero algunos se comportaban de una forma extraña cuando tocaban sus posesiones. Shadow se bajó de un salto y dejó caer las riendas al suelo.

De repente, Fei se puso en pie y se lanzó hacia las ruinas. Shadow tuvo el tiempo justo para agarrarla antes de que se achicharrara entre las ascuas humeantes. Sintió los hombros delicados y frágiles bajo sus manos.

—¡Mi padre!

El hedor a carne quemada tomó un cariz más siniestro. ¿Su padre estaba allí dentro?

—No hay nada que hacer, cariño. Si tu padre estaba ahí dentro, no queda ya nada.

—Estaba en el granero.

Lin se tapó la boca con las manos y se estremeció.

—¿Cómo lo sabes?

—Yo misma lo encerré.

Demasiado menuda para cargar con toda esa culpa.

—¿Por qué?

—Perdió la cabeza, pero no sus habilidades. Creía en cosas extrañas. Hacía cosas extrañas. No podía confiar en él.

—Quieres decir que no podías confiar en que no fuera a hacer saltar algo por los aires.

Ella asintió.

—Fei, eras tú —susurró Lin.

Fei asintió de nuevo.

—¿Todo este tiempo?

Fei asintió por tercera vez.

—Necesitábamos el dinero.

Shadow miró alternativamente a las dos chicas.

—¿De qué estáis hablando?

Las dos primas intercambiaron una de aquellas miradas

suyas que tan nervioso lo ponían. Volviéndose hacia Fei de forma que lo mirase a la cara, le preguntó:

–¿Qué es lo que has hecho?

–He estado haciendo el trabajo de mi padre haciéndome pasar por él.

Shadow no podía creer lo que oía.

–¿Para el ferrocarril?

–Sí.

Ahora tenía sentido el trozo de seda que había dejado en el arbusto. Quería que la gente creyera que su padre había estado allí.

Manejar explosivos para el ferrocarril era uno de los trabajos más peligrosos. Y no solo por los materiales empleados, sino porque la compañía del ferrocarril consideraba a los trabajadores chinos tan desechables que no se molestaba en invertir dinero en la seguridad.

–¿Cómo lo hiciste?

–Para los blancos todos somos iguales –espetó Lin.

–Pero tú no pareces un hombre –dijo Shadow. Fuera como fuese, no podía imaginar a Fei pensando como un hombre.

–Si encorvo los hombros, me embadurno la cara y me pongo el sombrero de ala ancha que solía llevar mi padre, sí. Nadie se acerca nunca tanto a los explosivos.

Eso sí se lo creía.

–Y el tío era… –Lin se puso a gesticular con las manos buscando la palabra adecuada.

–Excéntrico –terminó Fei–. Me utilizaba a mí para hacer llegar sus deseos.

–No hablaba bien inglés –explicó Lin.

Fei continuó como si su prima no hubiera intervenido.

–Cuando insistía en que no hubiera nunca nadie en un radio de noventa metros en los días que se llevaban a cabo explosiones, nadie lo cuestionaba.

–Lo tenías todo previsto.

Fei se quedó mirando los restos chamuscados de la casa

mientras lágrimas silenciosas le corrían por las mejillas. El escalofrío que la recorrió por dentro le subió también a Shadow por la espina dorsal.

–No. No sabía cuánto tiempo podría seguir engañando a los del ferrocarril. No sabía cómo controlar a mi padre cuando dejó de ser el hombre que yo conocía.

Shadow le tocó el moretón ya casi difuminado que tenía en la mejilla.

–¿Fue él quien te pegó?

–Sí.

–Y por eso empezaste a encerrarlo en el granero.

Ella negó con la cabeza.

–Estaba en el sótano de las tormentas.

Lin avanzó un paso.

–Lo mismo está vivo entonces.

Shadow se sintió un cretino por aplastar sus esperanzas.

–Si el calor del fuego no acabó con él, lo habrá hecho el humo.

Fei gimió y lloró. Shadow no sabía cómo aligerar su dolor. Fei se apartó. Se quedó junto a él, abrazándose la cintura, tan aislada de todo que era como si estuviera a medio mundo de distancia. Shadow había evitado que la ira se apoderase de ella, ¿pero cómo protegerla de la culpabilidad?

–Al menos ahora estará en paz –dijo Shadow en un torpe intento. No le extrañó que Fei solo asintiera con la cabeza.

–Hay que enterrarlo como es debido –dijo Lin.

Fei volvió a asentir.

Shadow tuvo que comportarse como el malo otra vez.

–Las ascuas tardarán días en enfriarse.

–Esperaremos.

–Si Culbart no ha dejado a alguien vigilando este sitio, es idiota –miró a Lin–. ¿Te pareció un idiota?

Ella negó con la cabeza.

–Es malo y taimado como una serpiente.

Las primas tenían algo raro con los reptiles. Él, Shadow, era un dragón y Culbart una serpiente. Por lo poco que había oído cuando llegó a la ciudad, Culbart tenía fama de hombre duro y cruel en lo que a proteger lo suyo se refería, pero no había oído ningún rumor particularmente negativo sobre él. Claro que era posible que una mujer lo viera de otro modo.

—Entonces no podemos demorarnos aquí celebrando un funeral.

—El alma de mi padre no descansará si no lo enterramos como es debido —objetó Fei.

—Entonces pronuncia unas palabras rogando por su descanso.

Las dos lo fulminaron con la mirada. A él no le importó. El viejo estaba muerto. Ellas estaban vivas y era obligación suya que siguiera siendo así.

—No puedes hacer nada más —añadió ablandando el tono.

—Puedo llorar su pérdida —dijo Fei.

—Pero eso puedes hacerlo igualmente a ciento sesenta kilómetros.

—¿Ciento sesenta kilómetros?

En realidad había más de trescientos veinte hasta los Ocho del Infierno.

—Aquí ya no tienes nada.

Fei extendió los brazos hacia los lados.

—¿Y qué me espera ahí fuera?

La seguridad.

—Puede que un futuro.

Ella negó con la cabeza.

—No lo haré.

—No te estoy dando elección. Todo o nada, ¿recuerdas? Y ahora, sube al caballo.

Ninguna dijo una palabra durante el resto del camino. Shadow no era tampoco un hombre demasiado hablador, pero no había más que silencio. Un silencio molesto como cuando se te metía algo en la bota. Al cabo de seis horas así, estaba de un humor desagradable como un cubo de leche agria.

—Nos detendremos aquí a pasar la noche.

Lin miró a Fei. Shadow pensó que las dos primas tenían secretos, pero en aquel momento no le importaba. No iba a cambiar los planes por mucho que le estuvieran ocultando.

Shadow desmontó y luego ayudó a Fei, que no le dio las gracias. Lin no esperó siquiera a que la ayudara. Se bajó del caballo deslizándose. En cuanto tocó el suelo con los pies, se apoyó contra el caballo y se pegó a la silla todo lo discretamente que pudo. Le iba a doler todo al día siguiente.

—¿Qué es esto?

—Una zona con zarzas que nos darán cobijo, alejada del sonido de las cosas y un riachuelo —señaló el sendero usado por los ciervos que atravesaba los matorrales—. Y un lugar en el que acampar esta noche. ¿Alguna objeción?

Las dos negaron con la cabeza. Shadow tomó las riendas y condujo a su caballo hacia los matorrales. Unos nueve metros dentro de la espesura se abría un pequeño claro y seis más adelante estaba el riachuelo.

—Preparad las esterillas de dormir mientras yo me ocupo de los caballos.

Lin se quedó mirándolo sin saber qué decir.

—Fei, tú dormirás conmigo.

—¿Por qué no puedo compartir esterilla con Lin?

—Considéralo parte del «todo o nada».

Shadow tuvo la satisfacción de ver el fuego llamear en los ojos de Fei. Esta abrió la boca para discutírselo, pero Lin se le adelantó.

—¿Qué es una esterilla de dormir?

—Parecen mantas enrolladas y están atadas a la silla de la yegua.

—Se llama Joya —dijo Fei en un susurro.

–Ya me lo has dicho. Mientras andabas por ahí con un montón de dinamita en las manos.

No era un recuerdo agradable.

–Fei –terció Lin–. Un mujer sensata no provoca a su marido.

–Esta sí.

–¡Fei!

Fei se volvió con actitud beligerante.

–¿Por qué no? No puede hacer nada. Ha prometido no hacerme daño.

–Puede que no –la interrumpió Shadow–, pero ahora mismo tu vida está en mis manos y estoy a punto de perder los nervios, así que no me provoques, porque si presionas demasiado, lo mismo incumplo mi palabra.

Fei no pestañeó siquiera. O tenía una tremenda fe en la fuerza de voluntad de Shadow o estaba tan cansada después de todo lo ocurrido que ya no le importaba.

–No vas a incumplir tu palabra.

Desenrolló la esterilla y se la tiró a Fei.

–¿Cómo estás tan segura?

Ella la agarró al vuelo.

Lin tomó la otra y aferrándola delante del pecho se puso junto a su prima.

–Eso. ¿Cómo estás tan segura? –le preguntó Lin.

–Porque su palabra es lo único que siempre ha sido suyo.

Lin lo estudió detenidamente buscando, obviamente, lo que Fei veía en él sin encontrarlo obviamente también.

–Pero eso no quiere decir que tenga que hacer lo que me diga.

Shadow negó con la cabeza. La mujer no sabía el significado de dejar algo.

–Hasta que encuentres la manera de poner fin a este matrimonio, sí.

–No sabemos si el matrimonio es legal.

–No sabemos si no lo es.

–No tenemos que actuar como si lo fuera.

Él sonrió.

–Todo o nada, cariño.

–Entonces elijo na…

Lin la agarró por la mano.

–Ya basta –y sin darle tiempo a protestar, añadió–: Deja de provocar a este hombre.

Shadow pensó que Lin podría llegar a gustarle. Se levantó el sombrero como gesto de agradecimiento.

–Gracias.

–De nada.

–No tienes por qué darle las gracias –le espetó Fei.

–¿Por qué no si tiene razón? –preguntó él, sosteniéndole la mirada–. ¿Intentas provocarme? ¿Tentarme acaso? –el pulso se le aceleró ante la posibilidad–. ¿Por eso estás furiosa? Porque no tenías que poner en peligro tu vida, la de tu prima y la mía para eso. Bastaba con…

–¡Cómo te atreves a decirme esas cosas!

Él se cruzó de brazos. Serena, dulce o cabreada, aquella mujer le encendía la sangre.

–Cariño, me atrevo a hacer muchas cosas ¿o es que aún no te has dado cuenta a estas alturas?

–Mi prima está delante.

–Ya. Y parece horrorizada.

Fei se volvió hacia Lin.

–¿Por qué estás horrorizada?

Lin parecía que querría estar en cualquier otra parte que no fuera allí.

–Es tu marido. Tu comportamiento es indecoroso.

–Lo sería si fuera mi marido.

Lin bajó la mirada y alisó una arruga de la esterilla.

–Fue a por ti cuando no tenía por qué hacerlo. Luchó por las dos cuando no tenía por qué hacerlo. ¿Y dices que no es tu marido? Entonces dime quién haría algo así sino un marido. Y por quién lo haría sino por su mujer. Tu falta de respeto me avergüenza.

Fei se quedó como si la hubieran abofeteado. Bajó los ojos y adoptó aquella postura de sumisión que Shadow detestaba.

–No fui yo quien declaró que no fuera mi marido.

La verdad quedó suspendida entre ellos. Mierda. ¿Había sido él el primero en decirlo?

Fei se humedeció los labios.

–Lo siento –hizo una profunda reverencia–. Lin tiene razón. No hay respeto en mi forma de hablar.

Shadow habría preferido que lo hubiera escupido.

–No soy de los que necesitan que les hagan una demostración de falso respeto para sentirse bien.

–El respeto no es falso.

–¿Por qué percibo que hay un pero?

Ella elevó la barbilla.

–Me has dado demasiadas órdenes.

–¿Por qué es eso un problema para ti? No se puede decir que las obedezcas.

Ella entornó los ojos y dijo con un atisbo de irritación en su suave voz:

–Porque no lo pides por favor.

–¿Me estás tirando los trastos a la cabeza porque no digo por favor?

–Es molesto.

–Morir también lo es.

Lin agarró la otra esterilla y tiró tanto que Fei se tambaleó.

–No os entiendo a ninguno.

Shadow la miró enarcando una ceja.

–No sabía que tuvieras que hacerlo.

Lin asintió.

–Tienes razón. Esto no tengo por qué entenderlo. Esto es entre vosotros dos –se llevó la esterilla–. Hablad, por favor –añadió, empujando suavemente a Fei con un rápido gesto de la mano–. Pero en otra parte.

Fei parecía perdida.

–A lo mejor yo no quiero hablar.

Shadow levantó una mano. Se sentía mal por ella.

–¿Prefieres que peleemos?

–Puede.

–Pues mala suerte –medio andando, medio arrastrándola, la llevó hacia los caballos. La tomó de la mano y le puso las riendas de la yegua en ella. Ella las dejó allí, sin cerrar los dedos sobre el cuero. Lo miró como si fuera a salir corriendo. A continuación, Shadow tomó las riendas de su caballo y dejó abierta la posibilidad. Durante un segundo nada más–. Aléjate galopando, y yo iré a por ti.

Ella abrió la boca. Él le puso la mano encima, silenciando así su protesta. Ella abrió desmesuradamente los ojos y contuvo el aliento. Le tenía miedo. Después de la conversación que habían tenido, Fei le tenía miedo. Mierda.

–No porque quiera lastimarte –le explicó él con un tono que sonó áspero incluso a sus oídos–, ni tampoco porque no pueda soportar que me digan que no, sino porque tengo aún demasiado fresco el recuerdo de que hoy podrías haber muerto –la mirada de miedo se tornó en sorpresa–. Me vuelve loco pensar que podrías haber muerto.

Ella movió los labios. Shadow no entendió lo que dijo. Tampoco estaba seguro de querer saberlo. Si era pelea lo que quería, se la daría, pero no parecía muy probable que fuera a terminar bien. Cuando lo desafiaba como en ese momento, lo único que quería era tumbarla en el suelo y follarla solo para demostrar que no se diferenciaba de las otras mujeres. Solo para demostrarse a sí mismo que no la necesitaba. Solo para demostrarse que todavía era capaz de marcharse.

Los ojos de Fei se llenaron de lágrimas. Sus esbeltos dedos le rodearon la muñeca y le dio un suave apretón, como si fuera un animal salvaje que hubiera que domesticar. O calmar, se percató Shadow. Se le derramó una lágrima, rodó por la mejilla, chocó contra el borde de la mano de Shadow y se desbordó, uniéndolos eficazmente. Shadow supo que era mentira. Jamás podría marcharse. Apartó la mano de la boca de Fei y le indicó el arroyo.

—No digas nada. Caminemos un rato.

Ella lo hizo en silencio, con la cabeza gacha, medio paso por detrás de él. Aquello también lo irritaba. La tomó de la mano y tiró de ella hasta que quedaron al mismo nivel.

—Que esté enfadado contigo no significa que piense peor de ti. No eres mi jodida esclava.

Los ojos verdes de Fei se encendieron. Lloraba con más intensidad, las lágrimas se le acumulaban en las pestañas. No quería que le importara si sufría o dejaba de sufrir. Otra lágrima. Rodó por la mejilla. Shadow se obligó a mirar. La lágrima le resbaló por la barbilla. Shadow soltó una imprecación. Si no hubieran estado a solo unos pasos del arroyo, la habría tomado entre sus brazos, pero sería una crueldad dejar a los caballos allí teniendo el agua tan cerca. De modo que se controló, pero en cuanto los caballos llegaron al agua, dejó de disimular. La tomó por los brazos, pero Fei se tensó como si se estuviera preparando para recibir un golpe.

—No, cariño. No hagas eso.

Ella se quedó inmóvil, sin tensarse en espera de un golpe, pero tampoco en actitud acogedora.

Él la estrechó contra sí.

—Demonios, Fei. Me has dado un susto de muerte.

Los músculos de Fei se distendieron. Subió las manos por la espalda de Shadow.

La siguiente lágrima le empapó la camisa.

—Lo siento. Ya no sé por qué hago lo que hago.

Él tampoco. Corría riesgos que no tenían lógica, era descuidado cuando debería estar atento y bebía cuando tenía que estar sobrio.

—A veces hay que escupirle al demonio en un ojo.

—Pero no es a los ojos del demonio donde escupo.

Largos mechones de cabello le escapaban de la trenza. Shadow le apartó uno y se lo sujetó detrás de la oreja.

–Creo que sobreviviré. Supongo que es difícil confiar en un hombre que conociste cuando estaba a punto de ser ahorcado.

Fei frotó la mejilla contra la camisa de Shadow y admitió:

–Es difícil confiar en cualquiera.

Él también sabía lo que era eso.

–Tienes que empezar a hacerlo alguna vez.

–¿Crees que debería empezar contigo?

–¿Con quién mejor que con tu marido?

–Estamos casados, ¿no?

–Sí.

Ella suspiró.

–No tiene sentido que nos peleemos, ¿no?

–No cuando hay tantos dispuestos a meter baza.

Fei produjo un sonido a medio camino entre una carcajada y un resoplido.

–¿Eso ha sido una risilla?

Ella se tapó rápidamente la boca con la mano.

–Sí.

–Entonces no te tapes.

–Es una grosería enseñar los dientes.

Él le apartó la mano de la boca y negó con la cabeza.

–Me gustan tus dientes.

Y le gustarían más que le arañara el cuerpo entero con ellos.

–El delantero está torcido.

–No me he fijado.

–Eso es porque yo no te he dejado que lo veas.

Shadow le frotó el labio inferior con el pulgar, tratando de que los separase para poder ver el diente torcido.

–Empezaré a prestar atención.

–No está tan torcido.

Él sonrió.

–¿Quieres que te crea?

–En esto vas a tener que confiar en mí.

La sonrisa de Shadow se esfumó al cobrar constancia de la realidad. Confiaba en ella. Le besó el dorso de la mano y dijo:

—Supongo que sí.

Ella no dijo nada. No tenía que hacerlo. Los dos iban a tener que confiar en el otro.

—¿Estás bien? ¿Te has lastimado?

—Solo es un rasguño.

Que ya era un milagro.

—No quiero volver a verte con un cartucho de dinamita en la mano.

—Ya lo hemos discutido.

—No me gustó la respuesta.

—Eso no lo cambia.

Los pocos rayos de sol que se colaban entre la maleza arrancaba destellos a la gruesa trenza de Fei. El color negro parecía casi azul.

—¿Apostamos?

—No.

Shadow le soltó la trenza, onda por onda, aliento por aliento, dejando que el sencillo ritual le suavizara la tensión.

—Eres una mujer preciosa, Fei.

—Gracias.

—Te deseo.

Ella le acarició la pequeña cicatriz que tenía en la mandíbula.

—Lo sé.

—Eso no cambia el hecho de que no puede salir nada bueno de esto —le soltó el resto del pelo.

—Eso dices.

—Es la verdad.

Ella le rodeó la cintura y lo abrazó tímidamente.

—¿Shadow?

—Sí.

—Quiero algo de ti.

Debería haberlo supuesto.

–¿Qué?

Fei levantó la mirada y la tristeza que Shadow vio en sus ojos le partió el corazón.

–He perdido a mi madre, a mi padre y mi cultura. Hasta podría perder la vida.

–No dejaré que eso ocurra.

–Me persiguen –Fei se encogió de hombros–. Podría suceder.

–No.

Ella continuó como si él no hubiera dicho nada.

–Por eso quiero que esta noche no pongas freno a la pasión que hay entre nosotros.

–Tu prima duerme aquí cerca.

–Creo que bastante tiene con su enfado. No está muy contenta con nosotros.

–Para ser una mujer tan sumisa tiene una curiosa manera de dejar claro lo que piensa. Pero eso no cambia el hecho de que duerme aquí al lado.

–Tendrás que asegurarte de que no haga ruido.

Shadow quería hacerla gritar.

–¿Qué dirá cuando vayas a por nuestra esterilla?

–Le diré que quiero estar con mi marido. Lo entenderá.

Shadow deseó que así fuera.

–¿Por qué, Fei?

–Porque quiero algo para mí. Quiero algo que sea mío, no algo que me hayan impuesto. Algo que no me haya comprometido a aceptar. Lo que siento estando contigo no lo he sentido nunca con nadie. No sé si viviré lo suficiente para volver a sentirlo, pero quiero saber hasta dónde puedo llegar, aunque solo sea por esta noche. Soy tu mujer, así que no puede estar mal. ¿Puedes darme lo que te pido? ¿Puedes fingir por una noche que soy tu mujer de verdad?

Él le acarició la comisura de los labios con el pulgar. Lo deseaba por lo que era. Lo deseaba a él, no lo que representaba. Le daría el mundo entero en ese momento.

–Puedo darte esta noche.

–¿Sin la rabia?

–Sin la rabia.

–¿Pensarás que soy especial?

–Eres especial.

Ella negó con la cabeza.

–Sé que no lo soy. Carezco de la actitud de una buena esposa y de la pureza de sangre que dar a tus hijos.

–Mis hijos no van a necesitar pureza de sangre, sino carácter para saber conducirlos por el mundo.

–Solo estamos fingiendo por esta noche.

–Esta noche podría tener consecuencias.

–¿Cuáles?

–Podrías quedarte embarazada.

–Hay formas de evitarlo.

¿Cómo demonios sabía eso ella?

–¿Qué te hace pensar que voy a hacer uso de ellas?

Ella ascendió por la espalda de él con las manos y le acarició el torso y los hombros provocándole un hormigueo de placer por toda la piel. Sonrió con timidez y dulzura. Sí que tenía un diente ligeramente torcido y se le antojó lo más erótico del mundo.

Fei enlazó las manos alrededor del cuello de Shadow.

–Confío en ti.

Capítulo 7

Fei deseaba lo mismo que toda mujer, una noche de bodas para el recuerdo. Una noche en la que sentirse amada. Adorada. Y quería que él le diera esa noche. Él, que no tenía ni la menor idea de lo que era eso.

Acariciándole levemente el cuello, Shadow la empujó contra el costado de Noche. Fei contuvo el aliento con un gemido ahogado de lo más sexy cuando Shadow se colocó entre sus piernas.

—Pides mucho.

—Lo siento si te he ofendido.

—No me has ofendido, pero no creo que sepas lo que estás pidiendo ni a quién se lo estás pidiendo.

—Le estoy pidiendo a mi marido que me enseñe los placeres del lecho conyugal.

—Le estás pidiendo a un hombre al que nunca han amado que te enseñe qué es el amor.

Ella apartó la vista.

—Ya sé que no me amas.

—No es eso lo que quiero decir. Toda mujer debería hacerlo por primera vez con el hombre a quien ama.

—En mi cultura, la virginidad se entrega a quien la familia de una decide que será un buen partido. Dudo que hubiera llegado a verle la cara antes de la ceremonia.

Shadow había oído hablar de esas cosas.

–¿No tienes elección?

Ella esbozó una pequeña sonrisa mientras se desabrochaba los dos botones superiores de la túnica de seda de cuello alto, dejando a la vista el hueco de la base de la garganta. El deseo de Shadow se despertó, hormigueando a lo largo de las terminaciones nerviosas.

–No, a menos que yo la propicie.

Él le apartó el suave tejido.

–Desabrocha otro botón.

Lo dijo con más brusquedad de la que había pretendido. Ella no respingó ni apartó la mirada. Cuando Shadow sacó los dedos de debajo de la seda para acariciarle la nuca, Fei entreabrió los labios y dejó escapar un leve gemido.

–Me gusta –añadió él.

–A mí también.

–Tienes fuego dentro, Fei.

Esta arqueó el cuello para permitirle un mejor acceso.

–Solo por ti.

Solo por él. Era una fantasía. Una fantasía con infinito encanto. Jamás había estado con una mujer que no hubiera conocido varón y que ardiera de deseo solo por él. Nunca había querido. Hasta ahora.

–Me alegro.

Fei echó la cabeza hacia atrás en respuesta a la presión de los dedos de Shadow.

–Shadow –susurró. Shadow bajó la cabeza.

No la besó. Se limitó a jugar, excitándolos a ambos con la idea del contacto. Fei respiraba más entrecortadamente cada vez. Sus labios se ablandaron. A Shadow le encantaba aquella boca. Introdujo los dedos entre su pelo negro y tiró de su cabeza hacia atrás.

–Qué boca tan bonita, cariño. Ábrela para mí.

Ella lo hizo con un suave gemido de anticipación.

–Tan hambrienta.

–De ti –susurró ella.

–¿Qué quieres?

–Que me beses.

–¿Cómo? ¿Con dureza o con suavidad? ¿Con los labios solo o quieres más?

–Más.

Estaba claro que Fei quería más. Aferrándose a la camisa de Shadow, se hundió contra el costado del caballo. Lo quería todo.

–Mujer codiciosa.

–Sí –Fei se removió contra él, rozándole la erección con la cadera y el torso con los pechos. Quería experimentar todo lo que pudiera. Conocerlo todo–. Me muero de ganas de conocer todo lo que puedas enseñarme.

–¿Sin guardarnos nada?

Esta vez fue ella la que buscó la mirada de él ahuecando la palma contra su mejilla.

–Nada.

El efecto de la respuesta en Shadow fue veloz como un rayo. Los músculos se le tensaron, entrecerró los ojos y se le distendieron las fosas nasales. Fei le enmarcó las mejillas con las palmas y lo besó con dulzura. Su dragón. Un dragón que extendía el fuego con sus caricias en vez de con el aliento. Pero un dragón en cualquier caso. El único capaz de encenderla.

Arqueándose contra él, Fei le susurró:

–Besame, Shadow.

–¿Cómo? –esta vez le tocó a ella estremecerse al sentir dentro la caricia de su ronco arrastrar de palabras y la inmensidad de posibilidades que implicaba.

–Como si estuvieras ansioso por tomarme.

–Lo estoy.

–Entonces deja que lo vea. Que lo sienta.

–No sabes lo que me estás pidiendo.

–Sí que lo sé.

Le estaba pidiendo que se le entregara. Elevó las caderas y se encontró con su inmensa erección. Le bastó un pequeño cambio de posición para quedar alojada íntimamente contra él. El aliento escapó entre los dientes de Shadow con un siseo, pero no se movió. Fei había alcanzado ya el tope de su experiencia. No sabía qué más podía hacer para tentarlo.

Shadow levantó la cabeza. La miró, desafiante.

—Muéstrame lo que quieres de mí.

—No sé cómo —respondió ella, retorciéndose—. Vas a tener que enseñarme.

El miembro de Shadow se tensó contra ella, provocándole un penetrante anhelo en el centro de su ser. A Shadow le gustaba pensar en ello. En que la carne femenina se inflamaba y temblaba de anhelo, exigiendo más. Más de él.

Apretó los puños dentro del pelo de Fei.

—Pásate la lengua por los labios.

Ella lo hizo sintiéndose un poco tonta.

—No —murmuró él con un tono tan acariciante como sus manos. Profunda e intensa como un chocolate exótico. Un festín para sus sentidos—. Así no —le presionó ligeramente con el pulgar—. Hazlo despacio, con calma. Provócame. Déjame ver lo calientes y húmedos que van a estar —le metió el pulgar en la boca—. Hazme imaginar lo gustoso que será sentirlos alrededor de mi miembro.

Ella lo hizo e inclinando la cabeza hacia delante, se introdujo el pulgar entero en la boca. Era virgen, pero había visto los libros de imágenes que su padre creía haber ocultado bien.

—Mierda.

—¿Así? —preguntó ella con el pulgar en la boca.

—Dios, sí —con un tirón hacia delante se apartó del caballo y se echó en sus brazos. Él ahuecó las palmas contra su trasero, palpándolo suavemente y produciéndole un cosquilleo íntimo por dentro y por fuera, cosquilleo que se tornó en chispas de excitación cuando la levantó para besarla con más intensidad—. Justo así —gruñó en la boca de ella.

Fei se rio y le rodeó el cuello con los brazos atrayéndolo hacia ella y abriéndose más a él.

–Besame, Shadow. Hazme olvidar el mañana.

Él le atrapó el labio inferior entre los dientes y lo mordisqueó suavemente. Fei descubrió lo excitante de sentir un poco de dolor.

–Ni mañana, ni ayer, cariño.

–Solo el ahora –dijo ella con un hilo de voz tirando de él.

Y el ahora era fuego y avidez. El ahora era curiosidad, pasión y placer. El ahora era asombro.

–Mierda –Shadow se echó hacia atrás y dejó que Fei resbalara por su cuerpo. Apoyó la frente en la de ella respirando agitadamente–. Te me subes a la cabeza.

A ella le afectaba en otras partes de su cuerpo.

–Tú te me subes a diferentes partes de mi cuerpo.

Él pestañeó varias veces y cuando comprendió a qué se refería soltó una carcajada. Bajó la vista hacia la parte delantera de la túnica de Fei. Esta siguió su mirada con la suya. Por instinto quiso cruzarse de brazos para ocultar los pezones erguidos.

Él le atrapó las manos antes de que ella pudiera bajarlas.

–No. Es una visión demasiado bonita.

Bonita. Se aferró a ello mientras la turbación amenazaba con apoderarse de ella. Shadow pensaba que era bonita.

–Te voy a desabrochar la túnica.

Un leve sonrojo se extendió por sus mejillas.

–Está bien –no pensaba mirar.

–Quiero que te toques los pechos –le explicó él por si no lo había entendido.

–Soy vergonzosa, pero no tonta –dijo ella, lamentando de inmediato el sarcasmo–. No pretendía…

–Saltar como granizo en albarda –terminó él.

–Quiero que me toques.

–Lo sé –le desabrochó la túnica y se la abrió.

Fei no llevaba nada debajo. La fresca brisa le acarició la piel. Los pezones se le pusieron duros. La respiración se le entrecortó aún más. Y abajo, en el centro de su ser, el anhelo se acentuó.

Shadow le recorrió el contorno del pecho con los dedos, trazando círculos cada vez más pequeños, rozándole apenas la piel, pero sin llegar a tocarle el pezón.

—Estás un poco nerviosa.

Él lo entendía. Fei sintió debilidad en las rodillas y él la sostuvo entre sus brazos, como siempre.

—Gracias.

Él sonrió, dejando a la vista una hilera de dientes blancos perfectos y ese lado más suave de su personalidad que no solía mostrar.

—De nada.

Fei retrocedió un paso mientras Shadow se desabrochaba la camisa y después avanzaba un paso al tiempo que separaba las prendas de ambos de forma que estuvieran piel contra piel, latido contra latido.

—Oh, Dios mío.

Él negó con la cabeza.

—No hables, no pienses. Solo siente lo bien que estamos juntos.

Ella decidió confiar en él y hacer lo que decía, literalmente, de modo que abrió las manos sobre la espalda de Shadow y la acarició arriba y abajo. Cerró entonces los ojos y apoyando la cabeza en su pecho, escuchó el latido de su corazón.

—¿Qué sientes?

—Calor. Tienes la piel caliente.

—Eso es porque me enciendes.

Ella sonrió.

—Me gusta saberlo.

Él se rio suavemente.

—Apuesto a que sí.

Fei le acarició muy suavemente la espalda y el torso, ascendió por sus pectorales y el cuello. Le tocó los labios.

—Me gusta tu sonrisa.

–Eso es porque soy feliz.

Fei le exploró la boca con los dedos, recorrió con ellos todo su contorno.

–Tienes una sonrisa muy bonita.

–Gracias. ¿Qué sientes ahora? –preguntó Shadow con una voz ronca que pretendía animarla a decirlo todo.

–Puedo sentir tu respiración. Cada vez más acelerada.

–¿Y que sientes al rozarme la piel?

–Calor. Humedad. Rápidamente.

–Eso es porque me estás tocando. Es excitante. Me gusta sentir tus manos en mi piel –le apartó el pelo de la cara y preguntó–: ¿Te gustaría sentir más cosas?

–Sí, por favor.

–Solo un poquito, cariño. No estamos solos –se inclinó sobre ella y acercó la boca a la de ella, levantándola hacia él al mismo tiempo–. Rodéame la cintura con las piernas.

Ella le entrelazó los tobillos a la espalda de modo que su entrepierna entró en contacto con la de él. La pernera del pantalón se le enganchó en el cinto, pero él se la soltó. La túnica y los pantalones que llevaba Fei le facilitaba mucho alojar el miembro contra ella. La recorrió como un reguero de pólvora una sensación cautivadora. Paralizante. Perfecta.

–¿Notas lo caliente que estoy? ¿Lo duro que estoy?

–Oh, sí –dijo ella, asintiendo.

–Pues es por ti. Solo por ti.

Fei no quería engañarse.

–Te pondrías así con cualquier mujer.

Él sacudió la cabeza y soltó una carcajada.

–Cariño, tengo casi treinta y un años. Hace dieciséis años que no me basta con mirar a una mujer para excitarme.

–Pero te pones duro cuando me miras a mí.

–Siempre –respondió él con un siseo entre dientes.

–Y te gusta.

–A una parte de mí le encanta.

A una parte de él. Solo una parte de él.

—¿Y a la otra?

Aún mejor que el regalo de la pasión era el regalo de su sinceridad.

—No confío en ella. No me gusta no tener el control.

Ella se sentía igual. Como si aquello escapara a su control, aunque fuera agradable. Muy agradable.

—Entonces tendrás que confiar en mí igual que yo tengo que confiar en ti.

—Puede.

Ella sacudió la cabeza y se pegó a su miembro duro. Qué sensación más maravillosa. Abrumadora. Quería más.

—Puede no. Seguro.

Ahuecando las palmas contra su trasero, Shadow la estrechó fuertemente contra su miembro y la meció suavemente. Su miembro se deslizó suavemente por la seda de los pantalones, acariciándola con una lenta pero firme presión hasta que el grueso miembro llegó a lo alto del sexo femenino. Fei sintió como si la atravesara un rayo. Bajó los párpados y dejó caer la cabeza hacia atrás mientras saboreaba la deliciosa sensación.

—Ohhhh.

Él aprovechó el gemido y dijo:

—Bésame otra vez.

Ella lo hizo. Apasionadamente. Enardecida, le mordisqueó los labios y a continuación lo besó con intensidad.

Shadow deslizó los dedos entre el pelo de Fei y tiró ligeramente. La mezcla de placer y dolor solo sirvió para aumentar la excitación.

—Cariño, dime que vaya más despacio.

—No quiero que vayas más despacio.

—No sabes lo que estás diciendo.

—Pues enséñamelo.

Fei abrió la boca en cuanto notó el contacto de la de él. Lo deseaba, deseaba aquello que estaba sucediendo. Con él era algo maravilloso.

Shadow interrumpió el beso y la estrechó fuertemente, gimiendo contra su cuello.

–¿Por qué siempre que me calientas de esta forma no tenemos adónde ir?

–No lo sé.

Él le soltó las caderas.

–Agárrate fuerte.

Ella le rodeó la cintura con las piernas sin importarle adónde la llevara, siempre y cuando no dejara de besarla. Shadow se dio la vuelta y apoyó la espalda contra el costado del caballo. El animal se movió y Shadow con él. El caballo se alejó más y Shadow se tambaleó. Fei dejó caer las piernas al suelo.

–No, no, de eso nada.

–Esto no funciona.

–Te deseo –dijo ella con un gruñido. Se estremeció. El deseo y la lujuria se mezclaban en una sensación de deleite sin fin.

–Maldita sea, cariño, quiero ir despacio, pero no sé si voy a poder. Te deseo demasiado.

–Yo no me estoy resistiendo.

–Pues deberías. Deberías patalear, gritar y decirme que me comportara como es debido.

Fei buscó con los dedos los botones de los pantalones de Shadow.

–Te deseo tal como eres.

–Ese hombre te hará daño.

–No a propósito.

–El dolor sigue siendo dolor.

Ella se encogió de hombros.

–De acuerdo, me harás daño, pero quiero al hombre que eres de verdad, no al que se entrega a las demás mujeres. Quiero al hombre que no muestras. El hombre del que tienes miedo. No quiero secretos. No quiero fingimientos. Quiero ser sincera en esto que hay entre nosotros.

–Quieres muchas cosas.

Ella sacudió la cabeza y lo besó en el torso.

–Solo a ti –y acariciándole el mismo punto, susurró–: Me gusta que no tengas vello aquí.

Él se rio por lo bajo. Era un sonido grave y muy agradable.

–Me alegro.

Fei le acarició el torso con la lengua en un alarde de atrevimiento. Él se puso tenso, pero la estrechó con más fuerza. Le gustaba. Y a ella le gustaba saber que era capaz de devolverle el placer que la recorría a ella por dentro.

–¿Qué haces?

–Degustarte.

Shadow se estremeció. Fei agachó la cabeza y ocultó la sonrisa.

–Estás salado.

Le bajó la camisa por los hombros y se detuvo. Se quedó mirando las señales que la violencia habían dejado en él. Numerosas cicatrices deslucían su piel oscura. Maltrato. Dolor.

–Oh.

–¿Qué ocurre?

Ella le recorrió con el dedo la cicatriz que le atravesaba el abdomen.

–Te han lastimado.

–Es una vieja herida. Ya no me duele.

Fei la cubrió con la mano y susurró:

–Mi dragón guerrero.

Él negó con la cabeza.

–Soy solo un hombre, cariño.

–Mío por esta noche –dijo ella, bajándole los pantalones. Su regalo.

–Sí –dijo él, levantándole la cara por la barbilla.

Los ojos de Shadow eran oscuros. Misteriosos. Ardientes.

–¿Has hecho esto alguna vez antes?

La turbación se adueñó de ella tan deprisa que no pudo

ocultar el impacto. Lo que para ella era excitante, para él era aburrido.

–Lo siento. No tengo la experiencia...

Él interrumpió las disculpas poniéndole un dedo sobre los labios.

–No era una crítica, pero hay ciertas cosas que un hombre debe saber.

Estaba preocupado por ella. Fei le besó el dedo y se meció contra su miembro, siguiendo los embates del gozo en vez de la presión de la preocupación. El día siguiente sería otro día, independientemente de lo que hiciera esa noche. Pero esa noche quería disfrutar de ser mujer. La mujer de Shadow.

–Soy virgen y tú llevas demasiada ropa encima.

Shadow vaciló momentáneamente y finalmente dijo arrastrando las palabras:

–Lo mismo es demasiado para ti verme desnudo.

Era muy dulce por su parte querer protegerla. El pelo le cubrió la cara cuando sacudió la cabeza para negar.

–Me gustaría ver lo que he tocado.

–¿Quién soy yo para discutírtelo?

–¿Fei? –dijo una voz más allá de los matorrales. Lin. Los estaba buscando.

Shadow la dejó resbalar por su gran cuerpo. Un escalofrío la recorrió al contacto con todos aquellos músculos. Otro escalofrío igualmente potente lo recorrió a él.

–Lo siento –se apresuró a decir Fei, apartándose.

Pero igual de rápido, Shadow la tomó por la nuca y le dio un beso salvaje cuya intención era marcar, reclamar, afirmar la posesión sobre ella.

–No lo sientas. Y prepárate.

–¿Para qué?

Él la dejó marchar.

–Para terminar lo que hemos empezado.

Fei se echó a reír.

–Lo haré.

Fei se sentía deseable, femenina y poderosa. Antes de incorporarse, le acarició el estómago pasando las uñas por los definidos músculos. Shadow gimió y elevó las caderas.

Muy poderosa.

—¿Fei? —volvió a llamar Lin.

Fei frunció los labios y sacó la cantimplora de la silla.

—Ya voy.

—¿Qué haces? —preguntó Shadow.

—Prepararme.

Él entornó los ojos.

—Fei…

—Le llevaré agua y le diré que quieres darte un baño y así podré volver enseguida —explicó ella, retrocediendo.

Él la miró con complicidad. Fei cobró inmediata conciencia de que tenía los labios hinchados, las mejillas sonrojadas y el pelo enredado.

—No vas a engañar a nadie.

Ella sonrió.

—No me hace falta engañarla. Solo quiero que comprenda que necesitamos un poco de intimidad.

—Supongo que podré vivir con eso.

Fei regresó a los pocos minutos con la esterilla de dormir. Parecía sorprendentemente relajada para estar a punto de hacer el amor por primera vez. Y con su prima a escasos metros. Shadow había conocido mujeres a las que les gustaba que las mirasen, pero no habría tomado a Fei por una de ellas.

—¿Y si viene tu prima?

Ella sonrió.

—No vendrá.

Había algo en aquella sonrisa…

—¿Cómo estás tan segura?

—Le he preparado té.

—No comprendo.

–Ha tenido un día muy difícil. Le vendrá bien dormir.

–¿La… has drogado?

Fei se encogió de hombros.

–Si no lo hubiera hecho, se habría pasado la noche entera hablando y no me habría dejado tiempo para estar contigo.

Joder. Shadow no sabía si sentirse halagado u horrorizado.

Fei extendió la esterilla en el suelo.

–Ahí no –dijo Shadow levantando la esterilla. Había optado por sentirse halagado–. Está demasiado cerca del arroyo. Habrá demasiada humedad.

–¿Entonces dónde?

–Aquí –respondió él, posándola sobre un rectángulo cubierto de ramas de pino que él había recogido.

–Nos has hecho una cama.

Fei sonrió como si tuviera delante una cama con dosel y Shadow sintió que algo se ablandaba en su interior al ver aquella sonrisa.

–No hay por qué estar incómodos.

–Y te has quitado las armas de encima.

A Shadow no le había parecido bien no hacerlo.

–Sí.

–Pero no los pantalones.

–No –le daba lo mismo lo que dijera Fei. Él quería que lo recordara con una sonrisa.

Fei lo siguió con una sonrisa tímida.

–Gracias.

Shadow puso la esterilla sobre las ramitas de pino.

–¿Ya no te sientes tan atrevida como antes?

–No es eso. Cuando me tocas, me siento atrevida. Cuando me quedo a solas con mis pensamientos… –se encogió de hombros y miró para otro lado– me siento torpe y estúpida.

Era preciosa y todo lo que él deseaba. Y no quería que ella se viera de ninguna otra manera.

–Pues entonces, cariño, ven aquí y muéstrame tu atrevimiento –le dijo él, abriendo los brazos.

Ella sonrió de nuevo, una sonrisa más intensa, más segura. Shadow estaba ansioso. La estrechó contra sí y la besó, suave y lentamente. La suavidad se tornó en pasión, la pasión en fuego. Fei gimió y abrió la boca para dejarse embestir por la lengua de Shadow, al mismo tiempo que lo animaba con pequeños gemidos que amenazaban con despedazar su control. Sabía a menta y a mujer. A esperanza y a deseo. A inocencia y a sexo. Sabía muy bien.

Tocarla era aún mejor. Era esbelta y ágil, tersa como un gato. Le agarró los pechos haciendo cuencos con las manos a través de la seda de la túnica. Pequeños pero redondos, se hincharon a su contacto, instándolo a acariciar y apretar. Ella ahogó un grito y gimió, frotándose contra las palmas. Shadow dejó allí la mano un momento para que se acostumbrara a la sensación. El pezón se le endureció al contacto con el pulgar. Lo estimuló y ambos ahogaron un gemido. Deseaba ver la reacción y no solo sentirla en la mano.

–Muy bien.

–Hazlo otra vez –susurró ella.

Shadow lo repitió una y otra vez. Ella se retorcía contra él, tratando de exprimir la sensación al máximo. Él le dio lo que quería en forma de pellizco, cada vez más largo, ejerciendo un poco más de presión, un poco más de persuasión. Quería sacar a la luz a la mujer salvaje que Fei llevaba dentro. Quería la misma sinceridad por su parte que la que ella le exigía a él. Sonrió al oírla gemir. Fei le clavó las uñas en la nuca en su ansia por estrecharlo contra ella con más fuerza. Abrió más la boca, invitándolo a profundizar en ella.

–Dios santo, Fei, tengo que tenerte.

–Me tienes.

Sí, era cierto. La tenía en los brazos, en su vida y ahora en su cama. La tomó en brazos. Lo ponía demasiado caliente. Si se lo hacía en aquellas condiciones, la lastimaría. Se irguió y echó la cabeza hacia atrás tomando grandes bocanadas de aire. En él flotaba el aroma de la piel de Fei, la belleza de la noche, la promesa de la pasión.

–Espera un minuto, Fei.

Esta no le dio ni un segundo. Descendió por su torso depositando un reguero de pequeños besos que resquebrajaron aún más su control. Shadow pensó que Fei no sabía lo que le estaba haciendo, no podía saberlo. Carajo, no podía aguantar más lo caliente que estaba.

Le separó las solapas de la túnica con dedos temblorosos, obligándose a ser dulce. Sus delicados senos coronados por unos deliciosos pezones se elevaron buscando su atención. Rozó el lado exterior del derecho, siguiendo con el dedo la circunferencia, sopesándolo, ahuecando la palma contra él por debajo y elevándolo lo justo al tiempo que bajaba la cabeza.

–Oh, sí –dijo ella con un hilo de voz por encima de la cabeza de él.

Shadow sonrió. Se podían decir muchas cosas sobre el hecho de estar con una mujer sincera que lo deseaba todo. Estimuló el botón erguido con la lengua, centrando así la atención de Fei antes de metérselo de lleno en la boca. Fei se retorció. Shadow chupaba y mordisqueaba. Cuando Fei se retorció, él aumentó la presión, la succión, hasta que Fei empezó a gritar al tiempo que se aferraba a él. Qué dulce era, Dios. Le dio una palmadita suave en el trasero y sonrió cuando ella respondió retorciéndose. Su apasionada esposa. Entonces le susurró al tiempo que le besaba el pezón una última vez:

–Qué hermosa eres, Fei.

La instó a echarse y los dos se tumbaron en la esterilla, pero cuidando de tener a Fei bien alojada contra el regazo. Entonces le metió la mano entre las piernas y ahuecó la palma contra el sexo ardiente, mojándose el dedo con sus fluidos mientras buscaba la hondonada de su vagina.

«Virgen».

Tenía que ir con cuidado. Despacio. Presionó ligeramente.

Ella se quedó inmóvil, sin respirar casi, mientras él jugueteaba con el tentador agujero.

–No pasa nada. Te va a gustar.

–¿Shadow?

Tenía miedo. Y él no quería que lo tuviera. Quería a la Fei salvaje de antes. Le frotó el clítoris con el pulgar. Solo un poco, lo justo para que lo sintiera. Cuando empezó a temblar y a arquearse, le introdujo el dedo. Una manera poco invasiva de tomarla. Ella se estremeció de sorpresa. Su sexo se contrajo contra la palma de él. Fino, delicado, ansioso. Trazó un círculo con el pulgar. Penetró de nuevo con el dedo, un poco más esta vez, un poco más deprisa. Ella le clavó los dedos en el brazo al tiempo que se elevaba contra él, músculos y sentidos en sintonía, aguardando el siguiente movimiento, la siguiente acometida. Shadow se la proporcionó en forma de caricia un poco más firme.

–Córrete para mí, Fei.

–No puedo.

–Sí que puedes.

Shadow comenzó de nuevo, empezando suavemente y aumentando poco a poco la intensidad, esperando hasta que Fei comenzó a estremecerse y a arquearse, mostrándole que estaba preparada para más, suplicándole. Y se lo dio. Más intensidad. Más rapidez. Consciente en todo momento de su placer, de sus necesidades. Lo importante esa noche era ella. Aunque se muriera de lo excitado que estaba, iba a ocuparse de ella y solo de ella. Notaba los pezones duros clavándosele en el pecho. Oía los gemidos de placer y anticipación. Podía ver la contracción anticipatoria de sus músculos esperando su siguiente movimiento. Estaba preparada. Más que preparada.

Le deslizó los dedos entre las nalgas, rozándole apenas el capullo que se abría debajo. Solo un roce. Lo justo para estimularlos a ambos.

Fei se separó bruscamente y dijo con la respiración entrecortada:

–No creo que…

–No tienes que creer nada. Solo siente –movió el dedo entre los espesos fluidos vaginales buscando el clítoris y se lo pellizcó ligeramente.

Ella se derrumbó sobre el regazo de él en señal de completa rendición. Podía hacer con ella lo que quisiera. Shadow le llevó la mano más abajo.

–Separa las piernas, cariño.

Ella tardó un segundo en hacerlo, pero al final obedeció, exponiéndose a su mirada poco a poco. No estaba segura de aquello, pero confiaba en él.

–No voy a lastimarte. Solo quiero hacerte sentir más calor.

Ella sacudió la cabeza y con voz entrecortada dijo:

–No creo que pueda soportar más.

Estaba claro que Fei necesitaba más estimulación. Quería que se corriera.

–Sí que puedes.

Shadow notaba la cremosidad de los fluidos vaginales, el aroma especiado en el aire. No tardó en encontrarle el clítoris. Duro y distendido, sediento de caricias. Lo frotó muy suavemente hasta que Fei se abandonó a la sensación nuevamente, y dejó que el placer fuera incrementándose, que ella sola aprendiera a conocer su ritmo, el movimiento de las caderas.

–Shadow…

–No pasa nada. No te resistas. Deja que te ayude a sentir bien –acentuó la presión. Ella gritó y se estremeció, sus músculos tensos a medida que el placer iba en crescendo–. Eso es, así. Córrete para mí, Fei. Solo para mí.

Shadow necesitaba sentirlo cuando ocurriera por primera vez. Ya que no sobre su miembro, la segunda mejor opción. Sin dejar de ejercer presión en el clítoris, le introdujo un segundo dedo. Siguió avanzando, tomando más de ella.

Fei experimentó un intenso orgasmo con el nombre de Shadow en los labios, clavándole los dedos en el brazo, los muslos apretados contra la mano de él, aferrándose a él con todas sus fuerzas. Él le exprimió el clítoris al máximo, exprimió su clímax sintiendo que él mismo estaba a punto de alcanzarlo mientras ella pronunciaba entre suspiros su nombre una última vez.

Shadow la giró hacia él, la levantó y la acunó en sus brazos, la besó en la mejilla, la barbilla y la nariz. No quería dejarla sola en ese momento en su primera vez.

—Mía —susurró él, una afirmación procedente directamente del alma, ajeno al pacto que tenían, sin importarle los obstáculos que hubiera entre ellos.

Fei se aferró a su cuello, le mojó el pecho con sus lágrimas, le clavó las uñas en la nuca mientras una serie de pequeñas convulsiones la sacudían por dentro.

—Sí.

Mierda, Fei no debería decirle esas cosas. Él no era uno de esos hombres civilizados de su mundo. Él consideraba las cosas en términos de posesión. De control. Y todo él quería conservarla. Independientemente de las consecuencias. Le tomó un pecho con la mano y siguió besándola hasta que se relajó.

«Mía».

Esta vez lo dijo para sí.

Quince minutos después, Fei se puso a llorar. Gruesas lágrimas precedidas por un hipido casi silencioso. Cuando hizo ademán de alejarse de él, Shadow estuvo a punto de dejar que lo hiciera, pero a medida que aumentaba el espacio entre ellos, crecía también la insatisfacción dentro de él. Entonces se acordó de sí mismo de niño, dolorido, de pie en la oscuridad temeroso de llorar por si recibía otro golpe y temeroso de callar por si alguien quisiera consolarlo por una vez. Detestaba aquellos recuerdos, detestaba que le recordaran lo débil que fue en un momento. Pero lo que más detestaba era ver a Fei debatirse con la misma inseguridad.

–¿Quieres que intente despertar a Lin?

Fei se detuvo en seco, con la túnica en la mano.

–No.

Otro hipido.

«Mierda».

–Se me pasará.

Él sabía que eso era mentira. Con qué facilidad se lo creía la gente. Con qué facilidad se permitía que la gente lo creyera.

«Quiero al hombre de verdad».

Al cuerno. Prefería darle al hombre que veía cuando lo miraba. Extendió el brazo y posó la mano en el hombro de Fei. Esta se puso rígida.

–¿Fei?

Ella no se volvió.

Shadow no sabía qué decir. Se quedaron sentados un momento, conectados físicamente, pero muy lejos el uno del otro. El siguiente sollozo lo sintió a lo largo del brazo. «Al cuerno». De un tirón, la obligó a volver a su lado. El pelo se le enganchó con su hombro y se le enredó con el suyo. Pero permaneció allí, aferrándose a su túnica mientras él se inclinaba sobre ella, mirándola por encima del hombro, su compostura tan frágil como la conexión entre ambos.

Seguía sin saber qué decir. Le limpió las lágrimas de las mejillas con el dorso de la mano.

–Lo siento.

Ella tomó una trémula bocanada de aire y cerró los ojos.

–No es culpa tuya.

–Puede que sí, puede que no, pero sigo lamentándolo.

–¿Por qué?

Fei abrió los ojos. El dolor que vio en las profundidades encharcadas hizo que Shadow quisiera levantarse y matar algo. Le tomó la mano, la obligó a soltar la túnica y se la colocó en el hombro.

–Lamento que estés sufriendo.

—Maldito seas —sacó la mano y lo golpeó en el pecho al tiempo que decía cosas en chino que Shadow apostaría lo que fuera a que eran imprecaciones–. Yo tenía el control de la situación…

Shadow le sujetó el puño y lo retuvo contra su pecho al tiempo que la estrechaba con fuerza entre sus brazos.

—No te hace falta esa clase de control cuando estés conmigo.

Ella se sorbió la nariz y negó con la cabeza contra el pecho de Shadow.

—El trato era solo por esta noche.

Fei era tan menuda y delicada en sus brazos. Era tan agradable tenerla allí.

El siguiente sollozo la sacudió de la cabeza a los pies. Abrió la palma y presionó el pecho de Shadow. Los sentidos de este despertaron y absorbieron el calor que emanaba de ella.

—No dejes que haga esto, Shadow.

—¿Que hagas qué?

Ella levantó las manos y se aferró al cuello de él.

—Ser débil contigo.

—No eres débil, Fei, estás sufriendo.

—Era mi padre —la frase quedó salpicada por otro sollozo, menos contenido esta vez.

Apartándole el pelo de la cara, Shadow capturó una lágrima con la yema del dedo índice.

—Y lo querías.

—Sí, incluso al final.

Él la besó. Suavemente, con ternura, de una forma que antes no había podido hacer.

—Entonces llora por él.

—No es justo para ti.

Shadow le enmarcó la cabeza con la mano y tiró de ella. Quería tenerla tan cerca que nada pudiera herirla nunca más.

—Deja que decida yo lo que es justo.

Ella sacudió la cabeza.

–Tú querías pasión.

–A lo mejor mentí.

Fei le clavó las uñas en el cuello y se quedó totalmente inmóvil.

–Yo también mentí.

Lo que fuera la estaba matando.

–¿En qué?

–Le dije a mi padre que el emperador lo había encontrado. Que sus soldados lo andaban buscando. Si me hubiera limitado a encerrarlo, podría haber intentado huir, pero el pavor que le tenía a los soldados del emperador impidieron que se moviera.

–Fei…

–Es culpa mía.

–No –Shadow apretó el puño dentro del pelo de Fei y empujó su cabeza hacia atrás–. Mírame.

Tuvo que esperar un poco, pero al final lo hizo. Y el dolor que vio en su rostro fue como si le hubieran dado un puñetazo en el estómago. Igual que la esperanza. Quería oír palabras bonitas que la tranquilizaran. Y él no tenía nada más que la cruel verdad.

–La vida no es justa, Fei. A veces no importa el cuidado que pongas en tus planes, ni cuánto reces, a veces las cosas simplemente salen mal. Ponte todo lo furiosa que quieras, pero no te eches la culpa. Tú no has tenido la culpa de nada de lo que ha sucedido.

Ella negó con la cabeza.

–No puedes saber…

Él la interrumpió.

–Lo sé y tú también. Debajo de esa culpa que trata de engullirte viva, lo sabes.

Fei lo buscó con la mirada, viendo más de lo que a él le habría gustado.

–¿Conoces este sentimiento de culpa? –susurró ella.

Mierda, Fei veía demasiado. Despertaba en él demasiados recuerdos que no quería recordar. Optó por una respuesta escueta.

—Sí.

—¿Y cómo la manejaste?

La había enterrado tan hondo que ya ni la sentía.

—Como me pareció que era la forma adecuada.

Ella frotó la mejilla contra el pecho de él.

—Quiero llorar y gritar de rabia.

Él la acunó contra sí, ahuecando la palma contra su cabeza.

—Pues hazlo.

Ella arrastró la mejilla contra el pecho de él al levantar la cabeza.

—¿Y tú dónde estarás?

Él le rozó el pelo con los labios.

—Aquí mismo.

Abrazándola, protegiéndola como necesitaba que la protegieran. Tal vez no pudiera darle un futuro, pero aquello sí podía dárselo.

Capítulo 8

El amanecer se abrió paso en el cielo sin fanfarria alguna. Shadow contempló cómo se extendían por el horizonte los pálidos rayos de color rosa y anaranjado a través de las hojas de los árboles. Fei dormía junto a él, la cabeza apoyada en su hombro. El hecho era ya de por sí una novedad. Nunca antes había dormido con una mujer. Finalizado el intercambio de placer, se marchaba. No le gustaba la sensación de estar atrapado que se producía a la mañana siguiente, pero esta vez no le importó. Estaba deseando despertar a Fei y ver cómo se espabilaba y el sueño desaparecía de sus ojos.

Le apartó con sumo cuidado un mechón de pelo de la cara y le tocó la cremosa tez. No había diferencia tan notable entre ellos como la de su piel. Él tenía la piel más oscura y más áspera que ella, cubierta de cicatrices, mientras que la suya era tersa. Fei era una princesa, él era un dragón como ella lo llamaba. Un lagarto enaltecido dispuesto a escupir fuego. Por ella.

No tenía intención de abandonarla. Al menos por el momento. No lo haría hasta que estuviera a salvo. Y solo conocía un lugar en el que estaría protegida. Le besó la coronilla de la cabeza.

—Fei, es hora de levantarse.

Esta se acomodó con un gemido de protesta. Buscó con

la mano hasta la entrepierna de él. Shadow había pasado la noche en estado de semiexcitación, pero se puso duro como una piedra en cuanto Fei lo tomó en la palma de su mano.

Lin dormía a unos pocos metros, tan ajena como Fei a los peligros potenciales que los rodeaban. Solo los inocentes dormían tan profundamente. Shadow intentó recordar la última vez que había dormido él así. No se acordaba. Claro que tampoco recordaba haber sido inocente alguna vez.

Fei frotó la mejilla contra el pecho de Shadow mientras medía la longitud de la verga desde la base a la punta y el grosor con intermitentes apretones. Él dejó escapar el aliento con los dientes apretados. Cuando bajó la vista, Fei lo miraba con un gesto de interrogación en el rostro que era viejo como los tiempos y la sonrisa de la tentación en los labios.

—Buenos días.

—Buenos días —dijo él, señalando la mano de Fei con la ceja arqueada—. ¿Te has despertado atrevida?

—Puede ser —respondió ella, acomodándose junto a él. La confianza que demostraba con aquel gesto le calmó un poco los nervios—. Anoche no tuviste placer.

—¡Cómo que no! Ver cómo te corrías fue muy placentero.

—No es lo mismo —cambió la posición de la mano con que le sujetaba el miembro tratando de ocupar todo lo posible sin quitarle los pantalones—. No es de buena esposa no proporcionar placer a un esposo. Y yo deseo fervientemente ser una buena esposa.

«Mierda». Un hombre decente le retiraría la mano, le daría un beso y le diría que no era el mejor momento. Acababa de decidir que no era inocente y aparentemente tampoco era decente porque no solo no le retiró la mano, sino que cuando Fei fue a desabrocharle el pantalón, se le adelantó y lo abrió de un tirón. Había muchas cosas que no iba a poder tener en este mundo, pero que jugara lo estimulara con la mano no era una de ellas.

Ella vaciló un momento.

–¿Te gusta que te lo hagan de alguna forma concreta?

–Como tú quieras.

Ella no lo tocó de inmediato, sino que metió la cabeza debajo de la manta.

–¿Qué haces?

–Me gustaría verte.

Un escalofrío lo recorrió por dentro. Fei sacó la cabeza de debajo de la manta.

–Está demasiado oscuro –le informó con un suave susurro.

Él le puso la mano encima de la suya.

–Entonces tendrás que palparme.

Ella sonrió y apretó.

–Me gustaría mucho.

Ver el abierto deseo que demostraba fue como si un rayo la recorriera por dentro. Su miembro se levantó y vibró. Fei se rio por lo bajo.

–Te gusta.

–Me gustas tú.

Por alguna razón le parecía importante hacerle saber que con ella era diferente. Que ella era única. Gimió entre dientes bajo sus caricias. Incluso en aquello era única. Fei lo sostenía como si se fuera a romper. Lo acariciaba como si fuera un objeto frágil y lo estimulaba como si fuera un objeto precioso para ella. Normalmente prefería una caricia más intensa, pero en vez de decírselo, se quedó quieto y se aguantó las ganas de gemir, al tiempo que saboreaba el carácter único de lo que Fei le ofrecía. Todo era diferente con ella. Más íntimo. Más personal.

–¿Fei?

Ella levantó la vista al oírlo susurrar su nombre. Tenía los labios entreabiertos y húmedos. Su mano era suave y amorosa. Deseó tener aquellos labios alrededor de su miembro, que deslizara la lengua a lo largo de él, ver cómo entraba y salía de sus labios. Dios bendito, quería que se lo hiciera con la boca.

Sujetándole la cabeza con las manos, la atrajo para besarla en la boca con pasión mientras ella lo acariciaba cada vez más deprisa, igualando el ritmo de su respiración hasta arrancarle el orgasmo con unas caricias largas y firmes. Se corrió en medio de intensas convulsiones, gimiendo entre dientes mientras el placer le arrebataba todo el autocontrol.

—Mierda, cariño.

—¿Te ha gustado?

Él le arrebató la sonrisa de los labios y se la quedó. Ella se mordió el labio.

—Sabes perfectamente que sí.

Fei se sacó un pañuelo del bolsillo y limpió los restos de su clímax. Cuando terminó, lo miró apoyándose en su pecho y le sonrió.

—¿Entonces soy una buena esposa?

—La mejor que he tenido.

—¿Cuántas has tenido?

—Solo una.

—Estás gracioso por la mañana.

—Hmm. ¿Eso es lo que crees? —preguntó él cerrando los ojos al tiempo que bostezaba y se estiraba.

—Sí, y creo que yo soy la razón.

Él levantó un párpado.

—Pareces muy complacida contigo.

—Lo estoy —contestó ella, e inclinándose hacia delante le susurró al oído—: ¿De verdad querías que te hubiera acariciado con la boca?

¿Lo había dicho en voz alta? Le apartó el pelo de la cara y observó detenidamente su expresión. No había miedo, solo, que Dios lo asistiera, interés.

—Sí.

—A lo mejor podríamos probarlo la próxima vez.

—No tienes que demostrarme nada, Fei.

Ella puso cara larga.

—¿Te he decepcionado?

Shadow no le permitió alejarse.

–Ni por asomo.

–¿Preferirías una mujer con más…? –se puso las manos debajo de los pechos a modo de cuencos para explicarlo.

¿De dónde demonios se habría sacado aquello?

–Te prefiero a ti.

La besó con intensidad y pasión.

–Y a mí –otro beso–, haciéndolo a un ritmo con el que disfrutemos los dos.

–¿Crees que yo no disfrutaría haciendo eso? –dijo ella, levantando la voz.

Él miró a la prima de Fei a través de los arbustos. La chica se removió, pero siguió durmiendo.

–Eso espero, pero hay muchas cosas placenteras entre esto y aquello que me gustaría experimentar antes.

–¿Es porque no he conocido varón?

–Sí.

–¿Crees que no puedo disfrutar por eso?

Él no quería meterse en ese tema. Le dio una palmadita en el trasero y la obligó a tenderse de lado.

–Creo que serías capaz de hacerme arder vivo, pero por mucho que me gustara averiguar hasta qué punto, es hora de levantarse y retomar el camino.

–¿Adónde?

–A un lugar en el que estarás a salvo.

–¿Dónde?

–A menos que se me ocurra un lugar mejor, a casa –iba a llevarla a casa–. Con los Ocho del Infierno.

–No deberías provocarlo –dijo Lin media hora después mientras buscaban leña.

Fei hizo caso omiso de la crítica y se encogió de hombros. Lin estaba firmemente convencida de que a un hombre nunca se le cuestionaba.

–¿Y qué quieres que sea? ¿La alfombrilla para que se limpie los pies?

–Creo que deberías respetar a tu marido.

El palo que tenía en la mano estaba enganchado. Tiró de él y se partió en dos.

–¿Aunque no tenga intención de seguir siendo mi marido?

Lin agarró un palo de entre unos arbustos y lo añadió a la brazada que llevaba.

–Es tu marido ahora. Pelea por ti y…

Fei la interrumpió.

–Ya lo has dicho antes, pero a él eso le da igual. Pelear es a lo que se dedica.

–Creo que es una estupidez por tu parte no intentar hacerle cambiar de opinión.

–No es hombre que cambie de opinión con facilidad.

Lin la miró a los ojos. Un leve sonrojo le tiñó las mejillas.

–¿Entonces por qué has dormido con él?

Aunque lo intentó, Fei no pudo contener el sonrojo. Había querido pasar una noche con él y ahora que lo había hecho, quería más, no menos.

–No sé si hay una respuesta.

–¿Te preocupa que tu padre no lo hubiera aprobado?

Lo último que se le había pasado por la cabeza era su padre.

–El matrimonio que mi padre habría aprobado no me habría complacido a mí.

Lin asintió y se cambió la leña de brazo.

–He pensado muchas veces que no serías buena como segunda esposa.

Fei levantó la vista. Lin se sonrojó violentamente.

–¿Habló mi padre contigo de sus planes?

–No, pero tu sangre mestiza implica que ninguna familia de renombre te tendría en cuenta como primera esposa.

Lo dijo como si fuera una verdad imposible de rebatir. Un hecho objetivo en la cultura de su padre. Pero ella no tenía solo sangre china en las venas. La sangre de su madre también corría por ellas. Y era a los ancestros de esta a los que normalmente elevaba sus súplicas. Aún no se lo había contado a Lin. Su prima era muy tradicional. Fei no sabía si lo comprendería.

Lin se removió inquieta, como siempre que quería hablar de algún tema.

—¿Qué ocurre?

—Desconozco los planes que tu padre tenía para ti, pero sí he oído hablar a los tíos.

Los tíos eran los cinco hermanos de su padre.

—¿Qué han dicho?

—Que no les parece decoroso que vivas aquí sola con tu padre.

—¿Por eso te enviaron?

—Yo solo soy la excusa para que vengan de visita.

—Oh.

Los tíos y su padre habían tenido muchas peleas. Su padre habría sospechado si estos se hubieran presentado de visita sin más. Mientras que era totalmente razonable que lo hicieran para acompañar a Lin de vuelta a Barren Ridge y desde allí a San Francisco. Una jovencita china decente no viajaba sola. Los tíos se ceñían escrupulosamente a las normas. Le había costado mucho ocultarles la enfermedad de su padre en su última visita. Las hostilidades entre ellos lo había facilitado. Pero ahora ya no dejarían que ninguna de las dos se quedara allí. Las cosas no se hacían así, simplemente. Otra complicación.

—¿Qué más dijeron?

—Han empezado a buscar una alianza para ti.

Alianza, no matrimonio. Fei se sentó en un tronco.

—¿Creen que seré buena concubina?

—Una mujer de tu linaje podría ser la concubina de un gran señor. Es una posición en la que se tiene mucho poder.

—¿Y si no quiero ser concubina?

Lin se sentó a su lado.

—Entonces tendrás que quedarte con el matrimonio que tienes ahora.

A Fei se le cayeron de los brazos unos cuantos palitos. Se agachó para recogerlos.

—Él tiene intención de repudiarme.

Lin se levantó y ahogó un grito de sorpresa. No se le cayó ni un palito, ni siquiera teniendo en cuenta lo indignada que estaba. Lin se movía siempre con mucha elegancia.

—¡Serás una vergüenza para todos!

—Sí, pero eso no importa.

—Solo valdrás para ocupar el puesto de concubina de clase baja.

Sería una preocupación si tuviera intención de dejar que sus tíos controlaran su futuro.

—Lo entiendo. Pero es el precio que tendré que pagar para salir de aquí.

—Un precio demasiado alto.

No había precio demasiado alto a cambio de la libertad.

Lin se volvió a sentar.

—Intercederé por ti con los tíos. Te encontraré un sitio en nuestra casa.

—¿Entonces tienes intención de regresar a San Francisco?

—Pues claro. Nuestra familia está allí. Le diré al tío Chung que protegiste mi virtud. Él pagará la deuda contraída ofreciéndote un sitio en nuestra casa.

Fei no conocía muy bien al tío Chung. Puede que fuera un hombre honorable, pero también podía darse el caso de que una joven soltera en su casa acabara ocupando el lugar de una concubina de todos modos.

—Creo que no.

Aquello le produjo tal sorpresa a Lin que se le cayó la leña y se tapó la boca con la mano.

—¿Te convertirías en prostituta?

No. Nunca. Fei colocó cuidadosamente los palos que llevaba entre los brazos.

—Había pensado en convertirme en americana.

—¿Abandonar a tu familia?

Tal como lo decía Lin parecía que era preferible ser prostituta. Pero así eran las cosas en su mundo. La familia lo era todo.

—Exceptuándote a ti, mi familia está muerta.

—La familia de tu padre en China te acogería.

Fei recordó las miradas de desaprobación que recibió el tiempo que vivió allí. Cómo la daban de lado. Las habitaciones que nadie quería, la ropa que nadie quería, la tibia bienvenida a la hija mestiza de un tercer hijo.

—Allí no sería feliz.

—No puedes estar sola.

Estar sola le daba un miedo atroz. Iba en contra de todo aquello en lo que le habían enseñado a creer. Siempre había vivido bajo las normas y las órdenes de alguien. Era aterrador vivir sin ese escudo protector, pero las mujeres americanas lo hacían. No era frecuente, pero había casos.

—No será fácil.

—No es normal. No dejaré que lo hagas.

No había manera de hacer que Lin lo entendiera. Ella era china de pura sangre. Sus padres aún vivían. Su familia en California se ocupaba de ella, la mimaba y adoraba. Si hubieran sabido que el padre de Fei estaba enfermo, jamás le habrían encomendado el cuidado de Lin. La deshonra se cebaría con la familia si llegara a saberse. Fei dudaba mucho que la familia de Lin la acogiera con los brazos abiertos cuando descubrieran que su padre los había traicionado. Se sentirían como se sentía ella. Que debería haber podido detenerlo. Pero Lin no tenía que cargar con ello. Bastante mal lo había pasado toda la semana.

—Podrías quedarte conmigo.

Lin pestañeó varias veces.

—Yo no soy como tú, Fei. No anhelo ser independiente.

Fei lo sabía. Pero tenía que intentarlo, porque había cosas de su mundo que sí le gustaban. Sobre todo su amistad con Lin. Pero era hora de crecer y dejar a un lado las necesidades infantiles. Lin quería volver a casa, a San Francisco. Fei se aseguraría de que llegara sana y salva. Y después haría sus propios planes.

Se dirigió de vuelta al campamento.

–Sabía que ocurriría esto, pero detesto que nuestras vidas lleven caminos diferentes.

–A mí también me da pena, pero primero viviremos esta aventura –Lin dejó la brazada de leña en el suelo y sonrió tapándose con la mano–. Es muy americano vivir una aventura. Muy… –observó el montón de leña con las manos en las caderas–. ¿Y ahora que hemos limpiado de palitos el suelo del bosque qué hacemos?

Fei no sabía. Se le habían acabado los fósforos y no conocía otra manera de hacer fuego.

–¿Tu marido no te dejó fósforos y ese enorme cuchillo antes de irse a cazar el desayuno?

Fei dejó la madera en el suelo y lanzó una fulminante mirada al cuchillo dentro de su funda, apoyada contra un árbol.

–No.

Lin sonrió y comenzó a rehacerse la trenza.

–No creo que las ardillas tengan.

Fei tomó prestada una expresión americana.

–Vale, dispara.

–¿Qué órdenes te dejó tu marido americano, aparte de que hiciéramos fuego?

–Lo que siempre dice. Que no me metiera en problemas.

Lin se olió la camisa.

–Bañarse no puede contar como meterse en problemas.

No. Fei se lió la mano. Les hacía falta un baño sin duda. No pasaría nada. Después de todo, ¿qué problema podía haber?

Tuvieron que alejarse un poco en el sentido de la corriente para encontrar un lugar del arroyo lo bastante amplio como para poder bañarse. No era el baño aromático que Fei se daba en casa, pero era igualmente agradable quitarse la suciedad de la piel. Y había encontrado menta para aromatizar el jabón. Se estaba aclarando el pelo cuando oyeron ruido entre los arbustos. Pensó que sería algún pájaro, y a medida que fue cobrando fuerza, pensó que sería Shadow. Pero entonces se dio cuenta de que Shadow jamás se acercaría a husmear. Se le erizó el vello.

—Lin, vístete —ordenó en voz baja.

Ella echó mano de su túnica. Lin hizo lo mismo.

—¿Qué ocurre?

—No lo sé.

Había dejado el cuchillo en la orilla opuesta. Demasiado lejos para acceder rápidamente a él.

«No te metas en problemas».

Demasiado tarde para repetirse la advertencia. Los líos ya estaban allí.

Lo que apareció entre los arbustos no era Shadow. Ni siquiera era humano.

—No te muevas, Lin —a juzgar por su expresión, Lin no habría podido moverse aunque hubiera querido.

—¿Qué es?

—Un jabalí.

No había un animal más agresivo. Ni más impredecible. Y las miraba con cara de pocos amigos en aquellos ojos saltones. Fei se dirigió lentamente a la orilla en la que había dejado el cuchillo. El jabalí arruó y pateó la tierra. Le tembló la cola.

—Fei, te está viendo.

—Lo sé.

—No te muevas. Lo mismo se va si no te mueves.

El jabalí dio un paso al frente y agitó la cabeza. Fei se movió un poco más. El jabalí chilló. Fei agarró una piedras y se la tiró.

—¡Vete! —gritó. El jabalí arruó de nuevo, agitando otra vez la cabeza y mostrando unos colmillos de aspecto letal.

–Fei –susurró Lin–. ¡Corre!

El jabalí cargó contra ella levantando barro del suelo. Fei se acercó chapoteando como pudo a la orilla más alejada, resbalando con las piedras. Oyó que el jabalí se metía en el agua tras ella. Llamó a Shadow a gritos, deseando poder echarse en sus brazos y que él solucionara aquello.

Estaba muy cerca del cuchillo. Pero el jabalí también estaba muy cerca. Se abalanzó sobre el arma, la agarró y la levantó por encima de la cabeza. El jabalí cargó contra ella como una bala de cañón.

El cuchillo no era gran cosa en comparación con semejante criatura.

–Trepa a un árbol –le gritó Lin, lanzándole una piedra al animal, que no pareció darse ni cuenta.

Fei se aferró al cuchillo y se levantó. Resbaló con el barro. El jabalí se detuvo, resopló y volvió a bajar la cabeza. Desesperada, Fei alargó el brazo. Tocó algo duro. Lo agarró, se volvió y se apoyó en el suelo. El jabalí cargó. No era más que un palito endeble comparado con el enorme animal. Cerró los ojos. El jabalí arruó. Fei notó que algo tibio le salpicaba la cara. Abrió los ojos. Había clavado el palo en la boca al bicho. Cada vez que este sacudía la cabeza, salpicaba sangre. Pero seguía vivo y estaba aún más enfurecido. Cada vez que bajaba la cabeza, el palo tropezaba con la tierra del suelo. El dolor debería haberlo detenido, debería haber hecho que saliera huyendo, pero no. El animal seguía intentando atacar.

La había salvado aquel palo.

–¡Date prisa, Fei! –gritó Lin.

Sí, tenía que darse prisa. Tenía las piernas como si fueran de gelatina. Retrocedió, buscando como fuera el cuchillo. Lo agarró con las dos manos esgrimiéndolo delante de ella como si fuera una lanza.

–¡Por aquí! –gritó Lin.

No se podía ir a ninguna parte. Por mucho que tratara de correr, el jabalí seguía allí, listo para cortarle el paso. Había un montón de sangre. Tenía que estar muriéndose. Llamó a gritos a Shadow. El jabalí cargó de nuevo, esta vez con la cabeza alta. Fei no podía apartar la vista de los ojos saltones, llenos de furia. El tiempo se detuvo. Pareció como si los detalles se magnificaran. Podía ver la espuma sanguinolenta que se recogía alrededor de la boca del animal. Las manchas marrones en sus colmillos. El instinto le decía que saliera corriendo. La lógica, que se quedara quieta. En su interior sabía que no podía hacer ni una cosa ni otra.

—¡Fei, trepa a un árbol!

No había ningún árbol lo bastante cerca. Ninguno lo bastante grande que aguantara su peso. Pero tenía que intentarlo. No era propio de ella rendirse. Giró sobre los talones y salió como un rayo hacia el más grande. Con suerte los jabalíes no saltaban y lo mismo estaba segura allí.

El jabalí arruó. Lin gritó. Fei no necesitaba comprender mucho para saber que el animal la estaba persiguiendo. Lo oía detrás de ella, golpeando con las pezuñas la tierra, ganando terreno a cada paso. Por encima de eso, Fei oía los gritos de Lin dándole ánimos y amenazando al animal. Todo eso se mezcló con el martilleo de su corazón y el golpeteo de sus pies en la tierra formando un verdadero caos. Llegó al árbol. Reunió las últimas fuerzas que le quedaban y se subió de un salto a la rama más baja, a apenas sesenta centímetros por encima de su cabeza, olvidando que tenía el cuchillo en la mano.

La hoja le arañó la mano. No podía sujetarlo. La mano que tenía libre se le resbaló y cayó hacia atrás, justo encima del jabalí. Con un chillido que helaría la sangre, el animal la lanzó por los aires. Fei salió volando y se golpeó con un árbol más pequeño. La fuerza del golpe la dejó sin aire en los pulmones o puede que fuera el pánico. Qué más daba. El jabalí volvía a cargar contra ella. Recuerdos caprichosos empezaron a desfilar por su mente: su padre enseñándola a conocer la dinamita, las bromas de su prima, la sonrisa y la risa de su madre. La risa. Su madre había sido una mujer feliz.

Fei también quería ser feliz. No iba a morir sin saber lo que era la felicidad. Ningún cerdo salvaje iba a arrebatarle eso. Bajó el cuchillo y lo dirigió al pescuezo del animal. Justo antes de llegar a clavárselo, el jabalí se giró y captó el golpe a mitad de camino. El cuchillo se le clavó en un ojo en plena carga. El animal se quedó inmóvil durante un segundo, furia y sangre mezclados en una aterradora amenaza. Y de repente se derrumbó en el suelo. No chilló. Silencio.

Clavada entre el árbol y el jabalí, Fei contuvo el aliento, esperando a que se levantara. El bicho no se movió y ella tampoco.

—¿Está muerto? —gritó Lin.

Fei no lo sabía. No quería comprobarlo. La boca del animal a escasos centímetros de su pie era tan grande que se lo arrancaría de un mordisco.

—¿Fei? Tienes que comprobarlo.

Sí, tenía que hacerlo. Fei se movió de puntillas alrededor de la monstruosa cabeza, muy despacio. Manaba sangre de las comisuras y le chorreaba sobre el hocico de la herida en el ojo.

—Creo que está muerto.

—Compruébalo.

¿Cómo se suponía que tenía que hacerlo? Lo empujó con el pie y no se movió.

—Está muerto.

—¿Seguro?

No estaba segura de nada.

—No me dedico a matar cerdos todos los días, Lin, pero no se mueve.

Lin bajó de su árbol.

—Lo mismo está fingiendo.

Fei había oído decir que los jabalíes eran muy inteligentes, pero nunca había oído que supieran contener la respiración.

—Las costillas no se mueven.

Lin se acercó, levantándose las perneras de los pantalones para cruzar el arroyo. Se detuvo a unos prudentes tres metros de distancia.

–Qué feo es.

No tanto como cuando estaba vivo y cargó sobre ella, pensó Fei.

–Pero es una carne buena.

–¿Sabes descuartizar un cerdo?

–He visto hacerlo –una vez, desde una distancia prudente y limpia.

Lin le tocó los cuartos traseros.

–Vas a necesitar tu cuchillo.

Fei se frotó las manos en los pantalones. Salieron mojadas. Miró y vio que tenía sangre en las palmas. El estómago le dio un vuelco.

–¡Dios mío! ¿Estás herida, Fei?

–No –se secó las manos en el jabalí–. Esta sangre no es mía.

A esa distancia, el mal olor revolvía el estómago.

Lin se arrodilló elegantemente junto al animal.

–Si fueras un hombre, sería este momento de orgullo para ti. Tu primera presa.

Fei se arrodilló junto a su prima inspirando aire con ansia.

–Si fuera un hombre, creo que no querría vomitar.

–Has sido muy valiente.

–Tenía tanto miedo que no podía ni correr.

Lin le empujó el hombro con el suyo.

–Pero cuando lo hiciste, corriste como el viento.

El alivio se tradujo en una carcajada.

–Mientras tú maldecías a los ancestros del jabalí.

–Intentaba frenar su avance, pero no hizo falta. Si tú no te hubieras parado y le hubieras clavado el palo, habría tenido que perseguirte hasta San Francisco.

Fei introdujo otra profunda bocanada de aire en sus torturados pulmones.

–Deberíamos dar gracias a los ancestros por enviarnos un jabalí tan torpe.

–¿Qué vas a decirle a Shadow?

–Que tengo el desayuno.

Lin alargó el brazo hacia el cuchillo. Fei sintió náuseas.

–¿Qué haces?

–Me has salvado la vida. Lo menos que puedo hacer es sacar los filetes.

–¿Y sabes hacerlo?

Lin se tapó la boca y sonrió.

–No, pero creo que si tú has podido matar un jabalí con tus propias manos, yo puedo descuartizarlo.

Lin sacó con cautela el cuchillo del ojo del animal. Sangre y materia gris manaron del agujero. Las dos sintieron náuseas.

–¿Qué le diremos cuando pregunte de dónde hemos sacado los filetes?

Fei miró el cuchillo ensangrentado y a continuación miró a su prima.

–La verdad.

Capítulo 9

–¿Vas a decirme ya cómo mataste ese jabalí? –preguntó Shadow, acomodando a Fei en el regazo, disfrutando de la tibieza de su trasero contra su entrepierna.

Fei negó con la cabeza.

–Ya te lo he dicho.

–Tropezaste.

–Sí.

–Y te caíste sobre tu palo y después encima del animal y el cuchillo se le clavó en el ojo por casualidad. Cariño, he dicho montones de trolas en mi vida. Sé reconocer cuando tratan de colarme una.

Fei se encogió de hombros nuevamente.

–Es la verdad.

–¿Y tú crees que enfrentarte cara a cara con un jabalí no es meterse en problemas?

–El jabalí empezó. Yo quería bañarme.

Shadow se alegró de que Fei no pudiera verlo sonreír. Aquella mujer era casi inmanejable.

–En vez de preocuparte por cómo lo hice, deberías alegrarte de que lo hiciera. Te habrías quedado con hambre con el conejo que trajiste a casa.

–Ya. ¿Te das cuenta de que no por eso deja de ser meterse en problemas?

–Un estómago lleno ayuda.

–No cuando hablamos de la muerte.

–No los iba buscando.

–Te encontraron. Otra vez.

Ella suspiró.

–Sí.

–No estás en tu casa ni en tu pueblo, Fei. Muchas cosas pueden ocurrir en plena naturaleza, acechan peligros que ni siquiera son humanos.

–Lo sentimos –dijo Lin por detrás de ellos–. No fuimos conscientes del peligro.

–Sentirlo no es suficiente. Cuando te digo que no te muevas, es que no te muevas.

Fei le dio un apretón en la mano.

–Te lo prometo. La próxima vez no me moveré.

Shadow no quería ni pensar en el susto que tenía que haberse llevado para prometerle algo así.

–¿Cuánto queda?

–¿Cambiando de tema? –preguntó él, enarcando una ceja.

–Sí.

Lo hacía reír con aquella sinceridad suya.

–Creo que llegaremos al atardecer.

–¿Y ese pueblo está en la ruta de la diligencia? –preguntó Lin.

–¿Ya te has cansado de mi hospitalidad?

–No es a lo que estoy acostumbrada.

Shadow estaba seguro de ello.

–Pero piensa en la de historias que podrás contar.

–Ha habido muchas aventuras.

–No pareces muy emocionada.

–Es a Fei a quien le gustan las emociones.

Cierto.

–Mientras que tú prefieres la tranquilidad de estar en casa.

–Me gusta el orden.

–Entonces te alegrará saber que hay telégrafo en el pueblo. Podemos ponernos en contacto con tu familia.

–*Xei-xei.*

–¿Dónde nos hospedaremos? –preguntó Fei.

En la mayoría de los moteles no alquilaban habitaciones a los chinos.

–Tengo una amiga que regenta una casa de huéspedes. Nos quedaremos allí.

–¿Y a esta amiga tuya no le importará que seamos chinas?

–Pocas cosas harían protestar a Ida.

–Parece una mujer agradable –dijo Lin.

–Te gustará –contestó Shadow–. Pero antes, tenemos que hacer varias cosas.

Fei estaba preparada cuando por fin llegaron al pueblo, pero tenía el corazón en un puño. Estaba acostumbrada a las miradas hostiles cuando llegaba a un pueblo nuevo. A los chinos no solían recibirlos con los brazos abiertos. Pero para lo que no estaba preparada era para las miradas que lanzaron a Shadow. Habían llegado por la noche, para reducir las posibilidades de ser reconocidos. A Fei le había parecido lógico en un principio, pero ahora que estaban allí, no le parecía que el hecho de ser de noche fuera a ser de ayuda, porque las calles estaban llenas de borrachos en busca de pelea. Y la forma en que miraban a Shadow, y a ella, sugería que lo mismo la habían encontrado.

Con la cabeza baja, Fei espoleó en silencio a Noche.

–No te separes, Lin –ordenó Shadow. Incluso su voz sonaba diferente allí. La risa no coloreaba su honda voz de barítono. Fei se dio cuenta de que allí empleaba un tono duro, sin matices y… letal.

Lin chasqueó la lengua. La yegua apretó el paso.

No era un pueblo agradable.

–¿Qué haces con esas blancas, indio? –gritó un hombre del lado derecho de la calle.

Fei notó que el corazón se le caía a los pies. De lejos no

veían que eran chinas. Eso causaría más problemas. Shadow siguió impertérrito.

—No mires a ningún lado de la calle, cariño. Solo cabalga.

Ella mantuvo la mirada fija en las orejas del caballo.

—Lin, acércate. Quédate a mi lado.

Lin no vaciló. Afortunadamente, la casa de huéspedes estaba cuatro casas más adelante, pero la noticia de su llegada se extendió muy rápidamente por toda la calle, más allá incluso de donde se detuvieron. La casa era un sencillo edificio de dos plantas con un amplio porche delantero, paredes encaladas y algunos de los jardines más espectaculares que Fei había visto en su vida.

Shadow desmontó y levantó las manos. Ella apoyó las suyas en sus hombros.

Fei se humedeció los labios. Sentirse tan observada era como estar en un cuarto y que las paredes se cernieran sobre una.

—No sabía que sería así.

—No es nada, cariño.

—No les gustamos.

—Ver mi cara fea no les hace gracia.

Shadow se volvió y ayudó también a Lin a desmontar.

—No está bien que un indio le ponga las manos encima a una mujer blanca.

La puerta delantera de la casa de invitados se abrió y apareció una mujer grande, alta y fornida con el pelo gris y un vestido azul oscuro. En los brazos llevaba una antigua escopeta. Salió al porche y le espetó al hombre:

—¿Ya estás molestando a mis huéspedes, Paul Davis?

—Yo no molesto a nadie. Solo defiendo la honradez pública. Ningún indio tiene derecho a tratar con familiaridad a una mujer blanca. Sobre todo delante de hombres decentes.

Fei se volvió.

—Es mi marido.

La multitud pasó de la diversión a la hostilidad.

—¡Mierda!

Shadow la agarró por el brazo y la empujó escaleras arriba.

—Ve con Ida y cierra la boca.

La mujer apuntó con la escopeta a la multitud.

—Sí, ven aquí, tesoro. No tiene sentido estar en mitad de la calle.

—No puedes permitir tejemanejes en tu casa, Ida —gritó Paul Davis—. No es normal. Ninguna persona decente querrá hospedarse ahí después de esto.

Fei se encogió sobre sí misma, se volvió y dejó escapar un grito ahogado. Ida resopló. Un breve sonido que encerraba todo el desdén del mundo. Fei estaba impresionada.

—Y una mierda, Paul Davis. Dejé que te hospedaras aquí el mes pasado con esa retorcida mujer tuya. Si mi negocio sobrevivió a eso, no sé por qué esto va a ser diferente.

La multitud estalló en una carcajada. Davis soltó una imprecación. Fei estudió detenidamente a la tal Ida. No era de extrañar que Shadow la admirase. Era fuerte, no tenía miedo e inspiraba respeto. Aquel era el tipo de mujer que Fei quería ser. Aquel era el futuro que Fei quería.

Davis escupió. Era un hombre flacucho con una nariz grande, barba descuidada y calvo.

—Nunca he comprendido por qué te gusta tanto ese indio, Ida.

—Bueno, yo tampoco he comprendido nunca por qué te gusta tanto beber, así que estamos empatados —contestó ella sin inmutarse.

Fei observó que Shadow se colocó entre los escalones y la multitud. Aunque estaba de pie, daba la impresión de estar agazapado y listo para pelear. Su dragón. Miró afectuosamente su morral. Un par de cartuchos de dinamita ayudarían mucho en aquella situación.

—Lin, ponte con Fei.

Lin se apresuró a obedecer. Su mirada siguió la de su prima.

—Creía que Shadow te había quitado todos los cartuchos —le susurró.

—Me quitó los que llevé a casa de Culbart.

Pero a Shadow no se le había ocurrido mirar en las alforjas tras abandonar los restos calcinados de su casa.

—¿Ella también es tu mujer? —preguntó otro hombre.

Shadow se irguió. La brisa le sacudía el cabello.

—Ella está bajo mi protección —contestó.

«Dragón».

Un escalofrío de orgullo recorrió a Fei de la cabeza a los pies.

—No es decente llegar a un pueblo con dos mujeres con las que tienes relaciones. No vamos a permitirlo.

Shadow se llevó la mano al arma.

—¿Que no vais a permitirlo? —preguntó con calma.

Davis retrocedió buscando el apoyo de los vecinos, pero estos salieron huyendo como las ratas en un barco que se hunde, dejando a Shadow y a Davis rodeados por un semicírculo de espectadores.

Ida sacudió la cabeza y apuntó con la escopeta.

—Paul Davis, muévete o te lleno el culo de plomo.

—Esta vez no me asustas, Ida.

—Este hombre ha venido con su mujer y la amiga de su mujer a pasar la noche. Es igual que cuando traes a tu mujer y a tu cuñada. ¿O vas a decirme que te acuestas con las dos?

—¡Qué forma más escandalosa de hablar!

Ida carraspeó, pero no bajó la escopeta.

—Eres tú el que ha venido a montar escándalo a mi porche. Si no quieres que te lo devuelvan, no critiques a los demás. Es tarde ya, señores, y tengo la cena esperando. Así que si no les importa, pueden irse por donde han llegado.

—El sheriff no estará ahí siempre para protegerte, Ida.

—Entonces supongo que tendré que protegerme yo sola, pero esta noche tendrás que llevarte tus tonterías y tu alcohol a otra parte.

–No está bien.

–Bien o no, hazlo –y agitando la escopeta añadió–: Que alguien lo ayude a encontrar el camino.

Un par de hombres se separaron de la multitud y agarraron al tal Davis por los brazos. Ida esperó a que cruzaran la calle antes de bajar el arma. Entonces le estrechó la mano a Fei.

–Ida Bond.

–Fei Yen.

–¿Eres la mujer de Michael?

Fei pestañeó confusa y entonces recordó que Shadow era un hombre buscado por la ley. Pensó que habría cambiado de nombre.

–Sí –dijo con una inclinación de cabeza.

–Veo que tienes sangre china –comentó sin censura.

–Mi padre.

–Ah –Ida le devolvió el gesto, inclinándose con torpeza–. Perdona que no me salga tan bien como a ti. La artritis me está matando.

A Fei cada vez le gustaba más Ida.

–Me honra tu consideración.

Ida se volvió hacia Lin.

–¿Y tú eres su…?

Lin aceptó la mano de Ida antes de que esta le hiciera otra inclinación y la estrechó.

–Soy su prima, Lin. Tiene una casa preciosa. Me honra que la comparta con nosotras.

El resto de la multitud se dispersó.

–Un placer.

–Ya sabes donde está el establo, Michael –le dijo a Shadow.

Lin miró a Fei con gesto interrogante. Fei negó con la cabeza. No había tiempo para explicaciones.

–Estará detrás de la casa, a no ser que lo hayas cambiado –le respondió Shadow.

Ida resopló.

–Cuando termines con los caballos, lávate y sube a cenar.

Shadow se levantó el sombrero.

–¿Estás haciendo galletas de queso?

–Puede.

–Entonces me daré prisa.

–Como si tuviera alguna duda –masculló Ida y a continuación le gritó–: Asegúrate de cerrar bien la puerta cuando salgas, Michael. No vaya a colarse alguno de esos rufianes –después se volvió hacia Lin y Fei e, invitándolas a entrar, dijo–: Juro por Dios que da igual lo mal que pinte una situación, un hombre nunca deja de pensar en el estómago.

–¿Pero tiene galletas de queso de verdad? –preguntó Lin.

Ida se rio por lo bajo mientras cerraba la puerta y dejaba la escopeta en el vestíbulo.

–Estarán hechas para cuando termine.

Ida tenía una casa muy ordenada. En el salón tenía dos sofás de crin de caballo, un sillón de orejas y una mesa baja. Sobre tapetes de encaje encima de las pulidas mesitas auxiliares había puesto lámparas blancas con florecitas rosas pintadas en las tulipas de cristal. En la pared de enfrente de la puerta, había una pequeña chimenea con una repisa de madera blanca y encima de la repisa, un ejemplar de la Biblia. Todo estaba inmaculado. Era una habitación hecha para que la gente pudiera relajarse y hablar. Perfecta para una casa de huéspedes.

Ida señaló el sofá.

–Siéntate.

Fei estaba demasiado nerviosa. Quería estar con Shadow. Asegurarse de que estaba bien. Se acercó a la ventana y descorrió las cortinas.

Ida desdeñó sus intenciones dándole un golpe en la mano.

–No le harás ningún bien al chico mirando por la ventana.

¿Chico? Ella lo llamaría muchas cosas, pero chico no era una de ellas.

–Estoy preocupada.

Ida se sentó en uno de los sillones de orejas.

–No le harán nada en mi establo. Si piensan hacerle algo, lo harán cuando salgáis de la ciudad. Estáis a salvo, al menos por esta noche.

Por esa noche. Una noche. Iban a estar en el pueblo más de una noche, pero solo estarían a salvo una. Sintió el pinchazo de la nostalgia por el mundo de protección que habían abandonado.

–Aquí las cosas son muy diferentes.

Ida se inclinó hacia delante y le dio una palmadita en el hombro.

–No te preocupes por nada. Es un buen hombre. Se le ocurrirá algo antes de que te despiertes por la mañana.

Lin se sentó en el sofá. Fei no tuvo más remedio que sentarse con ella.

–¿Cómo conociste a Michael?

Lin volvió a mirar a su prima. Fei no tenía respuesta. ¿Hasta dónde podía contárselo? ¿Hasta dónde era seguro hablarle de lo que pasó? Shadow era un hombre perseguido por la justicia. Se hacía llamar por un nombre falso. Aquella mujer creía que era amiga suya. Pero si Shadow no se lo había dicho, ¿podía hacerlo ella? Ida sacudió la cabeza al verla vacilar.

–No eres mentirosa, ¿eh?

–No.

Lin salió en defensa de su prima.

–No hemos tenido mucha necesidad de ponerlo en práctica.

–Ya. Bueno, iba a dejaros aquí mientras iba a la cocina a preparar té, pero creo que será mejor que vengáis conmigo. Sois de esas chicas asustadizas. Nunca me fío de las asustadizas.

Lo cierto era que Fei estaba nerviosa y el té le pareció una buena idea. Esta vez asintió cuando Lin la miró.

La cocina estaba al fondo de la casa. Una habitación cuadrada de gran tamaño, decorada con el mismo gusto femenino y práctico que el salón. A Fei le gustó de inmediato, igual que le había gustado Ida de inmediato.

Su madre siempre había dicho que se podía decir mucho de una persona viendo su cocina y la de Ida estaba limpia, bien surtida y todo estaba en su sitio. En el aparador había un cuenco con flores naranjas y en la mesa un jarrón alto con rosas rojas. Lin se dirigió a las rosas y acarició los pétalos antes de inspirar su aroma.

—Veo que te gustan mis flores.

—Soy muy bonitas.

Ida asintió mientras ponía yesca bajo el quemador delantero de la estufa y llenaba la tetera con agua de un cubo situado junto a la puerta trasera.

—Siempre digo que no hay nada como un bonito arreglo floral para alegrar hasta los días más oscuros.

Fei asintió.

—Yo pienso lo mismo. Mis flores favoritas son las orquídeas.

—Aquí no las podemos cultivar —respondió Ida con un suspiro—. Pero lo intenté.

—Mis favoritas son las rosas —dijo Lin.

—Lo habría adivinado al ver cómo has ido derecha a ellas.

Ida puso la tetera en la estufa.

—¿Son de tu jardín? —preguntó Lin.

—No, estas me las han regalado —le guiñó un ojo a Fei—. Tengo uno o dos admiradores.

Lin ahogó un grito de sorpresa y se tapó la boca para no reírse. Fei estaba tan atónita que se olvidó de ocultar la sonrisa.

Ida se rio a carcajada limpia.

—Sé que a vuestra edad cuesta creer que alguien de mi

edad pueda despertar el interés de un hombre, pero la vida no se termina a los veinte, como tampoco se terminan las emociones que sentimos a lo largo de nuestras vidas. Si os digo la verdad, por dentro me siento como si tuviera veinte.

A Fei le gustaría tener aquel espíritu cuando fuera mayor.

—Disfrutas de tu vida.

—Bueno, la única opción que tiene una es sacarle todo el provecho posible a su cuerpo o hacerse un ovillo y esperar a que llegue la muerte —Ida señaló a su derecha—. Lin, ¿podrías traerme tres tazas de aquel armario?

—Claro.

Ida tomó una lata que había en la mesa.

—¿Las dos queréis té?

—Sí, por favor —dijeron Fei y Lin al unísono.

Ida se rio de nuevo.

—Menudo día habréis tenido.

—Ha sido un día duro —dijo Lin.

—¿Una forma educada de decir que Michael lleva todo el día arrastrándoos de aquí para allá?

—Sí, pero a petición nuestra —se sintió obligada a explicar Fei.

—No hace falta que salgas en defensa suya. Que lo conozca bien no significa que no me caiga bien. Al contrario, de hecho —puso una cucharada de té en una bola de metal con agujeros y la introdujo en la tetera—. No tengo clientes ahora mismo, así que cenaremos algo ligero, pero tengo jamón y pan fresco si queréis.

El estómago de Fei respondió en su lugar con un sonoro gruñido.

Ida colocó alineadamente las tazas con sus platillos.

—Supongo que eso es un sí.

Fei estaba tan azorada que se le olvidó el inglés.

—*Xei-xei.*

—¿Tú también tienes hambre? —le preguntó a Lin.

—Sí.

—Bueno, pues pongámonos manos a la obra —se dirigió a Lin y añadió—: El pan está allí. ¿Por qué no lo vas cortando? Y Fei, en aquella cesta junto a la ventana tengo los tomates y la verdura. Yo me pondré a preparar las galletas que tanto aprecia Michael.

Ida ladraba órdenes como si fuera un comandante del ejército, pero uno no podía molestarse con ella porque no había maldad en ella. Simplemente, le gustaba el orden.

—¿Los tomates no son venenosos?

Ida negó con la cabeza.

—No irás a decirme que te crees esas sandeces, ¿verdad?

—Todo el mundo lo sabe —respondió Lin.

—Bueno, pues yo pertenezco a todo ese «mundo» y estoy viva —vertió cuidadosamente el té en las tazas—. Resulta que me encantan. No doy abasto en esta época del año.

Fei vaciló cuchillo en mano. Lin se encogió de hombros. Fei suspiró. Había llegado muy lejos.

—Tengo también una vinagreta de suero de mantequilla para la verdura. ¿Lo habéis probado?

Fei negó con la cabeza.

—Sabe de maravilla.

En ese momento, Fei se comería lo que fuera de lo hambrienta que estaba. Pero seguía teniendo dudas acerca de los tomates.

—Córtalos en rodajas, cariño.

Fei cortó las rodajas todo lo fino que pudo. Si no tenía más remedio que comerse una, prefería que fuera fina. Así contendría menos veneno.

Veinte minutos después, la puerta de atrás se abrió y entró Shadow, se quitó el sombrero y lo colgó junto a la puerta. Poseía el aura de alguien que se siente cómodo con lo que lo rodeaba. Tenía el pelo un poco húmedo de habérselo lavado. Estaba guapo y muy deseable.

El rostro lleno de arrugas de Ida esbozó una sonrisa.

—Ven aquí y dame un abrazo.

Para sorpresa de Fei, Shadow hizo lo que le pedía. Fei

no pudo hacer otra cosa que quedarse mirando cómo abrazaba a la mujer con lo que parecía afecto genuino.

—No irás a ponerte celosa… —dijo Ida por encima del hombro—. Lo conozco desde mucho antes que tú.

—¿Estás celosa, Fei? —preguntó Shadow con una sonrisilla cuando Ida se retiró.

El cuchillo rebanó el tomate como si fuera mantequilla y chocó con la tabla de madera con un golpe seco. ¿Celosa? No estaba celosa solo porque le hubiera dado a otra lo que quería para sí.

—Si me sonríes de esa manera… *Michael*, dejaré que se te quemen las galletas.

Shadow se le acercó con aquella elegancia felina que le derretía los huesos. Ahuecó la palma contra su mejilla y poco a poco la fue deslizando hasta su nuca. Un escalofrío de anticipación le recorrió el cuerpo.

—¿No te gusta como sonrío?

Fei dejó el cuchillo sobre la tabla.

—Me gusta como me sonríes ahora mismo.

Él enarcó una ceja.

—¿Y cómo es eso?

Fei estudió detenidamente la suavidad de su boca, la relajación de las arruguitas que tenía alrededor de los ojos, la genuina calidez de sus ojos. Se dejó caer sobre su mano.

—Como si fuera una sonrisa sincera.

La forma en que entornó los ojos fue la única señal de que el comentario lo había pillado por sorpresa.

—Contigo siempre lo es.

Fei se volvió y, sosteniéndole la mirada, le besó el interior de la muñeca.

—Me alegro.

La mirada de Shadow se incendió. Y en respuesta, Fei sintió calor en su centro femenino. ¿Qué tenía aquel hombre?

—Ya habrá tiempo para eso después, vosotros —les dijo Ida, rompiendo el momento—. Ahora es hora de cenar.

Shadow no la soltó de inmediato. Fei no quería irse. Cuando la tocaba, siempre tenía la impresión de que aún quedaba mucho por llegar. Que los dos eran mucho más.

Ida sirvió el jamón en una bandeja.

—Llevad esto a la mesa, Lin y Fei, ¿me habéis oído? Michael, siéntate. Ahora te ponemos algo de comer.

Ida tomó una taza del armario y la llenó. El oler a café se extendió por la cocina cuando llevó la taza a la mesa.

—Sé que no te gusta el té –le dijo.

—Gracias.

Fei se dio cuenta de que la sonrisa que le dedicó a Ida era distinta de las que le dedicaba a ella. Estaba llena de afecto, pero no había… intimidad. La sensación de calor de Fei aumentó. Shadow tenía una sonrisa especial para ella.

—Te aseguro que he echado mucho de menos tu café –le dijo Shadow.

La mujer asintió bruscamente.

—Siéntate. La cena de esta noche no es especial, pero te alimentará.

Una vez estuvieron todos sentados y los platos servidos, Ida bebió un sorbo de té.

—Y ahora dime, Michael, en qué lío te has metido esta vez.

Shadow se metió un poco de ensalada en la boca.

—Ha sido un malentendido, Ida.

—Te conozco lo suficiente para saber cuando me mientes. Por tu mirada sé que andas en problemas y no tienen nada que ver con esos cafres de ahí fuera. ¿Tiene algo que ver con estas dos? –preguntó haciendo un gesto hacia Fei y Lin.

—¿Qué te hace pensar eso?

Fei clavó la mirada en el plato.

—Me caes bien, Michael, pero eres un hombre duro. Cuesta conocerte y cuesta amarte. No me creo que te hayas encontrado con algo tan dulce por casualidad.

—Y aun así estoy casado con ella.

–Por eso te estoy pidiendo que me lo cuentes.

Fei se puso tensa y se preguntó qué iría a contar Shadow.

–¿Qué puedo decir? Me bastó con mirarla para caer rendido en sus brazos.

No era mentira. Pero tampoco era verdad.

Lin buscó la mano de Fei por debajo de la mesa y le dio un apretón.

–Por el momento.

–¿Qué quieres decir? O estás casado o no lo estás.

Eso era lo que Fei estaba empezando a creer también. Tanto ir y venir la estaba poniendo de los nervios. Y no podía evitar pensar que tal vez los ancestros sabían lo que hacían cuando pusieron a Shadow en su camino. Comió un poco de ensalada. Ida tenía razón, la vinagreta sabía de maravilla.

Shadow bebió un sorbo de café y sin perder la calma respondió haciendo añicos las esperanzas de Fei:

–Llevo a Lin y a Fei con su familia. Han tenido algunos problemas últimamente.

–¿Dónde está vuestra familia? –preguntó Ida.

–En San Francisco –respondió Lin. Fei no pudo decir palabra. La respuesta de Shadow la había dejado sin respiración.

–Es una distancia considerable, especialmente para dos chicas solas.

–Lin tiene familia en un pueblo cerca de aquí. Ellos las escoltarán.

Ida pinchó de su ensalada.

–¿Saben que van a tener que escoltarlas?

–Lo sabrán en cuanto reciban el telegrama que voy a enviarles.

La comida se hizo intragable para Fei. Conque era eso. Shadow no la quería por placenteras que fueran las noches que pasaran juntos. A pesar de haberse jurado que no ocurriría, había terminado siendo una concubina. Al menos había ocurrido según sus condiciones. No era un pensamiento tan estimulante como debería haber sido.

–Lo siento –le susurró Lin.

Fei bajó la cabeza y confió en los muchos años aprendiendo a ocultar la consternación.

–*Xei-xei* –susurró.

–Ah, entonces tenéis unos cuantos días –dijo Ida.

–Sí.

Fei no pudo seguir comiendo.

–¿Entonces de quién os ocultáis?

–¿Qué te hace pensar que nos ocultamos de alguien?

–Por favor, Michael. Apuesto sin temor a equivocarme que venís desde lejos y los caballos no venían sudando, lo que significa que esperasteis a que cayera la noche antes de entrar en el pueblo.

–Venía con dos mujeres. Ya sabes como es la gente. No tenía sentido armar revuelo.

–Pero lo has armado.

Fei se humedeció los labios.

–Es culpa mía.

–¿Culpa tuya?

Ida lo dijo como si considerara a Fei incapaz de crear problemas.

–No me gustaba el lugar en el que estaba mi prima. Insistí en que se marchara. Y no se lo tomaron bien.

–Ha tenido que ser algo gordo para obligarte a huir.

–Déjalo ya, Ida –ordenó Shadow.

–Parece que cada vez que vienes, Michael, terminas diciéndome que deje estar algún tema. Deberías saber ya que solo consigues aumentar mi curiosidad.

Fei se obligó a comer un trozo de jamón.

–Está protegiendo mi honor –dijo Lin.

–Eso sí que me lo creo.

–Fei me rescató de unos hombres que querían lastimarme.

–¿Te secuestraron?

Lin bajó la mirada y negó con la cabeza. Fei sabía que se sentía muy avergonzada. Que a una joven de buena familia la vendieran por poco más que una esclava era un desprestigio inconmensurable.

Fei tragó el jamón. Por un angustioso momento creyó que se le iba a atragantar.

—Mi padre cayó enfermo. En sus últimos días de vida hizo cosas que no tenían sentido.

Ida los miró alternativamente.

—Vendió a tu prima, ¿no es así?

—Sí.

—Menos mal que tenías una familia a la que le importabas lo suficiente como para ir a rescatarte.

Lin asintió.

—Sí —dijo con un hilo de voz.

—¿Cuánto tiempo tardó tu prima en rescatarte?

—Una semana.

Ida alargó el brazo y le dio unas palmaditas en la mano.

—Los hombres pueden ser unas bestias, cariño, pero el señor nos hizo fuertes para poder resistir. Vivirás más que ninguno de esos hombres que te lastimó. Véngate llevando una buena vida.

—No me… lastimaron —explicó Lin. Su ligera vacilación dotó de una significación especial sus palabras.

Shadow levantó la cabeza y Lin apartó la vista. Fei no sabía qué hacer.

—¿Estuviste secuestrada una semana y nadie te tocó? —preguntó Shadow.

«Ay, Dios». Territorio peligroso. Fei le dio una patada a Lin por debajo de la mesa en señal de advertencia. Shadow la miró enarcando una ceja. Mierda. Se había equivocado de pierna.

—Fei me ayudó.

—¿Cómo? —preguntó Shadow.

—Yo no hice nada —contestó esta poniendo especial énfasis en «nada» al tiempo que buscaba la mirada de Lin.

—Fei me dio un elixir.

—¿Qué elixir? –preguntó Shadow, irguiéndose en la silla.

—Uno especial que apaga el interés de los hombres.

Ida esbozó una risilla.

Shadow frunció el ceño.

—Con lo de apagar el interés, te refieres a…

La risilla de Ida se convirtió en toda una carcajada al comprender.

—¿Me estás diciendo, niña, que drogaste a ese hombre con salitre?

—¡Y un cuerno!

Fei hizo una mueca al oír la exclamación de Shadow y se lamió los labios.

—Era necesario.

—¡Y un cuerno!

Esta vez, Fei no hizo ninguna mueca. Esta vez le sostuvo la mirada.

—Era muy necesario.

—No te preocupes por él –dijo Ida restando importancia a la preocupación de Shadow–. A ningún hombre le agrada la idea de que una mujer haga experimentos con esa parte de su anatomía.

Lo dijo con toda la calma del mundo, como si no fuera nada verlo furioso.

—Normal que no nos agrade –le espetó Shadow.

—Lo que no es normal es que un hombre se considere con el derecho a violar a su antojo –le espetó Fei.

Para su sorpresa, Shadow asintió.

—Cierto, pero maldita sea, mujer, optaste por una solución muy drástica.

—Creía que tu solución a semejante crimen siempre fue la muerte –terció Ida.

—La muerte limpia –masculló Shadow, removiéndose en la silla.

—No le di lo suficiente para que fuera algo permanente –dijo Fei.

Ida soltó una carcajada.

–Menos mal.

–El señor Culbart no estaba contento –terció Lin en voz baja.

–Ya me imagino –dijo Shadow con sequedad.

–Oh, Dios mío –Ida empezó a reírse más fuerte–. ¿Fue a Culbart a quien administraste el salitre? Ese hombre es más vicioso que un macho cabrío y está orgulloso de ello.

–Ya no lo está tanto –dijo Lin con sorprendente vehemencia.

–¡Ya me lo imagino! Me pregunto por qué quería recuperarte.

–Espero que a estas alturas haya encontrado a una mujer que tenga más ganas de yacer con él.

–Y no una que lo convierta en un fideo fofo –añadió Ida.

Shadow le dio un empujoncito a Fei en el brazo para llamarle la atención.

–¿Aún te queda elixir de ese? –ella asintió y Shadow extendió la mano–. Dámelo.

–Está en mi morral.

Shadow se reclinó en la silla con una sonrisa que carecía de afecto.

–Esperaré.

Ante aquello, Ida soltó otra tremenda carcajada, tanto que tuvo que sujetarse los costados.

–Al pobre le han entrado ganas de huir despavorido después de este susto que le has dado, niña –dijo Ida, tomando aire entre risotada y risotada.

Mientras se levantaba, Fei se dio cuenta de que no quería que Shadow huyese despavorido. No quería que huyese. Punto.

Capítulo 10

–Ya hemos llegado. Esta es tu habitación –le dijo Ida a Fei, entregándole unas cuantas velas, jabón y toallas.

Fei asintió, pero vaciló un momento ante la puerta.

–Gracias.

–¿Nerviosa?

Fei volvió a asentir y puso la mano en el pomo de cristal.

–No llevamos casados mucho tiempo.

–Conozco a Michael desde hace mucho y siempre se ha comportado con honradez.

Eso no era extensible a su verdadero nombre, lo que le hacía preguntarse hasta qué punto se podía confiar en la opinión de Ida.

–Cuando lo conocí, iban a colgarlo por robar un caballo.

Ida enarcó ambas cejas.

–¿Michael robar? Michael jamás ha robado nada en toda su vida. Los caballos, las mujeres, todos acuden siempre a él. Nació en el lado malo, pero lleva toda la vida esforzándose para no sucumbir.

–No sé qué significa eso.

Ida le dio una palmadita en el hombro.

–Significa que es un buen hombre y que no hay razón para que te preocupes, pero si quieres dormir sola esta noche, dímelo y pondré a tu marido en otra habitación.

A Fei le gustaría dormir sola para no tener que preocuparse de quién tenía que ser o qué iba a ocurrir. Pero al mismo tiempo le quedaban muy pocas noches con Shadow y no quería malgastar ninguna.

—No tiene intención de que sigamos estando casados.

—Ya lo he oído —respondió Ida, alisándole el pelo—. También he visto cómo te mira.

—Me desea.

—Y tú lo deseas a él.

Fei se sonrojó y asintió.

—Y lo que es más importante, te gusta —Ida le dio una palmadita en el hombro—. Ya tienes mejor cimiento que la mayoría de los matrimonios.

—Pero su intención es mandarme lejos.

—Lo hace porque cree que es lo mejor. Eso es lo que la gente hace cuando se preocupa por los demás.

—¿Por él o por mí?

—Si fuera lo mejor para él, te encerraría en el dormitorio y mandaría a paseo las consecuencias.

Ida tenía razón.

—Aun así no me gusta.

—Imagino que a él tampoco, pero aunque no vuelvas a verlo, no será porque no le importaras. Tienes que aferrarte a eso. ¿Entonces qué? ¿Dónde pongo a tu marido? —le preguntó con brusquedad.

¿Dónde? ¿Quería abrazar su dolor o al hombre?

—Aquí está bien.

Ida sonrió.

—Yo también querría tenerlo a mi lado. Es bueno guardar recuerdos, aunque sean agridulces.

—Eso espero —porque para cuando todo aquello hubiera terminado, iba a tener un montón de cosas que recordar. Y tal vez lamentar, pero sus opciones eran limitadas y algunas de las respuestas siempre señalaban en la misma dirección: Shadow. Él era la opción con la que había empezado todo aquello y a la que regresaba una y otra vez. Deseó buenas noches a Ida, entró en la habitación y cerró por dentro. Se apoyó sobre la puerta y cerró los ojos.

«¿Qué es lo que queréis decirme, ancestros?».

No hubo respuesta. Fei soltó el morral en una silla que había junto a la cama. No estaba segura de qué hacer. ¿Debería sentarse a esperar o quedarse junto a la puerta? ¿Y qué esperaba? ¿Un marido que quisiera acostarse con ella? ¿Un desconocido que quería deshacerse de ella? ¿O un amigo a medio camino entre una cosa y otra? Lo que quiera que decidiera ser Shadow, cuando entrara por aquella puerta no cambiaría lo que ella era. Y cómo decidiera responder ella era solo asunto suyo. De nadie más. Y ya había decidido que quería abrazar al hombre.

Dejó el jabón y la toalla en la mesita y vertió agua en la palangana. Metió la mano y dejó que el agua le corriera por los dedos, contemplando las ondas que distorsionaban la imagen de su piel. Era como si la mano se le estuviera disolviendo, volviéndose en algo insustancial. Pero no tenía miedo, porque sabía qué era real. Puede que eso fuera lo único importante. Puede que no importara lo que Shadow quisiera. Puede que la diferencia yaciera en la percepción que ella tenía de lo que creían los demás. Si iba a ser una mujer independiente que dirigiera su propia vida, significaba que tendría que tomar sus propias decisiones, sin importarle las reacciones que estas pudieran provocar.

Se volvió al oír que llamaban suavemente.

—Adelante.

Shadow entró en la habitación con las alforjas al hombro y el sombrero en la mano. No pidió permiso para cerrar. Lo hizo sin más. A Fei le gustaba la capacidad de decisión de Shadow. Este dejó las alforjas junto a la silla que había frente a la cama y colgó el sombrero de un gancho que había detrás.

—¿De verdad drogaste a Culbart?

Ella asintió.

—Hiciste algo muy peligroso.

—No se me ocurría qué otra cosa hacer.

—Cuando no pueden cumplir en la cama, los hombres se ponen de mal humor.

—Sí, pero esperaba que aguantara unos pocos días más, hasta que consiguiera el oro para comprarle a Lin.

Shadow asintió.

—Pero se te acabó el tiempo.

—Sí. Se impacientó antes de lo que yo quería.

—¿Cuánto quería por tu prima?

—Cien dólares.

Shadow silbó entre dientes.

—Eso es mucho dinero.

—¿Quieres decir que me prima no lo vale?

—No es eso. Creo que querría saber de dónde habrías sacado el dinero, lo que habría causado infinitos problemas.

—No creo que pensara que podría reunirlo. Creo que para él era un juego.

—Yo me inclino a pensar que puede que se lo tomara como un juego en parte, pero otra parte de sí mismo tenía curiosidad. Por casualidad no irías a ver al certificador, ¿verdad?

—Como ya te he dicho, le llevé un poco una vez.

—Ah.

—¿Qué significa ese «ah»?

—Significa que tuviste mucha suerte al no conseguir todo el oro que querías para comprar la libertad de tu prima y también tuviste mucha suerte de que a Culbart se le acabara la paciencia y te diera tiempo a sacarla a rastras del rancho, porque si hubieras conseguido el dinero para comprar su libertad, Culbart te habría perseguido para arrebatarte el resto de tu oro.

—No lo pensé.

—No me sorprende. Estabas en una situación imposible y estaba seguro de que podría mantenerte allí.

—Sí.

—¿Cómo acabó Lin en manos de Culbart? Es una chica

decente, de buena familia. No puedo creer que el hecho de que tu padre la vendiera no sorprendiera a nadie.

—Culbart es un hombre poderoso.

—Tu padre también parecía serlo, al menos entre la gente de la compañía del ferrocarril. Si tu padre se hubiera negado, dudo mucho que Culbart la hubiera raptado.

—La enfermedad le hacía pensar de una forma extraña. Actuar de una forma extraña. Comportarse como un ser taimado. No creo que nadie se enterase de lo que hizo. Y solo mi padre sabe por qué lo hizo.

—Y tú.

—No. Yo no sé el porqué —nunca lo sabría.

Shadow se desabrochó la camisa y se subió las mangas.

—¿Sabía tu padre lo del oro que habías encontrado?

—¿Mi padre?

—Sí, tu padre. ¿Se lo contaste?

—Soy su hija.

—Acabas de decirme que estaba enfermo y no actuaba con lógica en los últimos días de su vida. Una hija lista no le contaría a un hombre así sus secretos —se enjabonó las manos, después tomó las de ella y se las lavó con suavidad, deslizándole los dedos por sus palmas, entre ellas, masajeándole los músculos en la base del pulgar y en el centro de la palma. Sorprendentemente agradable.

No percibió censura en su tono de voz.

—Fue mi padre quien encontró el oro, pero luego se le olvidó. Y no, no se lo recordé.

—Estabas tratando de buscar la manera de independizarte de él, ¿no es así?

Ella asintió.

—¿Lo sabía él?

Ella negó con la cabeza.

—Ni siquiera lo sospechaba. Las hijas chinas no abandonan el hogar si no es con un marido.

—Pero tú has decidido ser americana.

—Sí.

Le costaba concentrarse teniéndolo tan cerca, las manos en las suyas, el calor de su cuerpo envolviéndola en un abrazo. Lo único que tenía que hacer era apartarse un poco. Eso era todo. Era lo único que no podía hacer.

–Elecciones difíciles.

–Sí.

Shadow le entregó una toalla. Después alcanzó un paño, lo hundió en el agua y lo frotó con jabón.

–Date la vuelta.

Ella lo hizo, pero él no retrocedió. Estaba tan cerca que le tocaba la entrepierna con las caderas, los pechos con el torso. Le puso un dedo debajo de la barbilla y le levantó el rostro para lavarla.

–¿Qué vas a elegir hacer esta noche, Fei?

–¿A qué te refieres?

–Puede que no sea tan honrado como sugiere Ida. No en lo que a ti respecta. Me refiero a que después de mañana, cuando los familiares de Lin vengan a recogerla, pienso enviarte con ellos. Darte la posibilidad de comenzar de nuevo. Pero esta noche, esta noche me siento egoísta. Esta noche quiero saber lo que es hacerle el amor a mi esposa en una cama.

No tenía sentido lo que decía.

–¿Qué estás haciendo, Shadow?

–Ojalá lo supiera.

Le rozó la mejilla con el paño húmedo y descendió por la barbilla hasta el cuello, chocó con la barrera del cuello de la túnica y ascendió hasta la nuca. El paño dejaba un maravilloso frescor. Las manos de Shadow estaban maravillosamente frescas.

–Siempre me ha tocado mirar desde fuera, Fei, las vidas de los demás. Los amores de los demás. Han puesto precio a mi cabeza y eso no va a cambiar. Tenerte a mi lado sería enterrarte conmigo, y no voy a hacer eso.

–Pero quieres tener esta noche.

–Sí –los primeros tres botones de la túnica cedieron

bajo sus dedos sin protestar–. Soy un cabrón, pero quiero mi noche de bodas.

–No sé cuál es el equivalente de cabrón en una mujer.

Shadow pestañeó varias veces seguidas, enarcó una ceja y el paño se detuvo a la altura de la clavícula de Fei.

–Pero también quiero mi noche de bodas. Quiero estar contigo.

–No te fuerzo a nada.

–Lo sé.

–Tienes familia esperándote.

Él no comprendía la jerarquía existente en las familias chinas. No comprendía dónde la situaba su sangre mestiza. No se lo explicó.

–Puedes empezar de cero en San Francisco.

Sí, podría. No iba a hacerlo, pero podría.

–Estaré bien, Shadow. No tienes que preocuparte por mí.

–Pero lo hago de todos modos.

No parecía que le gustara. Fei lo veía. Shadow se atascó con los diminutos botones de la parte delantera de su túnica. Fei notó cómo crecía su frustración.

–Si me la rompes, no tengo otra túnica que ponerme.

–Entonces será mejor que lo hagas tú.

Fei se dio cuenta de que Shadow le estaba dando opción de nuevo. Todo terminaría si decidía no desabrocharse los botones. Se quedaría con el sabor de la pasión salvaje, pero seguiría siendo pura. La familia de su prima podría encontrarle marido y su futuro seguiría el curso planeado por las personas que mandaban. Los planes de otros, no los suyos.

Se desabrochó el siguiente botón y vio que las pupilas de Shadow se dilataban y las fosas nasales se le distendían. El siguiente no fue tan fácil y cuando llegó al cuarto había perdido todo el coraje. Shadow le puso el paño húmedo allí donde le latía el pulso en la garganta y descendió por la V que se había formado al abrirse los botones.

Fei lo agarró por la muñeca y cerró los dedos, sintiendo la combinación de hueso duro y músculo blando.

–¿Qué pasa?

–Creo que no estoy preparada para seducir a mi marido en mi noche de bodas.

Shadow se quedó de piedra.

Fei contuvo las ganas de bajar la vista.

–Tengo otra vez esa extraña sensación. No sé qué es lo que te gusta. No sé si sabré complacerte.

Shadow se ablandó.

–¿Otra vez preocupada por si tienes unos pechos demasiado pequeños para mi gusto?

–Las mujeres americanas son mucho más… –terminó la frase poniéndose las manos delante del pecho.

–Ahora eres americana, tú misma lo has dicho.

–Decirlo no aumentará el tamaño de mi busto.

Shadow apoyó la frente en la de ella y se rio suavemente.

–¿Fei Yen? ¿Alguna vez te han dicho lo franca que eres?

–Me parece que no fueron esas palabras las que emplearon.

–Bueno, pues a mí me gusta tu franqueza y me gustan tus pechos. No son demasiado pequeños, tus caderas no son demasiado anchas y tu boca no es demasiado generosa.

Fei no sabía qué pensar de aquella retahíla, aquel listado de sus atributos. ¿Era una crítica o un halago?

–Mierda –dijo Shadow con un suspiro–. No lo estoy haciendo muy bien, ¿verdad?

–No sé qué es lo que estás haciendo.

–Trato de seducirte, pero no lo estoy haciendo muy bien.

–¿Por qué lo dices?

Shadow tiró el paño en la palangana y la tomó en brazos.

–Eso es algo que un hombre se supone que no tiene que decir.

Mientras la llevaba a la cama, Fei le preguntó:

–¿Has seducido a muchas mujeres?

–Bastantes. Las suficientes como para que no deba preocuparte que no sepa lo que hago en la cama.

No era eso lo que quería oír. Pero a ella también le resultaba estimulante su franqueza, así que no se quejó.

–¿Cuántas son bastantes?

–Suficientes.

–¿Tantas que no las puedes contar?

–Fei, no me acuerdo de ninguna de ellas ahora mismo.

Le estaba diciendo que en ese momento solo tenía ojos para ella y eso era bueno. La posó suavemente encima de la cama. Empezó a soltarle la camisola. Fei miró hacia la lámpara. Él negó con la cabeza.

–No. Quiero verte entera, hasta el último centímetro.

–Me da vergüenza.

–Entonces tendré que ocuparme de que deje de ser así, pero no quiero forzarte a nada.

–No me estás forzando, pero me parece que el pudor me empuja al rechazo.

–¿Solo el pudor?

Ella asintió.

–¿No es por miedo?

Conque eso era lo que le preocupaba. Fei ahuecó la palma contra la mejilla de Shadow y lo miró a los ojos.

–No te tengo miedo en ese sentido, Shadow Ochoa. Te deseo. Lo único que temo es ser demasiado torpe en mi deseo y que te des media vuelta.

Shadow le buscó la mano, entrelazó los dedos con los suyos y luego se la llevó hacia atrás, haciendo que se arqueara contra él.

–Eso no va a pasar nunca.

Fei vio el deseo llamear en sus ojos, que se oscurecieron aún más. Cuando Shadow posó la mirada en su boca, Fei entreabrió los labios y paseó la lengua lentamente por ellos, tentándolo como una mujerzuela, deseándolo como una esposa. Nunca era mucho tiempo.

–Besame, Shadow.

Eso hizo. Apasionadamente. Introdujo la lengua en su boca reclamándola por completo mientras tiraba de ella con las manos para besarla más dentro. La pasión empezó a fluir por ella, ahogando sus inhibiciones.

–Sí.

¿Lo había dicho él o ella? ¿Importaba acaso? En aquello estaban totalmente de acuerdo. Fei levantó las piernas y le rodeó la cintura con ellas, aferrándose a él con todo su ser.

–Quiero que estés muy segura, Fei –susurró Shadow, separando la boca de la de ella mínimamente–. Solo puedo darte esta noche.

Solo esa noche. Una noche para toda una vida. Una noche para el recuerdo. O el lamento. Era la decisión más terrible que había tenido que tomar nunca, pero bien podía ser aquella la última vez que tuviera poder de decisión. Si iba a San Francisco, su familia la vendería. Si no, una mujer sola en el mundo no siempre tenía el destino asegurado. Pero sí podía asegurarse de que su primera vez fuera con un hombre que le importaba y a quien ella también importaba.

–No me dejes embarazada.

Él entrecerró los ojos y le puso la mano en el vientre casi con actitud protectora.

–No lo haré.

Pero quería hacerlo y Fei era consciente. Lo deseaba con locura. Y que Dios se apiadara de ella porque ella también podía imaginarlo. Shadow se giró y se sentó en la cama con ella en el regazo. Aquella era una de las posiciones favoritas de Fei. En aquella posición podía sentir el contacto que se creaba entre sus cuerpos desde las caderas hasta el pecho.

–¿Por qué no estás nervioso?

–¿Qué te hace pensar que no lo estoy?

Ella se encogió de hombros y desvió la mirada.

–Has estado con muchas mujeres.

Shadow le abrió la camisola. Fei cerró los ojos.

—Pero no he estado nunca contigo.

Aquello la hizo abrir los ojos. Los hombres decían cosas bonitas a las mujeres para conseguir lo que querían de ellas, pero Shadow no le estaba diciendo cosas bonitas. Le estaba diciendo la verdad.

Fei decidió decirle también una verdad.

—Me encanta todo lo que me haces.

—Yo podría decir lo mismo.

Notaba que le estaba mirando los pechos. Una parte de ella estaba preocupada, pero la otra estaba exultante de gozo.

—No sé qué hacer con las manos.

—Déjalas donde están —donde estaban era en la cama, junto a sus caderas.

—Si las dejo ahí, no podré tocarte.

—A lo mejor quiero que sientas, no que toques.

Con él, sentir era muy fácil. Le acarició el pecho suavemente, como el roce de las alas de una mariposa.

—Eres preciosa, Fei —continuó él—. Como la porcelana fina. Toda curvas elegantes y puntos delicados.

Le tocó el pezón con el pulgar. Demasiado levemente para proporcionarle la sensación que anhelaba.

Fei se arqueó, empujando los pechos hacia arriba.

—No me voy a romper.

Pero no era así. Shadow sabía que podría romperla con facilidad y no porque fuera frágil. En ciertos aspectos, Fei era la persona más fuerte que conocía, pero en otros… Aquella franqueza suya la hacía vulnerable frente a él. No era tonto. Sabía que creía que se estaba enamorando de él. Sabía que soñaba despierta con algo que no podía ser. Joder, si hasta él había empezado a tejer algún sueño que otro. Era un cabrón por pedirle una noche de bodas. Pero quería probar lo que otros no sabían valorar. Y quería que fuera con Fei.

Pero así y todo tenía que advertírselo.

—Ocurra lo que ocurra esta noche, subirás a esa diligencia con Lin y te irás a San Francisco.

–No a tu casa. Lo entiendo.

–Bien.

Shadow quería quitarse los pantalones, sacarse el miembro y frotárselo por aquellos pechos dulces y preciosos suyos, grabarse a fuego la sensación en los sentidos. Quería aplastarlos en torno a él y follarlos hasta correrse. Y después besarlos y amarlos hasta que ella se corriera susurrando su nombre. En vez de hacer todo eso, tomó el paño, lo hundió en el agua que ya se iba enfriando y se lo pasó por el torso. Suavemente. Con dulzura. Mostrándole de la única forma que sabía que le importaba.

Fei no dejó de mirarlo a los ojos en ningún momento, observando su expresión. Buscando, sin duda, señales de decepción. Y no había nada en ella, nada, que le resultara decepcionante. Todo lo que le había dicho era verdad. Era perfecta.

Hundió el trapo en la palangana. Ella le sujetó la mano sin darle tiempo a escurrirlo.

–¿Qué pasa?

–Necesito un beso.

Joder, y él. Fei se elevó. Shadow se agachó. Fei le rodeó el cuello con las manos. Shadow ahuecó la mano contra su cuello. Se abrazaron mientras se besaban. Ella lo besó con la pasión que él le había enseñado, mordisqueándole los labios, lamiéndole las comisuras, introduciendo la lengua entre ellos, reclamándolo igual que él la había reclamado a ella, pero con una exigencia femenina que le produjo un escalofrío.

–Fei –dijo él con un suspiro de placer–. Voy a tocarte, cariño.

Ella asintió entre gemidos.

Él le besó la barbilla, la mejilla, la garganta. Le acarició el costado, las costillas, la curva de los pechos. Le agarró uno haciendo cuenco con la mano y lo calibró. Delicado. Le pasó el pulgar por el pezón de nuevo. Era muy sensible.

–Quiero que te desnudes.

–Yo también. Quiero sentir tu piel contra la mía.

Shadow podía verlo, sentirlo. Mierda. Estaba ardiendo.

Se quitó la camisa y le dio lo que quería: piel contra piel. A Fei se le erizó el vello. A Shadow lo recorrió una oleada de calor cuando se metió un pezón en la boca. Fei se arqueó, metiéndole más dentro de la boca el pecho en forma de silenciosa exigencia. Shadow cerró los labios en torno al terso botón y succionó suavemente hasta que se endureció, ejerciendo una presión regular hasta que Fei se removió y le tiró del pelo.

–Shadow.

Eso era lo que había estado esperando. Que susurrase su nombre casi sin aliento, algo de lo que jamás se cansaría. Reemplazó la boca por la mano y pasó a lamerle el otro pecho, le pellizcó un pezón mientras le mordisqueaba el otro hasta dejarlo igualmente anhelante. Cuando los dos estuvieron duros y sonrosados como resultado de sus atenciones, Shadow retrocedió un poco y se echó el pelo hacia atrás para que no hubiera nada entre él y el bello objeto de su deseo. Fei lo observaba con los ojos entornados de pasión, los labios hinchados de los besos y la respiración entrecortada. Shadow estaba impaciente.

–Quédate tal como estás.

Se levantó de la cama y se quitó los mocasines y los pantalones. Se lavó rápidamente. Esperaba que Fei desviara la mirada con recato virginal, pero no lo hizo. Lo observó con una avaricia que hizo papilla sus buenas intenciones. Notó el agua fría sobre su enfebrecido miembro, gélida en los testículos, pero el calor de la mirada de Fei mantenía su erección. Tomó la palangana y la vació por la ventana, cerró y la llenó nuevamente de agua limpia.

Fei le tendió los brazos.

Enseguida aceptaría la invitación pero antes:

–Aún no.

–Sí. Ahora.

Le encantaba que le hiciera aquellas exigencias porque sabía cuál era el motivo.

–No he terminado de lavarte.

Las mejillas de Fei adoptaron el mismo tono rosado que sus pezones cuando se dio cuenta del grado de intimidad que iban a compartir. Shadow sonrió:

–Esto te va a gustar.

Fei le tendió los brazos, invitándolo a regresar a la cama, a sus brazos.

–¿Quién se supone que está seduciendo a quién? –preguntó Shadow.

–Creo que nos estamos seduciendo el uno al otro.

Fei tenía razón.

Shadow se tumbó sobre ella deslizando el miembro por la seda de los pantalones al hacerlo. Fei ahogó un grito cuando lo notó acomodarse entre sus muslos, dejando que su miembro le tocara la entrada del sexo.

–Te ha gustado, ¿a que sí?

Ella asintió. Lo repitió varias veces mirándola a la cara, gimiendo cuando la fricción alcanzó la presión adecuada. La suavidad de la seda contra su miembro, la tersura de sus pechos a escasos centímetros de su boca se le antojaba demasiado, las cosas estaban yendo demasiado deprisa. A ese paso no iba a durar todo lo que quería.

Shadow le arrancó el resto de la ropa de un tirón. Fei quedó expuesta ante él, tímida y hermosa. Se deslizó por aquel cuerpo suyo. La amó lentamente, frotándose contra su sexo y volviéndolos locos a ambos con tan insustancial contacto. Los pechos femeninos se hincharon y los pezones se endurecieron, tensos al contacto con su lengua.

–Shadow.

Este se puso a horcajadas sobre ella. Qué pequeña era comparada con él. Le rozó el pezón con la punta de su verga y la observó abrir desmesuradamente los ojos. Buscó alguna señal de repulsión en ella, pero solo halló interés. Frotó entonces el glande entero contra el pezón y se lo metió en la hendidura.

–Oh, sí –un escalofrío le subió por la espina dorsal. Lo

repitió con el otro pezón, marcándolo de ese modo primitivo que su alma tanto necesitaba–. Mía.

Fei no se lo discutió, simplemente lo miró con aquella callada anticipación que se le antojaba más caliente que cualquier caricia. Shadow se sujetó la verga y le propinó un pequeño azote en los pechos para a continuación alojarla entre ellos. La imagen de su miembro, que no podía estar más grueso y duro, contra el delicado torso de Fei, entre sus pechos, a escasos centímetros de su boca, casi bastó para que se corriera.

–¿Qué quieres? –le preguntó ella en un susurro.

Siempre tan generosa.

–Solo esto –«esto» era su miembro entre los pechos de ella, grueso y duro, contra la piel blanca–. Esto es precioso.

Sujetó los pechos por los lados y los juntó, dejando su miembro en el medio. Fei tenía la piel húmeda del trapo, lo que facilitaba el deslizamiento. Shadow comenzó a bombear lentamente mientras la tensión se iba acumulando en sus testículos. Quería embestir un poco más fuerte, hasta tocarle la boca con la punta. Se contuvo. Era la primera vez de Fei. Aquel tipo de exigencias podían esperar.

Fei, sin embargo, tenía otros planes. Alzó la cabeza un poco y, sosteniéndole la mirada, sacó la lengua y rozó con ella la punta del pene. De nuevo, un escalofrío por dentro lo impelió a abalanzarse hacia delante. Ella no retrocedió, sino que abrió la boca y lo acogió de forma que el glande quedó sobre su lengua.

Empezó a moverla con suavidad.

–Carajo. No sabes lo que estás haciendo.

–Sé lo que no quiero perderme, y es a ti.

Shadow no pudo contenerse. Le introdujo las manos en el pelo y le sujetó la cabeza mientras le metía la verga en la boca al ritmo lento que marcaban sus caderas. Ella lo acogió, envolviendo el grueso miembro con los labios con firmeza, abarcándolo por completo en una placentera succión, dentro, fuera, dentro, fuera, dándole mutuamente más y más.

Mierda. Iba a correrse. Salió de su boca de un tirón y dirigió el pene hacia abajo. Se corrió profusamente, bañando aquellos dulces pezones con su semen caliente. Después lo extendió sobre su piel, susurrando su nombre al tiempo que dejaba en ella su marca, imaginando que siempre estaría allí, que siempre sería suya.

Cuando por fin fue capaz de componer un pensamiento lógico, le preguntó:

–¿Cómo te las apañas para hacerme estas cosas?

Ella sonrió y se humedeció los labios.

–No tengo ni idea.

Él aceptó la invitación y deslizó de nuevo el miembro que ya empezaba a ponerse fláccido dentro de aquella húmeda calidez, dejando que aliviara el desbocado deseo con una caricia de su lengua y una suave succión mientras él le sostenía la cabeza, los deseos. Fei no parecía con ganas de dejarlo marchar.

–Eres una mujer poderosa, Fei Ochoa.

Ella sonrió sin soltarle con el miembro en su boca. Él aguantó todo lo que pudo, hasta que al final salió suavemente de su boca, gimiendo cuando su mujer le dio un último beso.

–Me ha gustado.

Dios bendito, y a él también.

–Esta noche habrá muchas más cosas que también te van a gustar, cariño.

Ella sonrió y se estiró.

–Estoy ansiosa.

La besó apasionadamente y se deslizó por su cuerpo. Regresó a sus pechos y les hizo el amor con suavidad, excitándolos poco a poco mientras disfrutaba de la vista. Su sexo era tan delicado como el resto de su persona. Tentador. Podía ver cómo sobresalían los tiernos pliegues internos con aquel adorable tono rosado. Quería poner allí la boca.

«Despacio, despacio», se dijo.

Regresó a la palangana, hundió el paño en el agua y volvió junto a ella. Fei lo miraba con los ojos desmesuradamente abiertos, pero no de miedo. Menos mal que no tenía miedo. Comenzó por el hombro y dejó que el paño fresco se calentara al contacto con la piel, lo pasó a continuación por encima de los pechos y fue descendiendo por el estómago y las caderas.

—Ábrete para mí.

Fei separó las piernas. Shadow pasó el paño entre ellas, limpiándole con suavidad los labios, demorándose un poco más en el clítoris, sonriendo al verla contener un gemido y separar aún más las piernas. Perfecto.

Enjabonó el paño y le lavó con mimo el sexo, el trasero y la ranura entre las nalgas, siguiendo con los dedos el rastro del paño, rozándole el capullo sonrosado del ano. Fei se estremeció. Un golpecito suave y se estremeció de nuevo. Tenía mucha sensibilidad en aquel punto. Su pene se irguió, listo para la tarea de nuevo. Tiró el paño en la palangana. El agua salpicó, pero le dio lo mismo. Estaba de nuevo junto a Fei antes de que esta pudiera echar de menos el calor de sus caricias.

Le sembró los pechos de tiernos besos y fue elevando su deseo a medida que bajaba la mano y se encontraba con el sexo hinchado y húmedo.

—Qué ansiosa estás.

—No puedo evitarlo.

—Nadie quiere que lo evites. Así es exactamente como se supone que tienes que estar. Ardiendo por mí como yo lo estoy por ti.

—¿Estás ardiendo?

—Sí.

—¿También sientes ese anhelo?

—Sí, anhelo sentir el contacto de tu piel sobre la mía, tener tus pechos en mi boca, paladear tu sexo. Sí, sí que lo anhelo.

Paladearla. No había sido su intención decir esto último,

pero se alegraba de haberlo hecho porque no pensaba quedarse sin hacerle el amor con la boca esa noche. Le besó todo el torso al tiempo que deslizaba las manos debajo de sus caderas y la levantaba para deleitarse en ella.

No le besó el sexo de forma inmediata. Lo admiró primero. Los gruesos pliegues externos cubiertos de suave vello se abrieron para revelar la delicada flor que se ocultaba entre ellos. Su Fei. Tan arrojada y brava. Tan intensamente femenina. Perfecta para él. Tenía que tenerla.

Fei se envaró al sentir el primer contacto de la lengua. Con el segundo se puso tensa simplemente. Con el tercero se relajó, separó las piernas y empezó a arquearse a cada lametazo, cada mordisqueo, a gemir cuando le introdujo un dedo en la vagina, a agarrarlo del pelo cuando le tomó el clítoris entre los labios y tiró con toda suavidad. Cuando volvió a hacerlo, tiró fuertemente.

—¿Shadow?

—¿Qué, cariño?

—No me hagas esperar más.

«Ay, mierda».

—Estoy intentando ir despacio.

—¿Por qué? ¡Voy a explotar como me toques una sola vez más!

Por qué, cierto.

—Quiero que lo pases bien —dijo él, rociándole el torso de pequeños besos.

Fei le enganchó la pierna derecha por encima del muslo y le restregó el sexo contra el pene, los pezones contra el torso desnudo. Respiraba entrecortadamente. Tenía el pecho arrebolado. Se mordió el labio.

—Pero si ya lo estoy pasando bien. Muy bien.

Sí, a él también le estaba gustando.

—No te corras.

—Tengo que hacerlo.

No sin él. Esta vez no. Retrocedió y penetró en su vagina. Esta vez se correría en su miembro.

–Abre los ojos.

Ella lo hizo. Abrió lentamente los ojos y le sostuvo la mirada. Shadow sintió por primera vez cómo la vagina de Fei le comprimía el pene.

–Fei.

–Oh, Dios mío –se arqueó, arrastrándolo más dentro.

Él le puso la mano en la cadera.

–Despacio. Hay que ir despacio.

Maldita sea, él también la necesitaba. Posó el pulgar en su clítoris y lo friccionó al ritmo que ella misma iba marcando en sus embestidas, presionando más fuerte a medida que la iba penetrando más dentro. Notó la barrera de su virginidad. Notó cómo cedía. Contempló cómo la sorpresa se apoderaba de ella a medida que su miembro la penetraba.

–¡Shadow!

Este se quedó quieto dentro de ella, sintiendo las contracciones, los estremecimientos mientras sus cuerpos se fundían en el vínculo más primitivo que existía.

Suya. Era suya. De nadie más. Notó la contracción de sus testículos y el hormigueo que empezó a correrle desde la base de la espina dorsal.

–¿Estás bien? –le preguntó con tono más brusco de lo que había pretendido.

–Sí, oh, sí.

–¿Qué necesitas?

Fei le clavó las uñas en los hombros y susurró:

–Más. Necesito más.

Le daría lo que quisiera. Del modo que quisiera. Y en ese momento lo quería a él. Susurrando su nombre, Shadow se apoyó por encima de ella, pero no sacó el pulgar de su clítoris. Contempló su rostro para saber cuánta presión ejercer, el ritmo óptimo que seguir. Necesitaba que se corriera con él esta vez. Se contuvo cuando notó que se ponía rígida y las primeras dulces contracciones envolvían su pene. Se contuvo todo lo que pudo, pero cuando sintió que Fei le arañaba la espalda y sacudía las caderas con un grito acogiéndolo por completo en su interior, no pudo seguir resistiéndose. Con un gemido ronco, salió de un tirón y se corrió sobre su estómago entre convulsiones y el aliento entrecortado, pero fiel a su promesa.

Placer sin complicaciones.

Lo que todo hombre quería. ¿Pero entonces por qué se sentía tan estafado?

Capítulo 11

Los tíos de Fei no eran en absoluto como se los había imaginado Shadow. Él esperaba un grupo de señores distinguidos vestidos con la tosca vestimenta que estaba acostumbrado a ver en los trabajadores del ferrocarril. Los tres hombres que entraron en la casa de huéspedes vestían túnicas de seda gruesa, anillos de oro y la callada arrogancia que evidenciaba que estaban acostumbrados a dar órdenes. Saludaron a Lin con distinguida emoción, abrazándola con los ojos más que con los brazos. Se notaba que habían estado preocupados. La familia de Lin se alegraba de tenerla de vuelta. Se mostraron un poco más reservados con Fei, pero no fríos.

Cuando le tocó saludar a él, extendió la mano. Fei hizo las presentaciones. Chung era el de más edad, un hombre reservado con canas en las sienes. Dao era el hermano mediano. Han el pequeño.

—Gracias por venir tan deprisa.

En vez de estrecharle la mano, los tíos plegaron las suyas delante de sí y le hicieron una inclinación. Él también se inclinó, al tiempo que miraba a Lin en busca de explicación. Esta se limitó a encogerse de hombros. Al parecer, los chinos no estrechaban la mano a los indios. Chung dio un paso al frente.

—Le agradecemos que nos haya devuelto a nuestra sobrina.

–Yo no he tenido mucho que ver. Cuando llegué, Fei y Lin ya se habían puesto a salvo.

–Su comportamiento se ha vuelto muy audaz desde que están en este país.

Shadow echó un vistazo a las dos mujeres para ver cómo se habían tomado ellas la declaración. Fei apretaba tanto los puños que tenía los nudillos blancos. Lin permanecía de pie con la cabeza baja, aparentemente despreocupada.

–A veces es necesario ser audaz –replicó Shadow.

La respuesta le valió la ceja levantada de Dao.

–Ha sido una decepción para nosotros enterarnos de que nuestro hermano tuvo que ver en lo que le ocurrió –dijo Han.

–Una lástima ver a lo que quedó reducido el funcionamiento de su mente al final –ofreció Shadow–, pero podría haber sido mucho peor.

Chung le dijo algo a Lin. Esta le hizo una reverencia y se dirigió hacia las escaleras.

–¿Qué ocurre? –preguntó Shadow a Fei.

–Quieren que recojamos nuestras cosas.

–No puedo evitar fijarme en que tú no lo haces.

–No tardaré.

Con un gesto de la mano, Chung repitió la instrucción a Fei con más éxito que la primera vez.

–¿Tienes algún problema con estos caballeros, Fei?

Fei vaciló brevemente y, finalmente, negó con la cabeza.

–No. Solo que va a ser difícil irme sin mi padre.

–Nos entristeció enterarnos de su enfermedad y su posterior fallecimiento. Jian Tseng era un hombre muy respetado –dijo Chung.

Han hizo una señal con la mano y con voz suave pero autoritaria ordenó:

–Sobrina, por favor, ve a recoger tus cosas.

Con una profunda reverencia, Fei salió de espaldas de la habitación.

Cuando esta desapareció escaleras arriba, Shadow dijo:

–Gracias.

–¿Por qué nos da las gracias? –preguntó Dao.

–Por lo que han dicho sobre el padre de Fei.

–Recordamos a nuestro hermano como un hombre fuerte de gran sabiduría –respondió Chung con un suspiro–. Es una pena que ella no vaya a recordarlo así.

No, el recuerdo que Fei tendría sería el de su casa reducida a cenizas y el sentimiento de culpabilidad.

–Lamento que muriera.

Era cierto. Shadow lo lamentaba porque le gustaría darle una patada en el culo. ¿Cómo alguien que había criado a una mujer con el sentido del honor y el coraje que tenía Fei podía caer tan bajo como para vender a su propia sobrina?

–Sin un cuerpo que enterrar, no descansará con los ancestros –le informó Han.

¿Acaso era un intentó de apaciguarlo? Porque no le importaba lo más mínimo que aquel hombre no fuera a descansar en paz. Había hecho pasar a Fei y a Lin por un infierno.

–El fuego lo calcinó todo. No encontramos restos.

–Lo entendemos.

Fei y Lin bajaron con las bolsas en la mano y la cabeza baja.

Ida entró con una bandeja con una jarra y varios vasos.

–He hecho limonada.

Shadow la alivió del peso de la bandeja. Ella no se la cedió de inmediato, sino que lo miró y después a los invitados con una mirada cargada de significado y sacudió la cabeza. ¿Le preocupaba lo que pudieran pensar los tíos de Fei de que llevara él la bandeja? ¿Creía que a él le importaba? Ida tenía sesenta años, hacía tiempo que debería tomarse las cosas con más calma. Le había hecho más favores que nadie. A su manera, Ida era una fuerza de la naturaleza muy a tener en cuenta, y si quería relevarla del peso de la bandeja, lo haría.

–Gracias, Ida.

Llevó la bandeja hasta la mesa que estaba delante de los sofás y la posó encima.

–¿Señores? –indicó a continuación hacia los asientos y las bebidas.

Chung declinó levantando la mano de forma elocuente.

–No, gracias. Hemos hecho un largo viaje y aún nos queda otro.

Shadow se sentó.

–Sí, pero la diligencia no sale hasta mañana. Tenemos tiempo para hablar si quieren.

Los tíos se miraron, pero se sentaron en el sofá de enfrente. Dijeron algo en chino a las dos primas. Estas respondieron con una inclinación y salieron de espaldas de la habitación. Shadow tomó un vaso y posó el brazo a lo largo del respaldo del asiento. La brisa que entraba por las ventanas agitaba los visillos. Había solo una razón por la que los hombres mandaban salir a las mujeres de una habitación.

–¿Quieren hablarme de algo?

Los hombres miraron a Ida.

–Es un asunto privado.

–Esta es mi casa –contestó ella con firmeza–. Si alguien tiene que salir de la habitación, son ustedes.

–Supongo que eso significa que se queda –dijo Shadow.

Chung se metió la mano en la manga de la túnica y sacó una bolsita de cuero, que posó en la mesa con un tintineo.

–Queremos pagarle por los inconvenientes. Lin es muy importante para nosotros.

Ni palabra sobre Fei.

Shadow tomó la bolsita y evaluó lo que pesaba. A juzgar por el peso y las monedas que se adivinaban en el interior, habría unos cien dólares. Una buena suma. Si siguiera estando en el negocio.

La empujó sobre la mesa hacia ellos.

–No tienen que pagarme.

Nadie recogió el dinero.

–¿Qué les pasará a Lin y a Fei? –preguntó a continuación.

–Lin está comprometida desde que nació. Es una buena familia que la espera con los brazos abiertos.

–¿Y a ella le parece bien?

Chung asintió.

–Es la tradición. Se han celebrado numerosos encuentros y llevado a cabo numerosas consultas. Es una buena unión.

–¿Y ese hombre seguirá estando de acuerdo pese a que haya sido secuestrada?

–Ha dicho que no le hicieron daño. No habrá desprestigio alguno si eso es cierto.

En otras palabras, no iban a decir ni una palabra del incidente a su futura familia política. Shadow estaba de acuerdo en eso. No tenía sentido buscar problemas cuando no se iba a ganar nada con ello.

–¿Y Fei?

–Nos agradará acoger a Fei en nuestra casa –dijo Dao.

Interesante forma de expresarlo.

–¿Le harán sitio en su hogar?

Los tres hombres asintieron.

–Fei se esforzó por proteger a su prima. Nuestra familia aprecia lo que hizo. Eso reducirá la vergüenza.

–¿De haber estado casada conmigo?

Fue Han quien respondió.

–La vergüenza de que la rechace.

El golpe dio en la diana.

–Yo no la estoy rechazando.

–Sean cuales sean sus motivos, el resultado es el mismo –respondió Han con calma–. La ha repudiado.

–Le estoy salvando la vida.

Fue Chung quien puso final a la discusión.

–Sea cual sea el motivo, estamos de acuerdo con la decisión.

–Y nos ocuparemos de las consecuencias –terminó Dao.

Shadow tomó aire para calmar la rabia que le ardía dentro. Aquella era la familia de Fei. Lo que hacían, lo hacían por su bien. Poco importaba que lo considerasen un bastardo.

–¿Cuidarán de ella?

Chung hizo un conato de inclinación con la cabeza.

–Sí. Tendrá un hogar. Comida. Todo lo que necesite.

Shadow no preguntó por los posibles maridos. No quería saberlo. Aquella era una familia muy rica. Lin proseguiría con su vida como si no hubiera pasado nada y Fei tendría un lugar en su hogar. Y algún día se casaría. Puede que tuviera hijos.

–Bien.

–Tanta buena noticia bien merece un brindis –dijo Ida, sirviendo cinco vasos de limonada.

Shadow tomó el suyo y esperó a que los hombres hicieran lo propio. Todos los alzaron, dieron un sorbo y se levantaron. Chung dejó el vaso en la mesa. Los otros lo imitaron.

–Le damos las gracias por su hospitalidad, pero debemos irnos. Tenemos muchas cosas que preparar antes de partir.

Shadow se levantó también, elevándose por encima de ellos. Observó en sus modales la cultura en la que había nacido Fei. En sus ropas y posición social, la vida a la que iba a regresar. Se dijo que era lo mejor. Tomó la bolsita del oro y se la devolvió a Chung.

–No se olvide el oro.

Aquello le valió una sobria mirada y una inclinación de cabeza más profunda que las demás.

–Como quiera.

Los hombres salieron al vestíbulo. Fei y Lin estaban allí esperando, sentadas en las escaleras, las piernas dobladas ligeramente hacia un lado, las manos plegadas una sobre otra, los ojos bajos. Se levantaron al ver llegar a sus tíos.

–Es hora de irse.

Lin tomó su bolsa. Chung le dijo algo y esta sonrió tapándose con la mano. Se volvieron y se dirigieron a la puerta.

Fei no los siguió de inmediato. Buscó la mirada de Shadow al otro lado de la estancia. Este buscó en aquella mirada signo alguno de felicidad. Alivio. No había nada. Solo aquella calma serena. Han señaló la bolsa y se dirigió hacia la puerta. Fei la tomó y salió tras él. Shadow se acordó de lo mucho que lo irritó cuando hizo lo mismo con él. Seguía irritándolo. No era una jodida esclava.

—¿Vas a dejar que se vaya sin decirle una sola palabra? —le preguntó Ida.

—Ya nos hemos despedido.

Lo que no explicaba por qué esperaba que Fei se diera la vuelta y lo mirase, que le mostrase... algo.

—Has hecho muchas cosas cuestionables en el tiempo que hace que te conozco, Michael, pero nunca has sido tonto.

Shadow esperó. Justo antes de salir por la puerta, Fei se dio la vuelta. Había algo en aquella mirada. Algo importante, pero salió antes de que le diera tiempo a descifrar lo que era. La puerta se cerró sin hacer ruido tras de sí.

Le entraron ganas de lanzar la limonada por los aires.

—¿Qué quieres de mí, Ida?

—Espero que hagas lo correcto.

Lo correcto era dejar que Fei volviera con su familia, que cuidaría de ella y la protegería. Una familia que podría ofrecerle un hogar. Estabilidad. Una familia que no haría que la mataran.

—Esto es lo correcto.

Ida sacudió los muebles con el trapo del polvo.

—Si tú lo dices.

Iba a emborracharse. Beber hasta ponerse como una cuba. Y entonces con un poco de suerte se enzarzaría en una o dos peleas. Cualquier cosa con tal de liberar la agresividad que se le estaba formando dentro.

Lo cierto era que el *saloon* del pueblo era bastante agradable. El dueño, Jimmy, había tenido un establecimiento en el Este y había hecho que le llevaran la barra al Oeste, pieza a pieza. El resultado era un mostrador pulido al que podían sentarse diez en una buena noche, ocho una noche cualquiera. Shadow tomó asiento en la parte más alejada de la puerta. El cliente que estaba sentado a su izquierda gruñó y lo miró de arriba abajo. Shadow lo evaluó con la mirada. Lo suficientemente sobrio como para enzarzarse en una buena pelea si se daba la ocasión.

Shadow se echó el sombrero hacia atrás.

–Venga, dilo, imbécil. Dame una excusa.

El hombre se dio la vuelta. Jimmy se acercó.

–Hola, Michael.

–Aquí hacen falta tipos con agallas, Jimmy. Así no hay quien encuentre una pelea como es debido.

–Entonces empiézala o paga lo que te está comiendo por dentro con el responsable.

–No quiero problemas, Jimmy. Solo dame algo de beber.

–¿Entonces por qué te quejas?

–Puede que porque no tengo nada que beber.

Jimmy suspiró.

–¿Qué quieres tomar?

–Whisky.

Jimmy metió la mano debajo del mostrador y le sirvió un vaso. No el matarratas que servía a los demás, sino alcohol del bueno. Shadow le dejó una buena propina por el detalle.

–Deja la botella.

–Lo que tú digas.

Sí, lo que él dijera. Todo el mundo hacía lo que decía. Shadow se metió los primeros dos tragos para el cuerpo, haciendo muecas cuando sintió que el licor le quemaba el estómago. Estaba haciendo lo correcto para Fei. Solo le parecía que no lo era porque era un hijo de puta egoísta.

—No pienso beber en un bar con un apestoso indio.

Shadow sonrió y levantó el vaso en dirección al parroquiano, sentado un poco más lejos, antes de dar un trago.

—La puerta está a tu derecha. Pasa con cuidado.

—¿Y por qué no te largas tú?

Aquel hombre no tenía la constitución del primero, pero tenía tres amigos, y eso sí que podía marcar la diferencia.

Jimmy se acercó con el pretexto de limpiar la barra.

—Se acabaron las bromas, Michael, no vayas a montarla. Tenemos sheriff nuevo y no es tan comprensivo como el de antes.

—No necesito comprensión. Necesito un trago.

—¿Por qué no te llevas la botella a casa y te la terminas allí?

—Porque estoy bien aquí –igual que la botella. Estaba bien en su mano.

—Aquí no se sirve a los indios.

Hizo caso omiso del comentario del desconocido. Aquel hombre era un idiota y siempre había tiempo para vérselas con los idiotas, pero en ese momento lo que le apetecía era otro trago. Aún podía sentir, aún podía pensar, y eso era inaceptable. Aún podía ver la última mirada de Fei con los ojos bajos antes de salir por la puerta. Inescrutable, pero no podía sacudirse de encima la sensación de que había decepción en ella.

Jimmy sacudió el paño contra la barra y miró al desconocido con cara de pocos amigos.

—El día que acepte que me digas a quien puedo servir será el día que empieces a pagar lo que debes, Paul. Michael, termínate la bebida.

Shadow bebió otro trago. «Michael». Él no era Michael. Michael era solo un nombre. Él era Shadow Ochoa. Odiado. Respetado. Admirado. Temido. Pero jamás ignorado. Durante el último año había sido Michael, se lo había pasado huyendo y ocultándose, un pobre diablo. Había hecho muchas cosas en ese último año que lamentaba, pero ninguna tanto como ocultar quién era verdaderamente para poder estar a salvo.

Echaba de menos a su hermano. Echaba de menos a los demás de los Ocho del Infierno. Echaba de menos los sermones de Tia, su ama de llaves. Echaba de menos las peleas, las bromas, la camaradería. Echaba de menos su hogar, mierda.

No lamentaba haber matado a Amboy. Habrían tardado años en emprenderse las acciones legales, y aquel cabrón habría seguido enviando asesinos a sueldo, y Shadow no pensaba correr el riesgo de dejar que uno de ellos tuviera éxito. No cuando lo que estaba en juego era la felicidad de su hermano. O la de Caine. Bastante poca felicidad habían tenido en sus vidas. Merecía la pena defenderla.

Se sirvió otro trago y dejó la botella en la barra. Se le acercó entonces un hombre con un guardapolvos negro, sombrero marrón y barba que le oscurecía las facciones, y alargando la mano hacia la botella, preguntó:

—¿Te importa, desconocido?

Sí que le importaba.

–Tócala y en vez de mano, te va a quedar solo un muñón.

El hombre soltó una carcajada, pero no se arredró.

Shadow sonrió a medida que la ira se iba acumulando en él. Flexionó lo dedos, sintiendo cómo lo recorría por dentro aquella energía tan familiar para él. Eso sí sabía lo que era. Lo comprendía.

El hombre tocó la botella. Shadow le agarró la muñeca, se la retorció por detrás de la espalda y con una flexión muscular, se la rompió. Después lo lanzó por el suelo del bar de una patada en el culo. Imprecando violentamente, el hombre se sujetó el brazo. Sus secuaces se colocaron a su lado. Shadow sonrió.

–Siempre es mejor esperar a que te inviten.

–El médico está aún en la consulta, a dos casas de aquí –dijo Jimmy.

Los hombres asintieron y sacaron a su amigo por la puerta.

Cuando Shadow se dio la vuelta, se encontró a Jimmy con la botella en la mano.

–Lo que quiera que te esté carcomiendo por dentro, tienes que llevártelo a casa, Michael.

Shadow negó con la cabeza.

–No pienso llevarme nada a casa hasta que termine mi bebida –una sonrisa empezó a dibujarse en el interior de Shadow. Aquel sí era él. El no era un caballero de brillante armadura, ni un estable hombre de familia, sino aquello. Shadow Ochoa. El demonio. Un asesino. El bastardo con quien nadie se metía.

Se reclinó en el taburete.

Estaba duro bajo su trasero. La botella se le antojaba dura en la mano. Los hombres eran de modales duros. Aquel era su mundo. Así era como vivía y como moriría. Puede que las mujeres que se habían cruzado en el camino de Caine, Tracker, Sam y Tucker les hubieran permitido que cambiaran, pero ninguna mujer podría cambiar las circunstancias de su vida y no solo porque hubieran puesto precio a su cabeza. Si fuera la mitad de hombre que su hermano, jamás habría dejado escapar a Fei. La habría conservado a su lado y habría sido lo que ella necesitaba que fuera, y al cuerno con que hubieran puesto precio a su cabeza.

Tocaron la campanilla de la estación de la diligencia calle abajo. Ya llegaba. Fei viajaría en su interior cuando partiera a la mañana siguiente y no volvería a verla. A él le quedarían el recuerdo de su suavidad y las ilusiones vinculadas a esta suavidad, y ella tendría una vida por delante. Un negocio justo.

Shadow se sirvió otro trago y se lo bebió de una vez. Esta vez no sintió el ardor en la garganta. Señal inconfundible de que iba bien encaminado a pillar una buena melopea. Sintió un hormigueo en los dedos. La barricada que custodiaba sus demonios empezaba a debilitarse.

Lo miraron entonces cuatro hombres que llevaban callados en un rincón desde que entraran. El del pelo largo y rubio sucio gesticuló excitadamente. Los otros se acercaron a él. Alzaron la voz.

Hizo girar el vaso sobre la barra y le dio la vuelta. Lo mismo al final tenía pelea.

—Vete a casa, Michael.

«Michael». Había elegido ese nombre porque sonaba normal. Michael no se metía en problemas. Michael no era un proscrito. Michael pagaba sus facturas, no llamaba la atención, no armaba gresca. Michael tenía posibilidades de redención. Lástima que Michael no existiera.

Las sillas de los cuatro hombres rascaron el suelo cuando se levantaron. Jimmy buscó la escopeta debajo de la barra. Shadow sacudió la cabeza.

—No hace falta, Jimmy.

—Parece que tienen malas intenciones contra ti.

Él asintió.

—Ése es el plan.

El alcohol aún no se le había subido, pero empezaba a sentir el estómago caliente. Para cualquiera, los hombres que se le acercaban eran cuatro tipos duros con los rostros llenos de arrugas de tanto tiempo al aire libre. ¿Cazarrecompensas? Eso explicaría por qué Jimmy quería que se marchara del local.

Se volvió a medida que los hombres se le acercaban y volvió a apoyar los codos en la barra.

—¿Puedo ayudarles, caballeros?

—Tal vez.

Shadow esperó. Los cuatro hombres lo rodearon, bloqueándole la salida. Andaban todos entre los veintipocos y los treinta y algún años. Vestían pantalones marrones y camisas azules de aspecto vulgar. Los sombreros tampoco eran nada del otro mundo. Pero las armas que portaban sí que eran impresionantes. Les colgaban de las caderas, algunas en pistoleras sencillas, otras en dobles. Shadow no tenía ninguna duda de que sabían utilizarlas. El de la derecha llevó la mano a la pistola. Shadow sacó la suya y lo apuntó a la cabeza sin darle tiempo a quitar el seguro a la pistolera.

–Yo no lo haría.

–Retira el arma, Rufus. Solo hemos venido a hablar.

–¿Le importa, señor?

Shadow se encogió de hombros.

–Habla. No sé cuánto tiempo voy a prestar atención, pero creo que tienes cinco minutos antes de que el alcohol se me suba a la cabeza y empiece a perder la concentración.

El chico que estaba a su derecha seguía pensando en desenfundar el arma.

–Quita la mano del arma, hijo, o te meto una bala entre los ojos.

El chico apartó la mano.

–¿De qué quieres hablar? –preguntó Shadow al que parecía ser el líder.

–¿Eres el hombre que se casó con esa chica china en vez de terminar bailando en la horca?

Por su forma de decirlo parecía que pensaban que había sido un sacrificio.

–Sí.

–Dicen que la chica había encontrado oro.

De nada servía negarlo. Fei le había dicho que había llevado una pepita al certificador.

–No estuve mucho tiempo con ella, pero sí que me enseñó la pepita.

Los hombres empezaron a prestar atención.

El portavoz se echó el sombrero hacia atrás dejando a la vista una cabeza con entradas.

–Nos gustaría invitarte a una copa mientras charlamos.

–Ya me he tomado lo que quería tomar y no hay nada de que hablar.

–Habíamos oído que era de verdad.

Un rumor que no hacía falta extender.

–La vi.

–¿Y?

Shadow escupió.

–¿Si fuera de verdad crees que estaría aquí sentado bebiendo whisky malo y hablando con tipos como tú?

–No hace falta ser desagradable.

–Aún no me he puesto desagradable. Ahora mismo estoy siendo muy educado.

Los hombres se miraron.

–Oro de los pobres –dijo Shadow.

–Lo llevó a tasar –respondió el líder.

–Sí, bueno, hay un pequeño problema con eso.

–¿Qué quieres decir?

–El certificador está como loco por meterse debajo de sus faldas. Le dijo lo que quería oír y después siguió ofreciéndole sus servicios.

–¿Es bonita? –preguntó el joven. Shadow fingió desinterés nuevamente.

–Lo bastante como para que el hombre quisiera esforzarse en ganársela.

–¿Guarda más oro cerca de su casa?

–Bueno, resulta que ya no tiene casa. Se quemó. Pero no, estaba orgullosa de haber encontrado aquella única pepita. La paseaba como si fuera su hijo predilecto. Es todo el oro que tiene. Vio que algo brillaba entre la arena y pensó que había encontrado oro.

–¿Lo encontró en la tierra?

–Sí. Precioso y brillante en medio del desierto. Creyó que se iba a hacer rica –sacudió la cabeza–. Tengo que deciros, chicos, que no es muy lista.

Los cuatro perdieron algo de interés. El oro no aparecía en mitad del desierto. El oro se hallaba en la roca o en los arroyos que habían erosionado la roca. Pero uno no se encontraba oro en el suelo así porque sí.

–¿Entonces era un embuste?

–¿Por qué demonios crees que estoy aquí sentado bebiéndome esta botella? Creía que por fin había llegado mi barco y todo por culpa de un cretino que solo quería un revolcón. Mierda. Podría haber estado pasándomelo bien en cualquier otro lugar —se sirvió otro whisky—. Señores. Por que lleguen tiempos mejores.

El líder, un hombre de apariencia anodina, al que le faltaba un diente y tenía una cicatriz en la mejilla, puso dos monedas en la barra.

—Lo lamento. A la próxima invito yo.

Shadow asintió.

—Gracias. Me va a hacer falta mucho para mitigar la decepción.

Jimmy seguía de pie en la barra con la mano en la escopeta. Shadow soltó el trinquete de sujeción de su revólver y lo bajó.

—Un placer conoceros, chicos, pero si me disculpáis, tengo que seguir bebiendo.

Shadow se dio media vuelta y los cuatro hombres se volvieron a su mesa.

Jimmy sacudió la cabeza.

—Ha estado cerca, Michael.

—No lo bastante.

—Esos no tienen escrúpulos. Están siempre husmeando por aquí a ver quién ha encontrado oro y siempre acaba alguien muerto y un depósito queda desocupado.

—Salteadores de depósitos.

—Sí.

Y estaban interesados en el depósito de Fei. Menos mal que se iba al día siguiente, porque por mucho que hubiera intentado sembrar la duda en sus cabezas, si de verdad eran buscadores de oro, no dejarían estar el tema.

La puerta se abrió y la luz del sol entró en el *saloon*. En el quicio apareció un hombre de buena estatura. Por su barriga se diría que vivía bien, aunque tenía unos ojos de mirada sagaz y sus manos reposaban ágilmente junto a sus pistolas. Shadow vislumbró la placa que llevaba en el bolsillo del chaleco.

Mierda. El sheriff.

Shadow suspiró, se sirvió una copa y se la bebió de un trago.

—Buenas tardes, sheriff.

El sheriff se acercó con cara de pocos amigos y evidente intención de intimidar. Apartó la botella a un lado y se apoyó en la barra. ¿Por qué demonios tenían que andar todos tocando su botella?

—¿Le has roto la muñeca a Benny?

—¿Ese bocazas intolerante y sin sentido común era Benny?

—Ese es él.

—Entonces sí.

—No permitimos peleas en este pueblo.

—¿Desde cuándo?

—Desde que ocupé el puesto de sheriff hace un mes.

—Así que eres el nuevo sheriff dispuesto a hacer limpieza en el pueblo.

—Sí, ese soy yo.

—Pues entonces lo mismo deberías empezar diciéndole a todos los capullos intolerantes de este pueblo que dejen en paz el alcohol de uno.

—Puede que lo haga, pero mientras tanto tendrás que venir conmigo.

—¿Adónde?

—A la cárcel.

A Shadow se le antojó interesante que Jimmy siguiera con la mano en el rifle. Tal vez el nuevo sheriff no era el hombre recto que pretendía ser.

—Lo siento, sheriff. No me gusta la cárcel.

Shadow captó movimiento por el rabillo del ojo y se le erizó el vello de la nunca. Se dio la vuelta y empezó a repartir golpes a diestro y siniestro. Algo lo golpeó en la cabeza y el mundo se desvaneció de su vista.

Capítulo 12

–Tienes visita, indio.

La voz al penetrar en el tremendo alboroto creado por un centenar de martillos dentro de su cabeza, golpeándole en el cerebro hizo gemir a Shadow. Visita. Abrió mínimamente un ojo y levantó la cabeza. Solo veía barrotes. Se dejó caer como un fardo hacia atrás y entrecerrando los ojos miró la mancha de humedad del techo. Estaba en la cárcel. En cuanto el martilleo se lo permitiera tendría que buscar la manera de escapar.

Se tapó los ojos con el brazo y masculló a quienquiera que estuviera intentando despertarlo.

–No quiero visitas.

–Me parece que a esta mujer le importa muy poco lo que quieras.

¿Mujer? ¿Había habido una mujer la víspera? Se acordaba vagamente de su intención de emborracharse y buscar pelea, pero no mucho más. Se miró los nudillos. No había arañazos. Por lo visto solo había conseguido uno de sus dos objetivos.

–¿Quién es?

–Eso no es asunto tuyo. Pagó por cinco minutos y los va a tener.

¿Pagar? Shadow levantó el brazo y miró al ayudante del sheriff.

–¿Y cómo demonios no va a ser asunto mío? Es mi visita.

–Es una dama. Así que, aquí tienes.

Un cubo de agua le cayó encima, empapándole la ropa y el camastro. Shadow se levantó, escupiendo agua.

–Lávate.

Todavía estaba por ver la primera cárcel en la que el sheriff o su ayudante no se comportaran como si fuera su pequeño reino, humillando al personal como si no tuvieran otra cosa que hacer. Por lo visto aquella no era diferente. Se escurrió el agua de la cara con las manos y al hacerlo captó la peste que echaba y sacudió la cabeza. Iba a hacerle falta más de un cubo de agua para limpiarse.

Se abrió la puerta. Entró una mujer menuda elegantemente vestida con sedas, la boca acentuada con una pizca de rojo de labios y el pelo en un elaborado recogido en lo alto de la cabeza.

Lin.

Con una inclinación le dijo al ayudante del sheriff:

–Gracias por dejarme entrar a hablar con él, ayudante.

El hombre la miró con lascivia manifiesta.

–Me llamo Ryan. Y ha pagado por cinco minutos –le tendió la mano.

Lin puso dos monedas en ella. Ryan no retiró la mano. Lin hizo caso omiso y entró en la estancia con Ryan tras de sí, y no se detuvo hasta llegar a la celda.

–La mitad antes y la otra mitad después. Es lo que acordamos, ¿no? –dijo Lin.

–He cambiado de idea. Necesito todo el pago por adelantado.

Lin metió la mano entre los barrotes.

–¿Te importa sujetarme esto?

En la palma de Lin había dos dólares. Una chica lista. Shadow sonrió por encima del hombro al ceñudo ayudante al tiempo que tomaba las monedas.

–Encantado.

Comprendiendo con retraso lo que estaba sucediendo, Ryan dio un paso al frente.

–Eh, no puedes hacer eso.

Con la serenidad de un día de verano, Lin replicó:

–Corresponde a los hombres administrar las finanzas.

–Es un prisionero.

Lin inclinó la cabeza.

–Detrás de los barrotes de su robusto calabozo, de manera que el dinero estará seguro.

–Claro que siempre puede juntarse con el sheriff –lo incitó Shadow.

Ryan se guardó la primera parte del pago en el bolsillo y miró la hora.

–Vendré dentro de cinco minutos.

La amenaza impresionó más a Lin que a Shadow. Este echó al aire las monedas que tenía en la mano.

–Estaré esperando.

Lin se quedó junto a la celda, esperando sin duda a que el ayudante se marchara. Shadow podría haberle dicho que no lo haría voluntariamente. Aquel hombre tenía dientes que le sobresalían de la boca, el rostro lleno de granos y olía peor que Shadow en ese momento. Estaba claro que no disfrutaban muy a menudo de presencia femenina y aún menos tan exótica como Lin. Así que no, no pensaba irse de allí. Sin invitación.

–Nos gustaría hablar en privado, por favor.

–No puedo dejarla sola con él. Es un hombre peligroso.

–Está detrás de estos barrotes.

–Es poco de fiar.

–Pero ya he estado a solas con él antes.

–¿Ah sí?

–Está casado con mi prima.

Aquello era nuevo para Ryan. Y no eran buenas noticias, a juzgar por su expresión.

–¿Estás casado con una china, indio?

Shadow se quitó los mocasines para sacarles el agua.

–Con quien esté casado o deje de estarlo no es asunto tuyo.

–¿Y qué vas a hacer si decido que sí es asunto mío?

Justo lo que necesitaba. Un niñato con granos desafiándolo.

–Hacer que te tragues esos dientes.

–Cuida tu lenguaje. Hay una dama presente.

–Lo tendré en cuenta.

–¿Seguro que quiere quedarse a solas con él? Una mujer tan bonita como usted podría aspirar a algo mejor.

Como él. La implicación estaba clara. Shadow tuvo que reconocer a Lin el mérito de no vomitar ante la idea de irse con aquel capullo. En vez de vomitar, Lin asintió sin perder la compostura.

–Estoy segura. Su esposa me ha pedido que hable con él de asuntos importantes para su matrimonio.

–Conque importantes, ¿eh? –Ryan sonrió a Shadow con superioridad–. Pues a mí me parece que no vas a seguir mucho tiempo casado, indio.

Cada vez tenía más ganas de hacer que se tragara los dientes.

–Si mi esposa tuviera sentido común, hace tiempo que habríamos dejado de estar casados.

Desde donde estaba, el ayudante Ryan no podía ver la mirada de pocos amigos que Lin dirigió a Shadow. No cuadraba con la recatada forma de bajar la barbilla y el tono suplicante de su suave voz.

–Por favor, le he dado su dinero. Son asuntos privados.

Ryan se subió los pantalones.

–Lo entiendo, pero una mujer como usted necesita protección.

Lin ya estaba negando con la cabeza antes de que Ryan terminara de hablar.

–Mi padre no aprobaría que hablara delante de otras personas.

Mierda, pensó Shadow, como al ayudante Ryan se le

ocurriera pensar en algo más allá de lo que tenía dentro de los pantalones, se daría cuenta de que el padre de Lin no aprobaría siquiera que estuviera allí.

Ryan enganchó los pulgares en la cinturilla del pantalón y se meció sobre los talones emulando claramente al sheriff.

—Esa intimidad le costará más cara —el ayudante la miró de arriba abajo y de nuevo arriba demorándose en el centro—. Claro que si anda justa de dinero, podemos buscar otra solución.

Lin ahogó un grito, abochornada.

Shadow ya había escuchado suficiente.

—Mueve tu culo de aquí, gallito de pacotilla, antes de que le cuente al sheriff el negocio que te traes con los prisioneros.

Ryan escupió.

—Al sheriff le importa un carajo lo que yo haga.

—Puede, pero apuesto a que sí que le importará cuando se entere de que no se está llevando su parte.

Ryan soltó una imprecación y salió por la puerta hecho una furia, pero la dejó abierta. Shadow imaginó que no se iría muy lejos.

Lin se acercó y la cerró. Ryan volvió a abrirla de inmediato.

—Tiene que estar abierta, son las normas.

—Por favor, son solo unos minutos. Pagaré un dólar más.

Ryan tendió la mano.

—El dinero por delante.

Ella se metió la mano en el guante y sacó la moneda. El ayudante los dejó solos mientras daba vueltas a la moneda entre los dientes.

Lin perdió la pose sumisa en cuanto se cerró la puerta. Se acercó a los barrotes alisándose con un golpe seco la falda y estudió detenidamente la sangre seca que tenía Shadow en la frente.

—¿Estás bien?

–Solo ha sido un pequeño desacuerdo respecto a quién era el dueño de la botella.

–¿Ganaste o perdiste?

–No me acuerdo.

–¿Todo bien ahí dentro? –la puerta se abrió y el ayudante asomó la cabeza. Asintió aparentemente satisfecho con la distancia entre Lin y los barrotes–. Llámeme si me necesita.

Lin hizo una inclinación de cabeza.

–Lo haré.

–¿Seguro que no vas a cobrarle también por eso? –se mofó Shadow.

Ryan sonrió de oreja a oreja y cerró la puerta. Shadow se agarró a los barrotes y fulminó a Lin con la mirada. Estaba hecho una mierda y Lin no era la mujer a la que quería ver.

–¿No tienes que tomar la diligencia?

–Sale dentro de una hora.

–¿Y tus tíos te han dejado salir sola?

–No saben que estoy aquí.

–No se les da muy bien controlar tus idas y venidas.

–Confían en mi obediencia.

–Un error, obviamente. ¿A qué has venido?

–Tenemos que hablar.

–¿Va todo bien?

–Estoy bien.

No pudo evitar preocuparle el hecho de que Fei no la hubiera acompañado.

–¿Por qué no se ha parado Fei a ponerse elegante también?

–¿Te estás mofando de mi ropa?

–No, estás preciosa. De verdad. Creo que el ayudante del sheriff va a soñar contigo durante varios años.

Ella arrugó la nariz con asco.

–Preferiría no formar parte de sus sueños, pero quería distraerlo –dijo ella y tapándose la nariz con la manga añadió–: ¿Con quién te peleaste anoche, con unas vacas?

–Algo así. ¿Qué te trae por aquí, Lin?

–Fei.

–Ya lo has dicho. ¿Pero exactamente qué relacionado con Fei te trae por aquí?

–Te has deshecho de ella.

–De eso nada.

–Quiero saber por qué.

–No sé lo que te habrá contado Fei sobre mí, Lin, pero no soy lo que se dice un ciudadano ejemplar.

Ella le quitó importancia con uno de aquellos gestos de la mano.

–Podríais ir a alguna otra parte.

–Tengo a todo el ejército de los Estados Unidos siguiéndome y, sinceramente, estoy harto de huir.

–¿Y por eso no le dijiste a mis tíos lo del matrimonio?

–Se lo dije.

Ella pareció sorprendida.

–Oh –pausa–. Entonces lo hiciste para protegerla.

–Sí.

Lin se quitó la manga de la nariz.

–¿Sabes la vida que le espera, señor Ochoa?

Él miró hacia la puerta. Lin hablaba bastante bajo, pero era posible que el ayudante del sheriff la hubiera oído. Lo último que quería era que el sheriff supiera quién era.

–Me llamo Michael.

Ella pestañeó confusa y asintió con la cabeza.

–Disculpa. Se me había olvidado. Señor Michael, ¿qué clase de vida crees que va a llevar mi prima cuando se vaya de aquí?

–Creo que va a tener vestidos bonitos como el que tú llevas puesto. Creo que encontrará un buen hombre, de vuestra cultura, y que se olvidará del tiempo que estuvimos juntos, aunque sonría afectuosamente cuando les cuente a sus nietos la aventura que corrió de jovencita.

Lin sacudió la cabeza.

–Tú no sabes nada de nuestra cultura –dijo ella con bastante disgusto.

–Sé que cuidáis de los vuestros.

–Sí, pero los nuestros se refiere a algo muy específico.

–¿Qué quieres decir?

–Significa que la pureza de sangre se valora mucho. Fei no es china. Solo es mitad china. No sé cómo hacéis vosotros las cosas, Michael, pero entre los chinos, las opciones de una mujer de raza mestiza son limitadas.

–¿Quieres decir que no se va a casar con un príncipe?

–No se casará. Existen distintos grados de pertenencia de una mujer a un hombre en nuestra cultura. Como yo soy china y de buena familia, me casaré con un hombre importante. Será un matrimonio concertado. Probablemente sea su primera esposa.

–¿Primera esposa?

–He oído que no es inusual tener más de una esposa entre muchas culturas indias.

–A mí me criaron como a un blanco.

–Ya. Pues en la cultura china, un hombre puede tener más de una esposa y varias concubinas. Todas ellas ocupan su lugar en el hogar, pero el estatus varía. Yo seré primera esposa. Ser primera esposa es una posición de mucho respeto y con la que se puede reunir mucho poder al cabo de los años, siempre y cuando le dé un hijo. Ése será mi destino, porque soy de sangre pura y buena familia.

–Fei es de la misma familia.

–Pero no es de pura sangre.

No le gustaba nada cómo le estaba sonando aquello.

–Mi influencia ahora mismo es pequeña, pero puedo intentar encontrar una posición para Fei como concubina…

–Eso suena a amante.

–Es similar. Como te iba diciendo, puedo intentar encontrarle un lugar como concubina dentro de mi casa para poder ofrecerle protección, pero a lo mejor no le gusta a mi futura suegra. Podría tomarse nuestra presencia como una amenaza sobre su poder, de modo que no puedo garantizarte nada.

–¿Y todo eso porque la madre de Fei era americana?

–Sí. Puede que si Fei se comportara con sumisión y se esforzara en agradar, podría llegar a ser segunda o tercera esposa en una familia de rango más bajo, pero no lo pasaría bien. Siempre se burlarían de ella por su sangre mestiza. Y sus hijos, si le permitieran tenerlos…

–¿Qué demonios quiere decir «si le permitieran tenerlos»?

–La primera esposa decide qué hijos no deberían tenerse porque sería una vergüenza para la familia.

–Carajo.

–Ninguna cultura es perfecta, señor Ocho… Michael –hizo una pausa y a continuación dijo–: Fei no está hecha para esa vida. A ella le gustan las aventuras y ansía otra cosa. Siempre ha sido así. Ya desde niña.

Ella había decidido ser americana. Y ahora entendía por qué.

–¿Entonces por qué se fue contigo?

–Le dejaste bien claro que no había lugar para ella en tu vida. Ese mismo orgullo que no le permitiría convertirse en concubina, le impide suplicarte que le prestes atención.

–¿Por qué demonios no me lo dijo?

–Te estás repitiendo.

–Probablemente sea porque estoy cabreado –no se había asegurado de que Fei estuviera a salvo en su nueva vida, la había enviado al infierno.

–¿Dónde está ahora?

Lin miró hacia la puerta y luego lo miró a él.

–Dímelo todo.

–Se escapó anoche. No sé adónde ha ido. No dejó ninguna nota.

–¿Porque no quería que la encontraran o porque la han raptado?

–La vi marcharse.

–¿La viste y no se lo dijiste a tus tíos?

–Mis tíos están furiosos a causa del desprestigio que he sufrido.

–Nadie sabe nada de ese desprestigio.

Ella sonrió.

—Y así seguirá. Pero ellos sí lo saben y me temo que pueda costarle la felicidad a Fei.

Por eso la había dejado marchar.

—El mundo es peligroso para una mujer sola.

—Sí.

—Y eso explica por qué estás aquí.

Lin asintió de nuevo.

—Sé que Fei discute y tiene opiniones muy definidas acerca de las cosas.

—A mí eso me gusta.

—Eso también lo sé. He venido a preguntarte, señor Ochoa… —Shadow no se molestó en corregirla esta vez—, cuánto espacio hay en tu corazón para Fei.

—Mucha gente te dirá que no tengo corazón.

—Y muchos te dirán a ti que los chinos son más brutos que una mula. Que se diga no quiere decir que sea cierto.

—No, tienes razón.

—Estás eludiendo mi pregunta.

—Posiblemente porque no tengo la respuesta.

—¿No te importa?

Le importaba demasiado.

—Digamos que me detuvo saber que no era para mí.

—Pero no te detuvo para meterte en su cama.

Había censura en su voz.

—No soy un santo, señorita Yen, y Fei es una mujer muy tentadora.

—Sí que lo es y solo un idiota dejaría que una mujer así se le escapara.

—No se trata de dejar o no dejar. Ella sabía que yo no era bueno para ella.

—Porque está asustada.

—¿De qué?

—De que un hombre la domine. No me cabe la menor duda de que si Fei fuera de sangre pura china, sería la emperatriz de nuestro país, imagina hasta dónde alcanzan sus habilidades. Pero como no lo es, se lo impedirán. En nuestro mundo no puede ser lo que ella quiere ser. La única manera de que vea que puede ser esa mujer es no tener a nadie en su vida. Una idea equivocada, pero se aferra a ella.

–¿Y qué esperas que haga yo?

–Espero que seas el hombre que declaraste ser, señor Ochoa.

–¿Y quién es ese hombre?

–Su hombre. En lo bueno y en lo malo creo que son las palabras que se emplean en la ceremonia del matrimonio en vuestro país.

Lo miró de la cabeza a los pies haciendo que fuera consciente del estado de sus ropas y su falta de higiene.

–Y ahora mismo no creo que las cosas puedan ponerse peor para ninguno de los dos.

Con una inclinación de cabeza se dio media vuelta y llamó a la puerta. Y de buenas a primeras, la mujer competente que acababa de leerle la cartilla se convirtió nuevamente en la dama recatada de pulcros modales.

–Buen truco.

Ella lo miró por encima del hombro y, por una vez, no ocultó la sonrisa.

–Sí que lo es.

Nada más irse Lin, Shadow oyó cerrarse la puerta principal de la prisión, después oyó una serie de pesadas pisadas a lo largo del pasillo de madera del exterior.

Mierda. Aquello no podía ser nada bueno. Shadow se levantó del camastro y comprobó el cerrojo de la celda. No parecía que fuera a ceder. Después probó con la ventana. Notó que el cemento que rodeaba los barrotes estaba algo suelto. Seguro que en unos pocos meses podría conseguir que se soltaran por completo. Pero a juzgar por la manera en que el ayudante del sheriff había salido de allí, dudaba que fuera a estar allí tanto tiempo.

Al cabo de diez minutos se oyeron de nuevo pasos por el pasillo exterior y a continuación se abrió la puerta. Parecía que el ayudante había ido a buscar al sheriff.

–Te dije que era él. Le oí decir su nombre y lo busqué.

Aquello confirmó sus miedos. La puerta se abrió y el sheriff entró con la cuartilla en la mano. Shadow la había visto antes. No salía muy favorecido en la foto.

–Eres Shadow Ochoa, ¿verdad, chico?

–Hace mucho que no soy un chico.

–Entonces deja que te pregunte una cosa. ¿Desde cuándo eres Shadow Ochoa?

–¿Qué día es hoy?

–Veintisiete de junio.

–Un año, cuatro meses y tres días.

El ayudante empezó a hacer cálculos con las manos.

–Es correcto, sheriff.

El sheriff sacudió la cabeza.

–No niega quién es ni la fecha del crimen, Ryan.

–Oh –dijo Ryan, que se quedó en silencio durante un bendito segundo–. ¿Significa eso que puedo quedarme con la recompensa?

–Nos la repartiremos al cincuenta por ciento, tal como figura en tu contrato.

–¿Y eso cuánto es? –preguntó Shadow. Hacía mucho que no lo comprobaba.

–Dos mil.

Mierda. Sí que estaban cabreados los del ejército. Puede que hubiera sido un error engañar al coronel, pero había descubierto que si tenía que vivir lejos de los Ocho del Infierno, su vida no tenía demasiado sentido. Y dado que los muertos estaban muertos, imaginó que no importaba mucho que se enfadaran aún más lo encargados de dictar su sentencia. Pero ahora que había conocido a Fei y que esta andaba por ahí sola, no podía permitirse el lujo de estar encerrado en la cárcel.

–Os vais a hacer ricos.

—Y tú vas a terminar muerto —se regodeó Ryan.

El sheriff se golpeó la palma con la octavilla.

—Deberías haber tenido un poco más de sesera en vez de ponerte a buscar pelea cuando eres un hombre buscado por la ley, Ochoa.

Debería haber tenido más sesera con muchas cosas.

—Si el sentido común fuera mi punto fuerte, sheriff, no habría matado a un hombre delante de la mitad del ejército de Estados Unidos.

El sheriff gruñó.

—En eso tienes razón. He mandado un cable al puesto militar más cercano. El coronel Daniels llegará dentro de dos días.

Dos días no era mucho tiempo.

—Hazme un favor.

—¿Qué te hace pensar que tengo que hacerte un favor?

—No tienes que hacérmelo, pero creo que te interesará hacerlo.

—¿Qué quieres?

—Envía un telegrama a mi hermano, Tracker Ochoa. Dile donde estoy y lo que ha pasado.

—¿Qué? ¿Atraer a los Ocho del Infierno? Me parece que no.

—Mi hermano es un hombre que cumple con la ley. Igual que los demás miembros de los Ocho del Infierno. Son rangers de Texas de la cabeza a los pies. No tienes de qué preocuparte, pero significaría mucho para Tracker poder despedirse de mí.

—¿Y por qué debería importarme que tu hermano se despida de ti?

Shadow se apoyó contra los barrotes.

—Siempre es bueno que los Ocho del Infierno te deban un favor.

—Se te ve muy calmado.

—Sheriff, llega un momento en la vida de un hombre en que se siente muy cansado.

–Eres demasiado joven para estar cansado.

–Ha sido una vida dura. Estoy preparado para pagar por lo que hice, para dejar de huir.

–Te colgarán.

–Puede. O tal vez Caine Allen pueda mover algunos hilos y que me manden a prisión.

–Eso implicaría tener que mover un buen montón de hilos.

–Mucha gente debe favores a los Ocho del Infierno. No siempre se da el caso contrario.

El sheriff hizo tamborilear los dedos en el muslo.

–Creo que no deberíamos hacerle caso –terció Ryan–. Los Ocho del Infierno tienen fama de ocuparse de los suyos. Para ellos es como un hermano.

–También tienen fama de cumplir la ley –el sheriff se echó el sombrero hacia atrás–. ¿Adónde quieres que envíe el telegrama?

Shadow le dio la dirección y después le tendió la mano por entre los barrotes.

–Gracias, sheriff. Le debo una.

El sheriff la aceptó.

–De mucho me va a servir. El mes que viene estarás bailando en la horca.

–Puede ser.

–Claro que también podrías salirte con la tuya y que te condenaran a pudrirte en una celda.

Pero también era posible que se escapara. Cosas más raras habían pasado.

Capítulo 13

Se le había terminado el tiempo. Shadow miró por la ventana de la celda la horca construida especialmente para él. Tenía que decir que el pueblo no había reparado en gastos. La madera era sólida, la soga gruesa, la altura suficiente y los ángulos a la medida. Se habían repartido octavillas que anunciaban el acontecimiento. Después habría rifa y baile. Alguien estaba intentando conseguir unos fuegos artificiales. El ahorcamiento iba a ser el acontecimiento de la temporada en Barren Ridge. Los comerciantes solo tenían una queja: la falta de tiempo para pedir *souvenirs*. Procesarlo con tanta rapidez iba a salirles caro.

Shadow no estaba seguro de cuántos hilos habría tenido que mover el coronel Davies para poner en funcionamiento el juicio tan deprisa, pero lo había conseguido. El martes por la tarde, tal como estaba previsto, el coronel había aparecido en la cárcel. Había entrado por la puerta con su uniforme inmaculado. Se había detenido delante de la celda y había sonreído. Justo lo suficiente para que Shadow pudiera acercarse hasta él desde el otro lado. Nada más. Le dirigió una de aquellas sonrisas suyas de medio lado que le daban aspecto de demonio, se llevó dos dedos al sombrero y se marchó. Tres días después había oficiado el juicio que lo había condenado. Al día siguiente subiría al cadalso y anunciaría que Shadow sería colgado hasta que muriese y seguro que el muy santurrón estaría sonriendo. Shadow se agarró a los barrotes de la ventana. Debería haber destripado a aquel bastardo cuando acabó con Archie.

Se pasó la mano por el pelo e hizo una mueca de asco al tacto. Otra de las mezquinas demostraciones de tiranía del ayudante del sheriff había sido denegarle la petición de darse un baño. Desde luego como método para irritarlo estaba funcionando. Shadow estaba muy cabreado. E impaciente.

La cárcel estaba desierta, como siempre a aquella hora del día. Shadow miró por la ventana enrejada hacia la calle. Ni rastro de movimiento entre la sombras, tan solo un gato merodeando por el callejón. Ni rastro tampoco de los Ocho del Infierno. No era de extrañar. Se tardaría una semana en llegar desde la tierra de los Ocho cabalgando sin descanso. Contando con que el sheriff hubiera enviado el telegrama tal como había prometido, el día prometido, y con que hubiera habido alguien en el rancho para recibirlo y con que no se hubieran encontrado con dificultades por el camino, Shadow calculó que llegarían un día después de que tiraran su cuerpo al hoyo. Los barrotes de tosco metal se le clavaron en las manos. Carajo, el coronel era listo.

Solo que no se habían dado cuenta de hasta qué punto lo era cuando buscaban al hombre que había enviado a unos asesinos a sueldo para matar a Desi y Ari, las mujeres de Caine y Tracker. Sabían que Archie estaba compinchado con alguien. Era imposible que hubiera podido saber qué era lo que tenía que hacer sin ayuda, y sabían que algunos de esos compinches tenían que pertenecer a las altas esferas. Pero jamás sospecharon del coronel Daniels. Había ocultado muy bien su involucramiento. Solo después de que Shadow matara a Archie y lo declarasen prófugo de la justicia, comenzaron a despertarse sus sospechas. Demasiadas similitudes entre los intentos de acabar con Shadow y los de acabar con Desi. El coronel Daniels había sido uno de los compinches de Archie, lo que explicaba la escasa protección que llevaba la caravana de Desi y Ari, pese a que en ella viajaba una familia rica e influyente, al su paso por territorio indio. Y por qué había tardado el ejército tres semanas en empezar la búsqueda de los dos hombres que las raptaron. Siempre se podía echar la culpa a los funcionarios de menor rango bajo el consabido «son cosas que pasan» mientras que a Daniels le habría resultado muy fácil orquestar los escenarios necesarios. Un error de comunicación aquí. Un retraso en orden allá.

Shadow soltó los barrotes y se limpió el óxido de las manos. El coronel era muy listo, no le cabía la menor duda. Pero si bien Shadow sabía con certeza que las altas esferas recibirían una explicación acerca del poco ortodoxo juicio que se iba a llevar a cabo con él, el coronel tenía que estar poniéndose nervioso. Puede que los Ocho del Infierno fueran rangers de Texas, pero Daniels los conocía bien, o mejor dicho, conocía bien a Caine, y sabía como que hay Dios que este no se quedaría sentado viendo cómo un jodido hijo de puta que se hacía pasar por un respetable militar colgaba a uno de los suyos. Puede que manipular el juicio le garantizara la muerte de Shadow, pero garantizaría la suya también. Porque los Ocho no iban a dejar pasar aquello como si tal cosa. Aun en el caso de que los demás llegaran a optar por pasar por alto los actos del coronel, Tracker no lo haría. Puede que él, Shadow, no estuviera para exigir que lo vengaran, pero Tracker perseguiría a Daniels, tardara lo que tardase, y cuando lo encontrara, ni todo el alto rango, ni toda la influencia política del mundo lo salvaría. Tracker lo encontraría y lo mataría. Lenta y dolorosamente. Shadow sonrió. Esta vez la arrogancia del coronel iba a ser su perdición.

El ayudante apareció por el lateral del edificio con un saco bastante abultado en las manos. Shadow lo observó subir a duras penas la pesada carga por los escalones del cadalso. Se detuvo en lo alto y se reclinó antes de echar el saco al suelo, que cayó con un golpe sordo. En eso se desataron los cordones y varias piedras salieron rodando del saco sobre el suelo de madera recién construido. Ryan soltó una imprecación y miró a su alrededor para ver si lo habían visto. Recogió a toda prisa las piedras, las embutió en el saco de nuevo y lo ató al final de la soga que colgaba del travesaño. De pie junto a la palanca, se giró hacia la ventana de la celda de Shadow y gritó:

—¿Estás ahí, indio?

Shadow no contestó.

—No te lo vas a querer perder.

Ryan tiró de la palanca. La trampilla del suelo cedió con suavidad y la soga se tensó. No había duda de que se abriría con la misma suavidad al día siguiente. Tomó aire recordando la sensación de la soga en el cuello y que el aire no le llegaba a los pulmones. Estaba preparado para morir a punta de navaja o de pistola, pero morir ahorcado nunca había entrado en sus planes. Y mañana iba a verse en la horca por segunda vez en un mes. Una prueba más de que Dios tenía un sentido del humor perverso.

—¿Lo has visto, indio? —alardeó Ryan—. Mañana estarás aquí arriba, bailando y pataleando al final de la soga.

Y una mierda. Puede que Dios tuviera un sentido del humor perverso, pero el demonio estaba en los detalles y Shadow veía muchos detalles que requerían atención. Como encontrar a Fei.

—Lo veo.

—El gran Shadow Ochoa —escupió Ryan. El escupitajo aterrizó justo por detrás de donde estaría el verdugo. Donde estaría el coronel probablemente—. El peor hombre que ha salido de Texas. Va a quedar demostrado que los hechos valen más que las palabras en lo que a la reputación se refiere. No eres nada más que un borracho sin cabeza que no sabe evitar meterse en problemas.

Un par de personas que pasaban por allí redujeron el paso para oír la conversación. Shadow hizo un gesto con la mano. Ellos apretaron el paso, sin duda para adornar la conversación hasta tildarlo de lunático violento para arriba. El periódico local necesitaba titulares.

–Ni siquiera opusiste resistencia.

–Parece que no.

El muy cretino estaba disfrutando demasiado con aquello. Shadow se reclinó contra los barrotes y miró calle arriba. Ni rastro de vida.

–¿Pretendes hacerte una reputación después de esto, chico?

–Claro –contestó él, levantando el saco de las rocas por el hueco de la trampilla para ponerlo en el suelo de la plataforma–. Soy el que pilló al famoso Shadow Ochoa.

Shadow sacudió la cabeza. No le cabía duda de que el ayudante se había encargado de que todo el mundo lo supiera, como tampoco le cabía duda de que lo que contaba sobre cómo lo habían capturado no tenía nada que ver con la realidad.

–Entonces será a por ti a por quien vengan.

Ryan se quedó de piedra mientras desataba los cordones.

–¿Quiénes?

Se merecía el susto por ser tan fantoche.

–Los hombres que una vez me persiguieron a mí ahora te perseguirán a ti.

–No tienen nada contra mí.

–La mayoría de ellos tampoco tiene nada contra mí, hijo. Solo buscan mi reputación y una vez muerto, querrán la tuya.

Aun desde lejos, Shadow vio que el chico se ponía pálido.

–No se te había ocurrido, ¿verdad, imbécil?

–Cierra el pico.

–En vez de andar jugando con esas piedras, será mejor que aprendas a desenfundar deprisa.

Ryan desenfundó y apuntó a Shadow.

–¡Cállate!

–¿Tienes miedo?

–¡Apártate de la ventana y cierra el pico! –repuso el chico con un chillido nervioso. Shadow se rio por lo bajo y se apartó.

—Idiota.

—¿Aún te dedicas a asustar a los niños pequeños, Shadow? —preguntó alguien con un profundo tono de barítono a su espalda. Solo había un hombre con una voz como aquella. Solo había un hombre capaz de meterse en la cárcel a plena luz del día sin que la puerta crujiera o los goznes chirriaran o alguien diera la voz de alarma.

—Tracker —Shadow se dio la vuelta. Su hermano parecía cansado. Más de lo normal después de una semana cabalgando sin parar—. Me alegro de verte. Creía que te ibas a perder el magno evento.

En vez de retirarse el sombrero hacia atrás, Tracker se lo caló mejor, como hacía cuando estaba molesto por algo. Sin embargo, la ira no se dejó notar en su voz.

—Ya me perdí tu primer ahorcamiento. Ari no me dejaría en paz si me perdiera el segundo.

La esposa de Tracker había pasado por un verdadero infierno. La última vez que la vio estaba sanando, aunque frágil.

—¿Cómo está?

—Mucho mejor —Tracker se acercó a la ventana que se encontraba perpendicular a la celda y miró hacia la calle—. Dentro de nada serás tío.

Tío. Shadow sacudió la cabeza y sonrió. Maldición.

—Ahora entiendo por qué has tardado tanto.

—Habría ayudado que hubieras tenido el sentido común de dejarte pillar más cerca de casa.

—No entraba en mis planes dejarme pillar.

—¿Cómo te pillaron entonces?

—Un pequeño malentendido.

—¿El mismo tipo de malentendido que llevó a que te pusieran una soga alrededor del cuello hace un par de semanas? —preguntó Tracker, mirándole de un modo significativo el moretón que ya se iba difuminando.

–¿Cómo te has enterado?

–Investigué un poco cuando recibí el telegrama que enviaste respecto a tu *esposa*.

–Ah. ¿De modo que fue eso lo que te llamó la atención?

–Sí. Teniendo en cuenta que no sabía siquiera que tuvieras en mente asumir ese estado civil, enterarme de que te habías casado me sorprendió bastante.

Shadow disimuló hablando con sarcasmo:

–Tenía nostalgia del hogar.

–Pues haber llevado tu culo de vuelta al hogar –repuso Tracker.

–Sabes que no podía hacerlo.

–No, no lo sé.

–Pues deberías.

Tracker echó un vistazo a su alrededor. Shadow sabía lo que estaba viendo. Una manta deshilachada, un banco de madera y los restos de la cena de la noche anterior pudriéndose en un plato en el suelo. Ryan estaba disfrutando mucho haciendo de rey de la cárcel.

De vuelta a la celda, Tracker le preguntó:

–¿Y dónde está tu mujer?

–Se ha ido.

–¿Decisión suya o tuya?

–Ella no es de las que salen huyendo.

Tracker asintió con la cabeza y la larga melena de pelo negro le cayó por los hombros.

–Entonces ha sido cosa tuya.

–Indio, te vas a perder la siguiente comprobación de que todo funciona –gritó Ryan.

–¿Piensas quedarte aquí de cháchara todo el día hasta que el sheriff y su ayudante vuelvan? –preguntó Shadow.

–No, había pensado que podríamos sacarte de aquí.

–¿Y no podríais haberlo hecho antes del juicio?

La puerta se abrió y entró Caine. Detrás iban Sam y Zacharias. Zacharias no entró en la celda. Se limitó a saludar a Shadow con un gesto de la cabeza y adoptó una posición defensiva junto a la puerta de fuera. De todos los miembros de los Ocho del Infierno, sin contar a su hermano, con quien más afinidad sentía era con Zach. Los dos poseían ese halo de oscuridad interior. El mismo pragmatismo frío en lo referente a hacer lo que había que hacer. La misma determinación de enmendar todas las injusticias. La misma determinación de proteger.

—No. El juicio es necesario —terció Sam, registrando el escritorio del sheriff.

—¿Y eso por qué?

—No puedo conseguirte un indulto si no has sido condenado —señaló Caine.

—¿Vas a hacer que el gobernador me extienda un indulto?

—Estoy en ello. Es año de elecciones. Le preocupa lo que pensarán los votantes de su asociación con los Ocho del Infierno.

—Pues no le preocupaba mucho lo que pensaran cuando lo sacamos de aquel aprieto de la prostituta que lo chantajeaba sobre la aventura que se traía con un muchacho.

—Ya, bueno, los políticos tienen memoria selectiva. Desafortunadamente —explicó Caine, abriendo la cajonera situada junta a la puerta y sacando las pistoleras y los cuchillos de Shadow—, el gobernador y su esposa tienen una especie de acuerdo. Ella no dice nada de sus pecados y él no dice nada de los de ella.

—Vamos, que piensa cubrirlo —dijo Shadow.

—Con todas las coartadas y excusas que sean necesarias para que se vaya de rositas.

—Menudo cadalso que han construido ahí fuera —interrumpió Sam, mirando por la ventana—. Creo que quieren asegurarse bien de que no vaya a romperse la soga.

—Sí —convino Caine—. Una soga de la que cualquier miembro de los Ocho estaría orgulloso.

Shadow no pudo evitar sonreír. Qué bien sabía intercambiar bromas con sus hermanos.

–Idos todos al infierno.

Porque *eran* hermanos. Puede que le hubiera hecho falta estar lejos de ellos un año para comprenderlo, pero ahora lo veía claro. Sam, con su pelo rubio, sonrisa fácil e intensa forma de ver las cosas, y Caine, con sus ojos verdes, pelo castaño y desesperante calma, puede que no se parecieran mucho a él, pero eran tan hermanos suyos como Tracker. Jamás lo había aceptado antes, pero había una conexión entre ellos. Moriría por cualquiera de aquellos hombres. Y ellos morirían por él.

–Pues a mí me da la impresión de que tú ya has estado allí y te has traído un trocito –dijo Caine, sacudiendo la cabeza según se le acercaba–. ¿Es que no dejan que te bañes?

–El ayudante del sheriff es muy considerado. Me echa un cubo de agua fría por encima una vez al día.

–¿El ayudante es ese cretino de ahí fuera que se cree que tiene sentido del humor? –preguntó Tracker, mirando por la ventana.

–Sí, creo que es a lo que está dedicando toda la mañana.

–Ya.

Shadow sabía lo que ese «ya» significaba. Tracker estaba tomando notas. No pintaba muy bien para el ayudante del sheriff.

–Me he fijado en que conseguiste que el sheriff enviara el telegrama –dijo Sam.

–Pareces sorprendido.

–Siempre creía que sabías como disuadir a la gente.

–He aprendido un par de cosillas estando contigo todo este tiempo.

–A lo mejor su esposa le enseñó algo antes de que le diera la patada –terció Zacharias.

–Yo no le di la patada.

–Tracker, tenías razón –se burló Sam–. Puede que no se dé cuenta de que lo hace.

–¿De qué va eso?

–Echar a la gente de tu vida de una patada excusándote en que lo haces para protegerlos.

–Yo no hago eso.

–No tardaste en deshacerte de todos nosotros después de matar a Archie –dijo Tracker sin subir la voz. Había algo en el tono de su hermano que le hizo volver bruscamente la cabeza. Estudió detenidamente su rostro marcado de cicatrices. ¿Desde cuándo dejaba Tracker que le hicieran daño?

–Acababa de matar a un hombre delante del ejército.

–Podríamos habérnoslas visto con ellos –dijo Caine.

–Y un cuerno.

–Desde luego no podíamos después de que te fugaras.

–¿Querías que me quedara para que me colgaran?

–Teníamos un plan –le espetó Caine–. No nos diste siquiera la oportunidad de ponerlo en práctica.

–Me cuesta quedarme a ver cómo matan a las personas que quiero.

–Pero esperas que nosotros nos quedemos a ver cómo te matan a ti –terció Tracker.

–No.

–Sí.

–Te cuesta crearte obligaciones –dijo Zach desde el otro extremo de la estancia.

Shadow se mordió por dentro el labio. Aquello no lo había echado de menos.

–Y dinos, ¿qué es lo que has estado haciendo todo este año, Shadow? –preguntó Caine.

–Cosas.

Sam sonrió de oreja a oreja al tiempo que sacaba un montón de papeles del cajón.

–Nos hemos enterado de esas «cosas». ¿De verdad te pescaron en la cama con la mujer del alcalde de Cheyenne?

–Técnicamente no estaba en su cama.

Sam dobló los documentos y se los metió en la camisa.

–No es propio de ti que te pillen desprevenido.

–Eso es porque no has visto a la mujer del alcalde.

–Las mujeres bellas no fueron nunca tu perdición.

–Eso no significa que no puedan serlo.

–En realidad me interesa más saber cómo dejaste que te quitaran esos caballos –terció Caine.

–Había bebido demasiado.

–Así que decidiste recuperarlos.

–Más que demasiado.

–¿Y te pescaron? –preguntó Caine con esa manera implacable que tenía de sonsacar la verdad.

–Fue el final de la botella.

–Joder, Shadow. ¿Qué te ha pasado? –preguntó Sam.

–Maté a un hombre.

–Has matado a muchos hombres.

–Lamentablemente, maté al que tenía capacidad para arrebatármelo.

Tracker se quedó de una pieza.

–¿Arrebatarte qué?

Le costaba más admitirlo de lo que había esperado.

–Un propósito en la vida.

–Siempre has tenido un propósito en tu vida, Shadow.

No. Se había guiado por un código, había reaccionado al dolor y había alimentado la rabia, pero eso no era tener un propósito en la vida.

–Es hora de irnos –interrumpió Zacharias–. Ida está aquí.

Shadow se acercó a la ventana y miró. Ida acababa de doblar el recodo. Empujaba un carrito lleno de platos tapados.

–¿Qué tiene que ver Ida con esto?

–Ida se ocupará de entretener a nuestros amigos mientras nosotros te sacamos de aquí.

–¿Habéis involucrado a Ida?

–No. Lo hizo ella sola. En cuanto vio a Tracker, nos preguntó qué estaba ocurriendo y nos exigió que la dejáramos ayudar –lo corrigió Sam–. Le gustas. Y lo creas o no, considera que está en su derecho de ayudarte.

–No quiero involucrarla.

Sam resopló, agarró las llaves colgadas de la pared y se las tiró a Tracker.

–Saca su patético culo de ahí antes de que haga alguna otra estupidez.

Shadow tapó la cerradura con la mano. Tracker levantó la vista con expresión impasible.

–No habrá vuelta atrás si lo haces –dijo Shadow.

Tracker apretó los músculos de la mandíbula y la cicatriz de la mejilla se le puso aún más blanca. Y después le apartó la mano de un empellón.

–No habrá vuelta atrás como no lo haga.

Tracker tenía una bella mujer y un hijo en camino. Un futuro. Si descubrieran alguna vez que había liberado a su hermano de la cárcel, todo se iría al garete.

–Tienes una familia.

El músculo vibró en la mandíbula de Tracker.

–Y tú formas parte de ella.

–Así no.

La llave giró lentamente en la cerradura casi sin hacer ruido.

–Sea de la forma que sea, eres mi hermano.

¿Qué demonios podía decir a eso? La puerta se abrió con un suave crujido. Shadow no la atravesó.

–¿Y el ayudante del sheriff? –preguntó Shadow.

–Deja que siga jugando a la horca mientras pueda –dijo Tracker–. Mañana lo va a pasar muy mal cuando tenga que explicar por qué su invitado de honor ha desaparecido.

–¿Cómo va a explicarlo?

–Me importa una mierda –respondió Tracker.

–Pues debería –Shadow no quería que Tracker resultara herido por su culpa. Se quedó en el sitio. Tracker lo miró con cara de malas pulgas y aquella postura obstinada en los hombros. Shadow sintió ganas de golpearlo. Tracker había conseguido lo que todos los demás habían renunciado a tener. Una esposa que lo amaba. Un lugar al que pertenecía. Seguridad. Y ahora lo iba a echar todo por la borda.

–No merece la pena que hagas esto por mí, hermano.

Tracker lo agarró por el brazo y lo obligó a salir a empujones.

–Calla el pico de una vez.

Shadow se dio media vuelta.

–¿Qué problema tienes? –preguntó Shadow.

Los dos se fulminaron mutuamente con la mirada.

–Tú –respondió Tracker.

Caine se interpuso entre ambos, con los brazos estirados a cada lado y una mano apoyada en el torso de cada uno.

–Este no es momento.

Tenía razón. Shadow entró nuevamente en la celda a por su sombrero y se lo caló.

–¿Os ha visto entrar alguien? –preguntó.

–Nadie que vaya a decirlo –contestó Caine.

Eso no significaba nada.

–Sospecharán.

Caine le entregó sus revólveres.

–No se puede condenar a nadie basándose en una sospecha.

–¿Conocéis al nuevo sheriff? Yo no estaría tan seguro.

–Compraremos su silencio.

Los Ocho del Infierno siempre pagaban sus deudas. Shadow se abrochó el cinto, sintiéndose más él mismo conforme ajustaba la hebilla.

–¿Qué es lo primero que vas a hacer cuando salgas de aquí?

Se dio cuenta de que a Tracker le preocupaba que dijera «beber un trago».

Aceptó los cuchillos que le entregaba Caine y respondió:

–Voy a darme un baño.

–¿Y después qué vas a hacer?

La imagen de Fei acudió a su mente con tal viveza que sintió deseos de alargar la mano y poder recogerle un mechón de pelo suelto detrás de la oreja, rodearle los hombros con sus brazos y borrarle la preocupación de los ojos con un beso. Oyó gritar a Ida al otro lado de la puerta. La distracción había comenzado. Se guardó el último cuchillo en lo alto del mocasín.

—Y después voy a cortejar a alguien.

Shadow tuvo que esperar dos días para poder darse su baño y todavía más para empezar su cortejo. El coronel Davies no se tomó bien que hubiera escapado. Después de dos días dando vueltas en círculos para eludir a la patrulla que no parecía querer rendirse en su búsqueda, terminaron durmiendo en una hondonada a un día a caballo al sur del depósito de Fei y a un día a caballo al este de Barren Ridge. Extendió la esterilla de dormir y miró al este. Estaba a punto de amanecer. Los hombres estaban sentados alrededor del fuego en diversos grados de alerta. Sam estaba apoyado contra una roca, tapándose los ojos con el sombrero mientras arañaba unos minutos más de sueño. Zacharias afilaba su cuchillo en una piedra. Tracker y Tucker redistribuían las alforjas. Caine bebía café. Y él, Shadow, no podía estarse quieto de los nervios. Fei andaba por ahí, en alguna parte, sola y vulnerable, tratando sin duda de conseguir lo imposible.

—Carajo.

—¿Has dicho algo, Shadow? —preguntó Caine.

Shadow tiró del cuero de vaca que había colocado alrededor de la manta.

—Pensaba en alto.

Caine asintió.

—Yo también he tenido muchos momentos de esos —bebió un sorbo de café y con una mueca escupió algunos granos sueltos—. Y dime, ¿cómo es esta mujer que andamos buscando?

—La última vez que la vi sería de esta altura —contestó Shadow poniéndose la mano por debajo del esternón—. Esbelta, ojos verdes, almendrados con motas de color ámbar, nariz pequeña, boca carnosa, abundante pelo negro y largo…

–Joder –lo interrumpió Tracker mirando a Caine–. Lo hemos perdido.

Shadow se levantó y echó tierra sobre el fuego.

–¿Qué? ¿Acaso no puedo fijarme en una mujer?

–Claro que puedes fijarte en una mujer, ¿pero encadenar tantas palabras seguidas sobre ella? –Sam negó con la cabeza–. Eso es un callejón sin salida.

–Pues no acaba de decir que tiene la boca «carnosa» –dijo Caine–. No sé si voy a poder salir de mi asombro.

El cuchillo de Zacharias arañó ruidosamente la piedra de afilar.

–¿Y esa Fei tuya posee alguna habilidad que pueda ser útil en un trabajo?

–Es una experta en dinamita.

Zacharias levantó la vista oculta bajo el ala del sombrero y lo miró con expresión inescrutable.

–¿Y no lanzado por los aires tu patético culo?

–Resulta que le gusta mi patético culo.

Tucker se echó el sombrero hacia atrás.

–Aparte de que le guste tu culo, dudo que pueda utilizar su habilidad con la dinamita para trabajar.

–Ya lo ha hecho antes –cuando todos lo miraron, Shadow explicó–: Se hizo pasar por su padre cuando este enfermó.

Caine enarcó una ceja.

–¿Se hizo pasar por su padre?

Shadow se encogió de hombros.

–Nadie se acerca demasiado a los explosivos. Con un sombrero de ala ancha y la ropa adecuada, y siempre que el trabajo se haga, ¿a quién le importa?

Caine levantó el rifle y le limpió el polvo con el pulgar.

–Cierto. Pero hay que tener agallas igualmente.

–Fei tiene muchas agallas.

–De modo que buscamos una mujer valiente que podría haber cambiado de imagen –resumió Zach–. Lo mismo nos cuesta encontrarla.

Shadow se pasó la mano por la nuca.

–Probablemente.

–¿Y por qué iba a cambiar de imagen? –preguntó Caine.

Shadow dejó caer la mano a lo largo del costado.

–Tiene la costumbre de cabrear a la gente.

Sam se levantó un poco el sombrero.

–¿De quién estamos hablando?

–Culbart piensa que le ha robado algo que le pertenecía.

La sombra de las llamas danzaba delante del rostro de Tracker ocultando y definiendo alternativamente la profunda cicatriz que tenía en la mejilla. La sutil fluctuación de la luz le hacía parecer atractivo y feroz indistintamente.

–¿Y es cierto? –preguntó.

–¿Literal o técnicamente?

Caine apoyó el rifle sobre un tronco y se sacó el revólver de la funda.

–Empecemos por el punto de vista técnico.

–El padre de Fei le vendió a su prima y Fei la rescató.

–Una mujer que comprende lo que es la familia –observó Sam–. Podrías aprender de ella.

Shadow estaba hasta las narices de las pullas de Sam.

–¿Tienes algún problema conmigo, Sam?

Sam le echó una de esas famosas sonrisas que ponía cuando buscaba pelea por debajo del ala del sombrero.

–Nada que no pueda esperar.

Mierda, pensó Shadow. No tenía tiempo para aquellas cosas.

–¿Adónde crees que irá? –preguntó Caine, cortando así la discusión que pudiera haber iniciado Sam.

–A su depósito.

–¿Depósito?

–Encontró oro, por eso se casó conmigo para empezar. Estaba desesperada.

Sam soltó una carcajada.

–Mierda. ¿De verdad se casó contigo en mitad de la hora feliz de la horca? Creía que era un cuento chino adornado.

Shadow deseó que fuera así.

–Ojalá.

Tracker hizo la pregunta que Shadow adivinaba en los ojos de todos.

–¿Por qué?

–Necesitaba el oro para comprar la libertad de su prima, pero no podía sacarlo del depósito sin protección.

Caine enarcó ambas cejas.

–¿Y pensó que podía fiarse de un tipo al que estaban a punto de colgar?

Shadow tampoco tenía una explicación para eso.

–En algún momento entre que me ponían la soga al cuello y me colocaban sobre el caballo decidió que yo era el dragón que estaba esperando.

Por un momento, el ritmo regular del afilado de Zacharias vaciló.

–¿Piensa que eres un lagarto?

–Para tu información, en la cultura de Fei, un dragón es una bestia noble. Un guerrero. El defensor de los débiles.

–Piensa que eres su héroe –dijo Tracker con voz queda.

–Sí.

Tucker se aplastó de una palmada contra el cuello un mosquito que revoloteaba a su alrededor.

–¿Has visto el oro?

–Sí.

–Es difícil llevar oro de un sitio a otro sin que alguien se entere –observó Zacharias.

Shadow asintió.

–Ya la están vigilando algunos asaltadores de depósitos.

–¿Crees que habrá sacado ya el oro? –preguntó Caine.

–No creo que le haya podido dar tiempo.

–¿Pero adónde habría ido si le hubiera dado?

-A San Francisco.

-¿No se fugó precisamente para no ir allí?

Shadow les había contado todo lo que sabía sobre Fei, incluso cómo se habían separado.

-Sí.

-¿Entonces por qué iba a cambiar de opinión? -preguntó Sam.

-Para liberar a su prima.

Caine guardó el revólver en su funda de nuevo.

-¿Quiere su prima que la liberen?

-Creo que Fei le va a dar algo que no le han dado nunca.

-¿Qué?

-Una oportunidad.

Caine se puso en pie y apuró el resto del café.

-Bien, entonces, supongo que es hora de encontrar a Fei y su caldero de oro.

Capítulo 14

Comenzar de nuevo no era tan fácil como Fei había creído que sería. Caminando calle abajo por Simple, un pueblo a dos paradas por la ruta del ferrocarril hacia el oeste de Barren Ridge, buscando en los escaparates de los establecimientos carteles de oferta de empleo, Fei comenzó a considerar la posibilidad de que tal vez se hubiera equivocado al escapar como lo había hecho. Lo había hecho porque le preocupaba perderse en San Francisco, le preocupaba sentirse engullida en una ciudad tan grande. Le preocupaba estar en un lugar en el que sus habilidades no tuvieran ninguna utilidad. Pero estaba empezando a descubrir que en ciudades más pequeñas, una mujer sola destacaba mucho. Además, no había muchas ofertas de empleo y sus habilidades no le eran de mucha utilidad.

«¿De esto era de lo que querías protegerme, padre?».

Era humillante que sus habilidades no le sirvieran para nada, no porque no se necesitaran expertos en explosivos, que se necesitaban, y mucho. No le daban la oportunidad porque nadie creía que una mujer pudiera hacerlo. Se detuvo al borde del camino para que pasara una carreta. Se sintió nuevamente humillada al recordar la forma en que el jefe de la cuadrilla del ferrocarril se había reído en su cara, negándose incluso a darle la oportunidad de demostrar lo que sabía hacer. Le habían entrado ganas de encender un cartucho de dinamita y metérselo en los pantalones. Pero en vez de hacerlo había tenido que aguantar que le ofreciera trabajar como chica para todo en el campamento. Bajó de la acera. En realidad, el único tipo de trabajo que ofrecían era el de chica para todo, pero no estaba tan desesperada como para aceptarlo. Aún.

Y al volver de la entrevista le habían robado a Joya. Fei la había dejado sola un momento nada más. Lo justo para recoger unas moras con las que calmar el hambre. La oyó relinchar sobresaltada. Cuando logró salir de entre las zarzas, un hombre se alejaba al galope sobre su yegua. Sin ella, no podría llegar al depósito. Andando tardaría dos días y una vez allí no podría cargar con el oro en las manos. Subió a la acera al otro lado de la calle y comprobó discretamente el bolsito que llevaba atado a la cadera, oculto entre la túnica larga. Tras abandonar Barren Ridge cuatro días atrás había tenido que envolver las monedas para evitar que tintinearan. Ahora, con solo tres monedas para pagar alojamiento y comida, podía recorrer las calles arriba y abajo sin temor a que detectaran que tenía dinero. Le estaba durando menos de lo que había creído. Otro descubrimiento más en su viaje a la independencia.

Se detuvo y tomó aire intentando calmar el pánico. Solo le quedaba dinero para el alojamiento de esa noche, pero no para la cena. No tenía perspectivas. Ni esperanza. Se tocó las monedas al pasar junto a la oficina de telégrafos. Ni opciones. El golpeteo rítmico del telégrafo la siguió calle abajo, llamándola. Miró por la ventana que daba al lúgubre interior y vio al hombre que mandaba mensajes en código a través de largas distancias, una forma maravillosa de poner en contacto a las familias. Qué máquina tan fascinante. Podría ser la respuesta a sus problemas si estuviera dispuesta a aceptar la vida que otros consideraban era la que le correspondía llevar. Sería fácil enviar un mensaje a sus tíos. Muy fácil sentarse en el banco a esperar que llegaran. Y ellos irían a por ella. Sería un desprestigio para ellos no hacerlo.

Probablemente le echarían un sermón, sobre todo porque sería un desprestigio para ellos no hacerlo. No eran malas personas. Sus tíos la querían a su manera y querían lo mejor que pudieran darle. Simplemente no entendían por qué a ella eso no la hacía feliz lo que, en opinión de ellos, era lo apropiado. Le habían encontrado una oportunidad más que respetable. Segunda mujer del primogénito de una buena familia que poseía varios establecimientos de comestibles en San Francisco. Su negocio estaba en expansión. Sus tíos decían que tenía buen carácter, que adoraba a su primera esposa, que tenía una salud delicada. Por amor a ella estaba buscando una segunda esposa. Quería aliviarla de la carga de la casa. En realidad, era un partido excelente.

Suspiró para sí y se sentó en el banco de hierro que había delante de la oficina. ¿Pero entonces por qué no la aceptaba sin pensar? Parecía que su presunto futuro marido era un buen hombre. Un hombre que con toda probabilidad tendría pocas exigencias. Casarse con él supondría para ella una vida segura. No una vida perfecta, pero sí una buena vida. ¿Por qué no podía dejar de verla como si fuera una prisión?

La cara de Shadow se le dibujó en la mente. Guapo, fuerte y decidido. La había apartado de él sin disculparse siquiera, con la mandíbula apretada de aquella manera que no admitía discusiones. Y ella se había ido sin ofrecer resistencia, en parte porque cumplir las órdenes de los varones era lo que le habían inculcado y en parte porque no sabía cómo enfrentarse a semejante muro de resolución. Y lo lamentaba. Debería haberse enfrentado. Quería haberlo hecho. Pero no lo había hecho y ahora solo le quedaba la frustración y el arrepentimiento mientras que él... Suspiró y se obligó a aceptar la verdad.

Shadow estaría probablemente a cientos de kilómetros de distancia. Con otra mujer. Poniendo rumbo a su vida. Disfrutando de un futuro en el que ella no estaba incluida. Siguiendo con su vida de una forma que ella era incapaz de hacer. Se aferró fuertemente al brazo del banco en un intento de determinación, obligándose a afrontar la verdad. Ella no le había pedido nada y él no le había prometido nada. Su matrimonio había terminado tal como había empezado, de forma espontánea, sin discusión. Le habría suplicado de haber creído que Shadow habría escuchado. Le habría dado argumentos en contra de su idea de que enviarla a una vida que aborrecía sería mejor para ella que vivir con él el tiempo que tuvieron. Que hubieran tenido. Que pudieran haber tenido. Todos aquellos pensamientos la perseguían. ¿Por qué no lo había intentado al menos?

Shadow le había dicho que irse era lo mejor para ella. Le había dicho que sería más feliz en cualquier otro sitio. Se lo había dicho y ella le había hecho caso, como si él lo supiera todo. Y todo ello sin preguntarle siquiera qué futuro le aguardaba en San Francisco. Ni lo que pensaba de ello. Había sido un arrogante al creer que él tenía más derecho a cuidar de ella que ella de él. Y ella se lo había permitido. Debería al menos haberle dicho que era un gallito arrogante. Podría haber hecho muchas cosas, entre ellas decirle que si lo que quería era otra mujer, agarraría el cuchillo de cocinar de su padre y lo castraría.

Se metió la mano en el bolsillo y buscó el pañuelo antes de que se le desbordaran las lágrimas. Había hecho muchas estupideces, pero llorar a moco tendido en mitad de la calle no tenía que ser una de ella. ¿Cómo se le podía pasar por la cabeza estar con otra? A ella no se le pasaba. Ni como esposa ni como concubina. Ni siquiera en un matrimonio de conveniencia. En su corazón ella era la esposa de Shadow Ochoa. En su corazón él era su marido. No sabía qué hacer. Quedarse. Irse. Aceptar. Luchar. Una lágrima escapó a su control. No encontraba el pañuelo. ¿Es que nada iba a salir bien?

—Creo que le vendrá bien esto.

Alguien le puso en la mano un pañuelo blanco pulcramente doblado. Ella lo aceptó cuando le resbaló la segunda lágrima. El pañuelo olía a lana y tinte.

–Gracias.

–De nada.

Levantó la vista. El hombre que tenía delante no era demasiado alto ni tampoco tenía unos hombros demasiado anchos. El rasgo más atractivo que había en él era su uniforme azul oscuro. Estaba bien teñido, muy bien cortado y ostentaba una generosa cantidad de galones y medallas.

Ella hizo una señal hacia el pañuelo.

–Se lo lavaré antes de devolvérselo.

El hombre sonrió de medio lado.

–Quédeselo todo lo que necesite.

A pesar de lo amigable de sus palabras, su sonrisa la incomodaba.

–¿Puedo ayudarla en algo?

–No –ella negó con la cabeza, sorbiéndose una lágrima–. Ya encontraré la solución.

–¿Seguro? Tengo cierta influencia aquí.

Fei miró de nuevo el uniforme. Seguro que sí. De repente se sintió recelosa.

–¿Es usted un militar?

–Por estos lares soy *el* militar.

El enemigo de Shadow. ¿Sabía quién era ella?

Fei bajó la vista, se levantó y le hizo una reverencia.

–Es un honor que me haya ayudado un hombre tan importante.

–Le aseguro, señora, que el honor es todo mío. Y ahora, si no puedo serle de más ayuda, ¿me permitiría al menos el placer de su compañía para almorzar?

Su estómago eligió ese momento para gruñir.

–¿Es eso un sí?

Ella negó con la cabeza y optó por una excusa obvia.

–Mi familia no lo aprobaría.

–¿Qué objeciones tendrían?

–Soy china.

Él le colocó el dedo enguantado bajo la barbilla y le levantó el rostro. El contacto fue frío y desapasionado. La miraba de un modo escrutador. Le ladeó la cabeza con el pulgar.

—No del todo.

Ella se soltó de él con brusquedad. Aunque no era un hombre muy grande, seguía siendo más alto que ella. Y había algo en él que le recordaba a las serpientes entre la hierba crecida. La ponía nerviosa.

—No, es cierto —retrocedió un paso y ejecutó otra reverencia, escapando eficazmente a su contacto—. He de irme.

—Antes de que se vaya, me gustaría hablar de algo con usted.

—¿Sobre qué?

Se metió la mano en el bolsillo y sacó un trozo de papel. Se lo entregó con una sonrisa.

—Me gustaría que fuera usted mi invitada a la rifa y baile que se celebrará en Barren Ridge mañana.

Barren Ridge estaba a cuatro horas de camino. ¿Por qué querría invitarla allí? Tomo el trozo de papel.

—No comprendo.

—Me han dicho que es el acontecimiento más emocionante que ha ocurrido por aquí en años.

Fei palideció al ver lo que decía la octavilla. En el centro había un dibujo, ingenioso y horrible a la vez. Era Shadow, pero no lo era. Era más una caricatura demoníaca de él. En el dibujo estaba retratado como un monstruo armado con cuchillos, con la cabeza más grande que el resto del cuerpo. Alrededor del cuello llevaba una soga. El pie del dibujo rezaba: *Cazado al fin*.

Iban a colgarlo. En la parte de abajo de la octavilla había instrucciones sobre cómo participar en la rifa. Y luego se celebraría un baile. Le entraron ganas de vomitar.

—Shadow Ochoa lleva años aterrorizando a los habitantes del estado. Va a ser una gran celebración.

—¿Por qué dicen que es un salvaje?

—Es medio indio.

Y ella medio china. Eso no significaba nada. Tocó la sonrisa de superioridad que el dibujante había puesto en la cara de Shadow. Habían convertido a su dragón en un demonio y tenían intención de bailar sobre su tumba. No podía estar sucediendo.

Le devolvió la octavilla al hombre.

—Ni siquiera sé cómo se llama.

—Soy el coronel Jeffrey Daniels —contestó él con una reverencia—. ¿Y usted?

Sin levantar la vista, Fei dio señales de angustia.

—Lo siento —miró calle abajo como temiendo que la estuvieran vigilando. Una mujer china bien educada no se dejaría ver en mitad de la calle sola con un hombre. Y menos aún blanco—. He de irme.

En cuanto vio que el coronel se ponía a su altura y la acompañaba supo que no tenía intención de dejarla ir así como así. levantó la vista hacia la calle de nuevo como temiendo que fueran a pillarla.

—Por favor, váyase.

En vez de apartarse, el coronel se le acercó aún más. Cuando Fei redujo el paso para dejar que él siguiera de largo, él la sujetó del codo.

—Me temo que debo insistir en que me acompañe, señora.

Ella se detuvo en seco.

—¿Por qué?

Él se puso delante de ella, cortándole el paso.

—Porque tiene usted algo que quiero.

Fei se metió la mano bajo la túnica y agarró el monedero, lo soltó del cinturón de un tirón y se lo entregó.

—Esto es todo lo que tengo.

Él no lo aceptó.

—Yo creo que tiene usted mucho más.

—No comprendo.

El «ya lo comprenderá» que le susurró él se le quedó impregnado en los oídos. Haciéndole presión en el codo, la obligó a retroceder por la acera. Una mujer vestida de negro con un alegre sombrero de plumas se les iba acercando. Fei quería pedir ayuda, pero el dolor que le subía por el codo frenó su impulso. La mujer, ajena al pánico de Fei, los saludó con un gesto de la cabeza.

—Buen día.

El coronel se llevó los dedos al sombrero y le devolvió el gesto con una ligera sonrisa, fingiendo que eran una pareja dando un paseo.

—Buenas tardes.

Fei saludó con un gesto y siguió caminando dándole vueltas a mil cosas en la cabeza. Tenía que ayudar a Shadow. Tenía que ayudarse a sí misma. Tenía que escapar.

Llegaron a un callejón. En vez de cruzar, el coronel la obligó a entrar en él. Ella avanzó varios pasos dando tumbos hasta que se detuvo y afianzó bien los pies en el suelo. El coronel se le plantó delante, tan cerca que su colonia se le coló por las fosas nasales.

—¿Qué cree que puedo darle yo? –preguntó Fei con la mirada baja.

—Shadow Ochoa.

—Está en la cárcel –dijo, señalándole el bolsillo–. Van a colgarlo mañana por la noche. Lo dice la octavilla que acaba de enseñarme.

—Parece que el señor Ochoa no estaba contento con nuestras instalaciones.

—¿Se ha escapado? –preguntó tan aliviada que hasta le temblaba la voz. Con un poco de suerte, el coronel pensaría que era miedo.

—Por el momento. Pero lo atraparé.

—No voy a ayudarlo.

—Sí que lo harás. El señor Ochoa te tiene mucho cariño.

Ella bajó la cabeza sin tener que fingir la vergüenza.

—Me utilizó.

El coronel alargó el brazo. Ella retrocedió. Era más rápido de lo que Fei habría creído. Le puso los dedos en la nuca en una parodia de la caricia que Shadow tantas veces le hizo, solo que con aquel hombre no resultaba excitante. Con él sintió un escalofrío.

—No dedicaste mucho tiempo a conocer bien a tu marido, ¿no es así?

—Fue un matrimonio corto. Terminó cuando me echó de una patada.

—Lo dudo mucho.

Fei volcó el monedero, vació el contenido sobre la palma de su mano y se la puso delante de las narices.

—Esto es todo lo que me queda antes de morirme de hambre. Si Shadow me amase, tendría más.

Daniels negó con la cabeza. Estaba claro que no se lo creía.

—Shadow Ochoa acostumbra a alejarse de aquellos a quienes ama. Trata de convencerse de que lo hace para protegerlos.

—Pues si eso es cierto, no está funcionando demasiado bien.

—Quiero recuperarlo.

Ella dejó de fingir calma.

—Y yo, pero no creo que ninguno de los dos vaya a conseguir lo que quiere.

—Puede que tengas razón —dijo, acariciándole el cuello con el pulgar—. De hecho, voy a dejar que me convenzas de que tienes razón, lo que significa que voy a necesitar otra clase de compensación.

¿La iba a violar? Fei miró a su alrededor. No había nada en el callejón más allá de un par de cajas tiradas a un lado. Nada que pudiera servirle como arma.

—No.

Fei se zafó de él. El coronel la agarró de nuevo. Se oyeron voces procedentes de la calle al fondo del callejón. El coronel la empujó contra el edificio y apoyó el antebrazo por encima de su cabeza. Apretó el cuerpo contra el de ella, le rodeó la garganta con la mano y pegó la boca a su oído.

Por el rabillo del ojo, Fei vio pasar a los hombres, riéndose. Estaban a tres metros. Tres metros nada más.

El coronel le apretó el cuello.

–Intenta gritar y te corto el cuello.

Ella creyó la amenaza.

–¿Qué quiere?

–A Shadow o el oro. Cualquiera de las dos cosas.

No le entregaría a Shadow. Aunque pudiera, no lo haría. El coronel leyó la respuesta en sus ojos.

–Supongo que será el oro.

–¿Por qué cree que tengo oro?

–Una copia de cada certificación que se hace en el estado pasa por mis manos.

–Pero yo solo encontré una pepita.

–No es verdad.

–¿Cómo lo sabe?

–No mientes bien.

Sí que lo hacía, pero también tendría que trabajar ese asunto. Bajó los ojos y le susurró:

–Necesitaremos caballos.

Él le quitó la mano de la garganta y se irguió.

–No hay problema.

–No creerás que van a rescatarte cuando llegues al hotel, ¿verdad?

–No, no lo espero –pero sí esperaba poder sacar todas sus cosas de su habitación sin que el coronel se diera cuenta.

Este la tomó por el codo.

–Vamos.

Fei caminó hasta el hotel con la esperanza de que alguien se diera cuenta de que aquel hombre la estaba reteniendo contra su voluntad. Que se volvieran a mirarlos al menos, pero nadie miraba al oficial del ejército y a la mujer china. En realidad, nadie la miraba a ella, aunque a él sí lo miraban, y tenía que admitir que tenía muy buena figura con el uniforme. En parte era por su actitud. El resto tenía que ver con lo bien que le quedaba el uniforme y lo limpio que iba. Fei le miró los guantes. Ni una mota de polvo. El coronel era un hombre meticuloso.

—¿Cómo me ha encontrado?

—No hay muchas mujeres que busquen trabajo como expertas artificieras. La voz se corre.

Ella maldijo para sí. No se le había ocurrido disimularlo.

Llegaron al hotel sin incidentes. Era una sencilla estructura de tres pisos decorada modestamente, pero limpio por dentro. Hospedaban a familias. Una mujer sola levantaba sospechas, por lo que no le sorprendió que la llamaran de la recepción nada más entrar en el vestíbulo. Daniels permaneció a su lado, sujetándola suavemente por la espalda con una mano. A modo de advertencia seguramente.

Fei saludó con una inclinación al encargado.

—Hola, señor Brown.

—Lo siento, señorita Fei, no permitimos presencia de caballeros en las habitaciones de nuestras huéspedes —le dijo él sin levantar la voz.

No le hizo falta que el coronel le apretara dolorosamente el codo para saber que no le gustó oírlo.

—¿No alquilan habitaciones a hombres? —preguntó ella.

—Esto no es un *saloon*. No está permitido confraternizar en la planta de arriba —censuró el encargado del hotel.

Un caballero que leía el periódico en un rincón lo dobló y la miró. Una mujer que bajaba por las escaleras sacó a su hijo por la puerta más deprisa de lo necesario. El rubor de Fei no era fingido.

—Oh, Dios mío.

No sabía qué decir ni a quién decírselo.

La sonrisa ladeada de Daniels le provocó escalofríos.

—Lo siento, querida, no era mi intención arruinar tu reputación al sugerir que viniéramos a recoger tu baúl.

—No pretendíamos ser irrespetuosos, señor, pero este es un hotel decente para familias —contestó el señor Brown.

–Lo entiendo.

–Si la señora necesita ayuda con su baúl, tenemos un botones que podría ayudarla, si no le parece mal.

Fei iba a decir que no sería necesario, pero el coronel se le adelantó.

–Le estaríamos muy agradecidos.

–No hay problema –el encargado hizo sonar el timbre del mostrador. Un hombre de mediana edad salió de detrás.

–La señorita Fei necesita que la ayuden con sus baúles.

El hombre asintió y esperó. Daniels alargó la mano y acarició la mejilla de Fei con el dorso de los dedos.

–No tardes mucho, querida. Tenemos una cita dentro de diez minutos.

Ella mantuvo una expresión recatada y los ojos bajos a base de fuerza de voluntad.

–Por supuesto.

Su habitación estaba en el segundo piso. Subió las escaleras todo lo rápido que pudo. El botones se iba quedando atrás. Era evidente que no tenía ninguna prisa porque sabía que iba a tener que esperar de todos modos. Fei entró rápidamente en su habitación y cerró tras de sí. No tenía mucho tiempo.

Sacó el baúl y levantó el falso suelo. Cuatro cartuchos. Solo le quedaban cuatro cartuchos. Agarró unas enaguas y comenzó a rasgarlas por abajo. Entonces se ató dos de los cartuchos alrededor del muslo derecho y otros dos alrededor del izquierdo. Después se puso las enaguas encima de su ropa y sobre estas se puso el vestido de algodón azul. Se lo abrochó a toda prisa y se metió los fósforos en un bolsillo y un mapa en el otro. Se alisó las faldas y se miró al espejo. No se notaba que llevara dinamita. En el suelo, entre las camisas y los vestidos, estaba su pepita de oro. Su amuleto de la suerte. La recogió y se quedó un momento con ella en la mano mientras el pánico cundía en ella.

El coronel la mataría en cuanto consiguiera lo que quería. No le cabía ninguna duda. Daba por hecho que era cierto lo que le había dicho de la huida de Shadow. Tal vez también dijera la verdad sobre lo otro. Los hombres solían saber más cosas sobre sus enemigos que sobre sus amigos. Y Shadow era un enigma para ella. Siempre le pareció que había amor en sus caricias, hasta que se quitó de su camino y el sentimiento desapareció. De modo que era posible que el coronel le estuviera diciendo la verdad o que solo le estuviera diciendo una mentira porque necesitaba capturar a Shadow. Y, sinceramente, estaba harta de hacer conjeturas.

En eso llamaron a la puerta. Echó sin prestar demasiada atención un par de pololos, una camisa y una falda nuevas, medias y un jersey en su morral. El resto volvió al baúl. Después se dirigió a la puerta, plenamente consciente de la dinamita que llevaba ceñida a los muslos, del riesgo que estaba corriendo. Se detuvo con la mano sobre el pomo y tomó aire. Al verse en el espejo que había junto a la puerta, se arregló un poco el pelo con los dedos. Todo parecía en su sitio. Era hora de irse. Abrió la puerta.

—¿El baúl? —preguntó el botones.

—He decidido que solo voy a necesitar un morral.

Al cabo de un segundo, el hombre extendió la mano. Ella le entregó la bolsa. El hombre le indicó que lo precediera.

Bajando las escaleras se dio cuenta de que una cosa era decidir hacer algo y otra muy diferente sentirse cómoda haciéndolo. Cuando llegó al descansillo le temblaban las rodillas y las manos. No había tiempo para el pánico. El coronel la esperaba abajo con un pie en el primer escalón y la mano en la barandilla.

—Ya iba a subir a buscarte —le informó mientras bajaba las escaleras.

—Me llevó más de lo que creía —le contestó ella cuando llegó al vestíbulo.

El coronel los miró alternativamente con sus ojos azules.

—¿Dónde está tu baúl?

Ella se detuvo en el escalón delante de él.

–He decidido que todo lo que necesito me cabe en este morral. Vamos a volver, ¿no?

–Por supuesto.

Estaba mintiendo.

El botones le entregó su bolsa. El coronel estampó una sonrisa falsa en sus labios al tiempo que le daba una moneda.

–Gracias –y, añadiendo unas pocas más, dijo–: Y, por favor, ocúpese de que la habitación de la señora no se ocupe durante la próxima semana.

Cuánto dinero gastado sin motivo en una ilusión. ¿Por qué se molestaba?

–Por supuesto –dijo el encargado haciendo un gesto al botones para que le diera las monedas.

Fei alargó la mano hacia el morral. El coronel sonrió y se lo echó a la espalda.

–Yo lo llevaré, querida.

Claro. Le sujetó la puerta para dejarla pasar y en cuanto se hallaron los dos al mismo nivel, le dijo:

–Te has cambiado de ropa.

Se lo dijo al oído. Fei dio un respingo. El coronel le puso la mano en la espalda suavemente, como para hacerle saber que estaba allí. Que tenía el control de la situación. Le costó tragar.

–La túnica y los pantalones me resultan incómodos para viajar –mintió ella. Necesitaba las faldas para ocultar la dinamita–. Son demasiado finos.

–No me estoy quejando. Además, no apruebo esa vestimenta de infieles en cualquier caso.

Infieles. La estaba llamando infiel cuando era él quien la estaba raptando. En vez de soltarle lo que pensaba de él, bajó la vista y mantuvo las manos plegadas en actitud sumisa. Sus ancestros sabían una cosa, que los hombres se relajaban cuando estaban con una mujer que se mostraba sumisa.

—Mientras recogías tus cosas, he mandado a un muchacho a buscar nuestros caballos.

Señaló con un gesto de la mano las mecedoras.

—Por favor, siéntate.

No era una solicitud. Era solo la ilusión de que le estaba dando opción. Ella fingió gratitud. Con una inclinación tan breve que resultaba insultante, dijo:

—Gracias.

—Ya veo qué es lo que Shadow vio en ti. Es muy agradable encontrar una mujer que hace lo que le dicen.

—El lugar que una mujer busca es estar a los pies de su esposo.

El coronel se sentó junto a ella.

—Puede que lo pongamos a prueba más tarde.

Lo mismo ya habría desaparecido para entonces. Le pesaba la dinamita en los muslos. Solo esperaba que no se le resbalara. Se preguntó si se la habría ceñido demasiado flojo o demasiado fuerte. La única manera de saberlo sería si se le cayera o si se le empezaran a dormir las piernas. La espera daba un matiz tenso a la noche. El coronel se metió la mano en el chaleco. Fei se puso tensa.

—No hace falta que estés nerviosa. Es solo un diario —dijo él abriendo la cubierta. Fei se fijó en que no había nada corriente en aquel cuaderno. El contenido se dividía en columnas de fechas y otros datos meticulosamente apuntados.

El coronel sacó un lápiz del lomo y buscó una página hacia las tres cuartas partes del cuaderno.

—¿Apunta cosas ahí?

—Sí.

—¿Por qué?

Él lo cerró y sujetó con la banda de cuero que llevaba aparejada. Con la misma precisión guardó el lápiz en el lomo.

—Es bueno llevar un registro. Llegará un momento en que la gente necesitará saber qué he hecho. No quiero que los periódicos y los biógrafos se lo inventen por no contar con los datos.

–¿Es la historia de su vida?

Él se volvió tan bruscamente que Fei dio un respingo.

–No lo llames así, «historia».

–Lo siento.

–La gente no siempre comprende por qué los líderes tienen que hacer lo que hacen.

–¿Quiere que lo comprendan?

–Por supuesto.

–¿Lo anota todo en ese libro? ¿Lo bueno y lo malo?

–¿Cómo si no se comprendería el contexto?

Qué sabía ella.

Tres hombres llegaron con dos caballos ensillados.

–Coronel.

–Señores.

Los hombres no poseían el aspecto pulcro del coronel. Parecían lo que probablemente fueran, oportunistas. Hombres que hacían lo que fuera por dinero.

Daniels la miró con superioridad.

–¿Necesitas ayuda?

Para levantarse, no. Para subirse al monstruoso caballo que le habían llevado, probablemente.

–No lo sé.

–Pues en vista de que se nos está yendo la luz…

La agarró por la cintura y la subió a lomos del enorme caballo castaño. Ella se agarró al pomo de la silla, contenta de no haberse puesto la dinamita alrededor de la cintura.

–*Xei-xei*.

–Me gusta como lo dices.

–Lo recordaré.

«Y no volveré a decirlo».

Él sonrió, agarró las riendas del caballo y puso rumbo hacia el sur.

–Estoy seguro.

Capítulo 15

Eran veinte cuando quisieron llegar al depósito y Fei ya no tenía miedo. Y eso que al partir no le faltaba, pero se había pasado las horas de viaje rezando y esperando. Sin embargo, no había ocurrido milagro alguno. Ni había aparecido héroe alguno. Al cabo de doce horas, había decidido que tendría que salvarse sola. Después de catorce, tenía un plan. Después de quince, estaba dispuesta a llevarlo a cabo. Los caballos subieron hasta el claro.

—Ya hemos llegado.

Los hombres miraron a su alrededor.

—No veo nada.

El coronel sacó su revólver.

—Andarse con jueguecitos ahora sería estúpido, querida.

El revólver no le daba miedo. No la matarían hasta que supieran con seguridad que estaban en el depósito correcto.

—Es aquí.

Fei desmontó.

—¿Adónde vas?

Ella se acercó rígida a la roca.

—Se entra por ahí.

Los hombres desmontaron y ataron las riendas de los caballos a un arbusto. Los caballos agacharon la cabeza de inmediato y se pusieron a pastar. Había sido un largo viaje.

—¿Por dónde?

Ella se metió tras la roca. El coronel la agarró por el brazo y la arrastró hacia fuera.

–No, no, de eso nada.

–Pero se entra por aquí…

El hombre que atendía por John se acercó.

–Qué sitio más estrecho. ¿Crees que es una trampa?

–Que entre ella primero para comprobarlo.

John la empujó. Daniels tiró de ella otra vez.

–No sin una garantía de que podremos recuperarla.

–¿Qué sugieres?

El coronel agarró un trozo de soga.

–Atémosla. Podremos sacarla tirando de la cuerda –le ató la cuerda alrededor de la cintura y le hizo un nudo fuerte a la espalda. John le tiró después al coronel una cuerda más fina. Daniels la utilizó para atarle los pies y las manos por delante y aseguró la cuerda a la soga gruesa que llevaba a la cintura. Fei aguardaba de pie, pacientemente. No podía poner en práctica su plan hasta que no entrara en la cueva. El coronel le apartó el pelo de la cara–. Así estás muy guapa.

Ella hizo una inclinación con la cabeza, dándole la impresión que él quería.

–Venga, que entre. Este sitio me da escalofríos.

Daniels la empujó al interior.

El depósito estaba tal y como lo dejaron Shadow y ella. La saca con las latas de comida que habían llevado seguía estando en la boca de la cueva. Las alforjas para sacar el oro estaban sobre la pared del fondo. Las mantas y las almohadas seguían enrolladas a una distancia de tres metros de cada lado del hoyo para hacer fuego. Era como si todo la estuviera esperando, anticipando ávidamente la hora en que llegara para recoger el testigo de su intento original y arreglar todo lo que había ido mal desde que desobedeció la orden de Shadow de quedarse quieta y no meterse en problemas.

El depósito seguía igual, pero todo lo demás había cambiado. Ella había cambiado. Ya no tenía miedo. Miedo de tomar una decisión al menos. Daniels y sus hombres no iban a hacerse con su oro. Tampoco recuperarían a Shadow. Y desde luego no se iban a quedar con ella.

A su espalda oyó al coronel y sus hombres bregando por colarse por el estrecho agujero de entrada. No tendría mucho tiempo una vez lo consiguieran. Rebuscó torpemente en el saco de la comida hasta dar con el cuchillo y cortó la cuerda que le ceñía las muñecas y la cintura. Los trozos cayeron al suelo. Se sacó los fósforos y el mapa del bolsillo y se quitó el vestido y las enaguas.

Oyó al coronel maldecir cuando notó que desaparecía la tensión de la soga.

—¡Fei Yen!

Fei sintió que el corazón se le subía a la garganta. Era ahora o nunca. Encendió el farol y se adentró en la cueva. Lo apoyó en una roca y consultó el mapa. Se concentró en las anotaciones, pequeñas como piedrecillas. Hacía dos meses que no comprobaba el estado de los explosivos que su padre había repartido por la cueva. Tenía que asegurarse de dónde estaban las conexiones. No tendría mucho tiempo cuando empezaran las explosiones. La estrecha boca de la cueva era solo una demora, no una solución.

—¡Maldita sea, niña, ven aquí ahora mismo!

Y no iba a durar mucho. Le temblaron las manos. Iba a salir de allí de un modo u otro.

—Quítate del medio, John —le oyó decir a Daniels.

—¿Por qué? ¿Para que te quedes tú con todo el oro?

Fei tomó el farol. La luz vacilante lanzaba grotescas sombras a lo largo de la pared que hacían resaltar las zonas excavadas y los túneles reforzados. Había tierra suelta alrededor de la entrada de estos. El depósito era menos estable que antes.

—Quítate el cinto, maldita sea —le oyó decir al coronel.

Era hora de irse. Siguiendo las señales del mapa, rodeó

el perímetro de la cueva comprobando las espoletas en la entrada a cada uno de los tres túneles que se adentraban aún más en la cueva. El túnel de la izquierda conducía a la cascada. El central no tenía salida. El tercer túnel, estrecho y desvencijado, parecía que tampoco tenía salida, pero zigzagueaba por detrás de la cascada. Llegar hasta allí era la clave de su plan. Si las explosiones comenzaban allí, podría escapar por la parte de atrás de la cueva dejando a los hombres atrapados en el centro. Enterrados. Se estremeció ante la horrible imagen. El estómago le dio un vuelco, pero desechó la debilidad. Aquellos hombres habían matado a otros. Los matarían también a ellos, a Shadow y a ella. Había que detenerlos. Ella podía detenerlos. No podía pensar en otra cosa.

Comprobada la sección delantera, Fei se dirigió al fondo de la cueva por el túnel de la izquierda. Odiaba aquella parte. Había repisas elevadas que se desmoronaban a lo largo de todo el camino horadado. Había estado a punto de caer y matarse cuando una zona más estrecha en una de aquellas repisas cedió bajo su peso mientras colocaba las cargas.

Apartó el recuerdo de la cabeza y recogió la saca de oro que se había reservado para ella meses atrás y la arrastró hasta la repisa. Buscó en el suelo el cable y al no encontrarlo le entró pánico. Tomó una profunda bocanada de aire y repitió la búsqueda. Había un montón de piedrecitas que no parecía normal. Lo apartó con suavidad y allí encontró el cable, pero no recordaba haberlo cubierto con piedras. Se sentó sobre los talones. El corazón le martilleaban en la garganta y tenía la respiración acelerada. Tampoco recordaba haber atado aquellos cables.

–¡Fei!

Se levantó de un salto al oír retumbar ruidosamente su nombre en la cueva. Daniels y sus hombres estaban dentro.

–¿Dónde estás?

Ella no respondió, sino que continuó hasta la siguiente carga.

–Mierda –los oyó mascullar–. Aquí no hay oro.

Había algo tirado en el suelo.

–Cómo que no. ¡Mira esto!

Habían encontrado el oro que había recolectado antes de ir a rescatar a Lin. Bien. Eso los mantendría ocupados un rato. La siguiente carga estaba como la primera: los cables unidos y cubiertos de piedras. Sabía que ella no lo había hecho, lo que la llevaba a preguntarse quién lo había hecho. El corazón empezó a latirle desaforadamente y aumentó la sensación de angustia que se le había formado en la boca del estómago.

Los hombres se pusieron a soltar alaridos cuando encontraron los víveres. Las latas cayeron con ruido metálico en la roca cuando aquellos empezaron a vaciar el contenido de los sacos. Tenía que darse prisa.

–Sigue el arroyo. Me parece oír una cascada al fondo.

–El oro suele encontrarse donde el agua corre –Fei creyó que era John quien lo dijo.

–La pala de la naturaleza lo llamo yo.

A Fei le resultó más sencillo dar con las demás cargas ahora que sabía lo que andaba buscando. Le dolían los músculos de ir con su carga a cuestas. Una vocecilla interior le decía que lo dejara, pero no podía. Para ella era un nuevo comienzo. Las sombras bailoteaban en las paredes conforme pasaba, las rocas se rozaban unas con otras bajo sus pies. «Demasiado ruido, demasiado ruido». Intentó caminar con más cuidado. En vez de silencio, propició un pequeño desprendimiento. El sonido reverberó por toda la cueva. Se pegó a la pared y miró hacia el techo, esperando que se derrumbara de un momento a otro. No lo hizo, pero acababa de llamar la atención de los hombres. Oyó que se iban aproximando. No era mala cosa.

–¡Creo que la tenemos!

–Hay una luz ahí abajo.

–¿Es la mujer?

–Maldita sea, eso espero. Hace siglos que no estoy con una mujer como es debido.

Fei corrió a la cascada. Sacó varias pepitas del agua y las repartió por la orilla. Necesitaba apelar a la codicia de los hombres para retenerlos. Solo un poco más.

Comprobó a continuación los fósforos. Estaban secos y listos. Tomó aire y asintió con seguridad en sí misma. Ella también lo estaba.

Dejó el farol detrás de ella y dejó que la luz iluminara el lugar, atrayendo así al coronel y sus hombres.

–Ahí está –gritó alguien.

–¿Por qué no te haces un favor y vienes, querida? –gritó Daniels como si la estuviera invitando a cenar.

«Querida». En sus labios el término cariñoso sonaba obsceno. Adoptando una calma que no sentía, Fei sujetó la dinamita, escuchando el relajante siseo de la mecha, y no respondió. Los hombres avanzaban haciendo obscenos comentarios y diciendo lo que iban a hacer con su cuerpo. «Un poco más. Solo un poco más». Algo pasó volando junto a su oído y se le escapó un gritito. El autor de la última grosería cayó al suelo con un cuchillo en la garganta. Su última obscenidad murió en un borboteo de sangre.

Fei oyó una voz grave proveniente de las sombras que dijo:

–Todo hombre debería saber cómo se le habla a una dama.

«Oh, Dios mío». Había alguien más. «¿Quién eres?», quiso preguntar, pero se lo impidió el nudo de la garganta. A la duda de si sería amigo o enemigo, respondió el desconocido con la siguiente pregunta:

–¿Lista para lanzarlo?

El corazón empezó a latirle de nuevo. Amigo. Tenía que ser amigo.

–Casi.

Los hombres de Daniels se agacharon y sacaron sus armas.

Ella permaneció de pie, proporcionándoles un objetivo.

–¡Agáchate! –le ordenó el desconocido.

Ella negó con la cabeza. El corazón le martilleaba en el pecho, pero permaneció totalmente inmóvil y empezó a contar. Necesitaba que los hombres se quedaran donde estaban.

Cinco.

Cuatro.

Tres.

Dos.

Uno.

Cuando quisieron darse cuenta de qué era lo que atravesaba el aire en dirección a ellos, Daniels y sus hombres no tuvieron tiempo de reaccionar. Las paredes temblaron y gimieron. La explosión reverberó con un ruido atronador. Una mano la agarró por la espalda de la camisa y la obligó a agacharse, golpeándola contra una roca al hacerlo. Fei vio vagamente una mata de pelo largo y unos hombros anchos antes de que el desconocido tomara el farol y a ella y la arrastrara tras él, pues él iba más deprisa de lo que podría ir ella nunca.

—Por ahí no —le advirtió con un gemido ahogado.

El desconocido no lo oyó o no le importó. Justo antes de que alcanzaran el lateral de la cascada, viró hacia la izquierda, guiándola a través de los traicioneros caminos con precisión y burlando así a los hombres. Ella sabía que debía de llevar un tiempo dentro de la cueva para conocer aquel atajo. Cuando llegaron a la sala situada a la derecha de la entrada de la cueva, posó el farol, la agarró por la cintura y la lanzó por encima del estrecho barranco como si no pesara nada. Rocas pequeñas y piedrecillas le rebotaron en el hombro mientras rocas de mayor tamaño se desprendían y rompían. Se puso de pie y miró hacia atrás por encima del hombro. Pudo ver bien al desconocido cuando se preparaba para saltar. Y ahogó un grito de sorpresa.

No era corpulento, era gigantesco. Alto y de hombros anchos, llevaba un chaleco negro sin camisa debajo, dejando a la vista los definidos rectángulos de los músculos del abdomen. Tenía los poderosos brazos y torso de un herrero, pero se movía con la elegancia de un guerrero. Su tez era oscura. El pelo negro por los hombros se le retiró de la cara cuando tomó carrerilla para saltar el barranco. Justo antes de que lo hiciera, cayó una roca de más arriba.

–¡Cuidado!

Demasiado tarde. Le golpeó la cabeza. Su sombra se proyectó en la pared del fondo en un dramático crescendo para terminar cayendo de rodillas a escasos centímetros del barranco. Más allá de la entrada se oyeron ladridos.

De repente se quedó sin opciones. No podía dejarlo allí. Tomó carrerilla y saltó de nuevo el barranco. Comprobó su pulso. Estaba vivo, pero inconsciente. Lo agarró por las piernas y tiró de él para alejarlo del borde. Le dolían los músculos traseros de los muslos, pero no consiguió moverlo más que unos centímetros.

A juzgar por el sonido de voces furiosas, el coronel y sus hombres estaban desorientados, pero se estaban reagrupando. Aunque dudaba mucho que fueran capaces de encontrar aquella sala. Desde su perspectiva, la entrada estaba a un lado de lo que parecía un túnel sin salida. Las voces se fueron apagando. Se habían metido en el túnel sin salida. Bajó la intensidad del farol. Eso le daría un poco de tiempo, pero los hombres regresarían pronto. Tenía que volver para encender la dinamita en aquel lado primero. Ése era el plan. Acorralarlos en el centro de la cueva mientras esta se les venía encima.

Era un plan bien trazado. Los planes de su padre siempre lo eran. Pero en ninguno constaba que hubiera que mover a un gigante desmayado. Se oyó nuevamente el ladrido al fondo del túnel. Tenía que venir de la segunda entrada. ¿Habría gente que pudiera ayudar? ¿Amigos de aquel hombre? Tenía que arriesgarse a llamarlos. No podía moverlo ella sola y no podía plantar cara a Daniels allí sentada. Aunque estuvieran ocultos en aquella sala, si seguían buscando terminarían por encontrarlos. Y seguirían buscando.

Aquellos hombres no abandonarían la cueva hasta que no hubieran registrado hasta el último rincón y la última fisura. La codicia los llevaba a ser meticulosos.

—Maldi...

Una mano le tapó la boca. La palma sabía a tierra. Bajó la vista. El hombre la estaba mirando. Al menos había despertado.

—¿Fei Yen?

¿Sabía su nombre? Fei asintió con recelo.

El desconocido retiró la mano. El hombre tenía una voz grave y arrastraba las palabras. No era tan seductora como la de Shadow, pero se le antojó calmante de alguna manera. Decía que era un hombre capaz de encargarse de todo.

—Te estábamos buscando.

—¿Quiénes?

—Los Ocho del Infierno.

La familia de Shadow. El alivio fue tal que sintió vértigo. Definitivamente aquel hombre era amigo.

—¿Quién eres?

—Tucker McCade, señora. Shadow me ha enviado a por ti.

—¿Sigue vivo? —más alivio.

Tucker se incorporó y se tocó la cabeza, luego quitó la mano y la miró. Tenía los dedos manchados de sangre.

—Sí, señora.

Fei cerró los ojos y dio gracias a los ancestros.

—¿Dónde te encontraste con el coronel? —le preguntó.

—En Simple. Me encontró gracias a mis intentos de encontrar trabajo. Yo no sabía... Estaba disgustada, me ofreció un pañuelo...

Tucker asintió, llevándose los dedos de nuevo a la cabeza.

—Y cuando te quisiste dar cuenta eras su prisionera.

—Sí —susurró ella. Una vocecilla poderosa le decía «cállate, vete y detona la dinamita», pero Tucker seguía mareado a causa del golpe. Tenía que esperar. Tenía que reunir toda la paciencia necesaria mientras el reloj avanzaba–. ¿Cómo lo has sabido?

–No tienes que contarme cómo actúa el coronel.

–¿Cómo sé que eres amigo de Shadow?

–¿Estás diciendo que miento?

Ella se humedeció los labios. Nadie con dos dedos de frente acusaría de mentir a aquel hombre, aunque dijera que era de noche en pleno día.

–Quiero que me des pruebas de que eres su amigo.

–Se supone que tu prima y tú matasteis a un jabalí porque tropezasteis y os caísteis encima.

Fei suspiró y sacudió la cabeza. No estaba siendo su momento más femenino del día.

–Solo a Shadow se le ocurriría contaros eso.

Tucker se rio suavemente y se apretó la cabeza con la mano.

–Shadow no solo lo cuenta, presume de ello.

–¿Está orgulloso de eso?

Tucker sonrió.

–Ese hombre tiene una opinión muy elevada de ti, señora Ochoa.

Parte del hielo que sentía dentro de su ser se derritió. Shadow había presumido de ella y la había reclamado como su mujer ante su familia.

–No se avergüenza de mí.

Tucker le dirigió una acerada mirada.

–Yo diría más bien lo contrario.

Ella cerró los ojos para repeler las amargas lágrimas.

–Gracias.

–No llores.

–No lo haré –era solo que era agradable saberlo. Si su plan fallaba y moría, podría añadir aquella certeza a sus recuerdos.

Las voces de los hombres se oían cada vez más cerca. El coronel y sus hombres volvían del túnel sin salida. Tenían que moverse.

–¿Puedo confiar en ti?

–¿Quieres hacerlo?

No estaba segura y se quedaba sin tiempo.

–¿Te resultaría más fácil si te dijera que mi mujer dice que soy achuchable?

¿Aquel hombre, achuchable?

–¿Estás casado?

–No sé por qué te sorprendes tanto. Y sí, con una pequeña pacifista, testaruda.

Fei observó aquella inmensa cantidad de músculo, sembrada de cicatrices que tenían que haberse acumulado a lo largo de años de peleas. Recordó cómo había lanzado el cuchillo.

–¿Tú eres pacifista?

–Estoy en ello.

–¿Entonces para qué me sirves?

Él sonrió y le tendió la mano, ayudándola a levantarse antes de levantarse él. La sonrisa le transformó el rostro, que pasó de austero a… amable.

–Hoy no estoy esforzándome demasiado.

–No estoy segura de que debiera confiar en ti.

–¿Por el oro?

Ella asintió. Él se encogió de hombros.

–Si quisiera tu oro, podría habérmelo llevado hace un buen rato y no podrías detenerme.

Ella señaló con la barbilla en dirección al origen de las voces.

–Podría dirigirlos hacia ti.

Daniels y sus hombres se habían vuelto más osados al no oír más explosiones. Estaban casi a la altura de la cascada.

–Sí, podrías, pero ellos tampoco podrían detenerme.

No era jactancia. Lo dijo como Shadow decía aquel tipo de cosas. Como si fuera una verdad insoslayable. Y probablemente lo fuera. Si lo único que quería era el oro y escapar, podría haberlo hecho mucho antes.

–Además, tu plan es volarlos por los aires.

–Sí –contestó ella, ladeando la cabeza–. Eres tú el que empalmó los cables.

–No pude evitarlo. Un bonito patrón. Los tenías acorralados. Explosiones en cadena.

–El patrón lo ideó mi padre, pero tengo que terminarlo.

No podían salir sin hacerlo. Los otros eran muchos. Asintió.

–Sí. Entre los hombres que hay aquí dentro y los tiradores que están fuera, nos tienen atrapados.

–¿Tiradores?

–Shadow y los demás se están ocupando de ellos, pero no creo que les dé tiempo. Vas a tener que actuar.

Ella tragó saliva y asintió. Lo comprendía. Su situación no había cambiado demasiado. Seguían siendo ellos o ella.

–¿Shadow está bien?

–Preocupado por ti. Si no fuera porque odia los sitios pequeños, habría entrado él aquí. Digamos que Caine tuvo que forzar la situación –y sosteniéndole la mirada, añadió–: Él quería estar contigo.

Fei se alegró de que no estuviera. Las posibilidades de que su plan saliera bien no eran halagüeñas.

–¡Creo que veo la salida! –gritó alguien.

–Pues tú puedes irte corriendo –espetó otro–. Yo no pienso irme sin llevarme ese oro.

Tucker la miró con complicidad.

–Están donde querías.

–¿Cómo lo sabes?

–Las pepitas de oro no aparecen en un montoncito en un arroyo. Alguien lo preparó.

Fei no sabía qué decir. Al parecer, Tucker no necesitaba que dijera nada. Estaba estudiando nuevamente el mapa.

–¿Cómo vas a volver a encender la mecha?

Ella sacó su mapa.

–Hay un túnel a la derecha que da un rodeo y vuelve por detrás de la cascada.

Tucker estudió la situación.

—Tendrás que detonar la que está delante para que eso funcione.

Ella asintió.

—Yo lo haré.

—Te quedarás atrapado.

Él dio unos golpecitos en el papel.

—Hay una salida más grande un poco más abajo.

—¿El respiradero?

—De ninguna manera iba a poder salir por ahí detrás, así que agrandé un poco el hueco. Espero que no te importe.

Seguro que tenía que haberlo hecho. Por primera vez desde que entrara en la cueva sintió una pizca de esperanza. Puede que sobreviviera.

—No me importa. ¿Y los tiradores?

—No será la primera vez que le arruino el día a uno de ellos.

El oro no los mantendría distraídos eternamente. Era ahora o nunca. Tucker le cubrió la mano y la miró a los ojos.

—¿Seguro que quieres hacer esto?

No había duda.

—El oro no es mi destino.

—Es tu oportunidad de empezar de cero.

—Shadow habla demasiado.

Tucker se rio por lo bajo.

—¿Crees que podrás llegar hasta aquí? —señaló en el mapa el punto en el que estaba el siguiente detonador.

—Sí. No me verán.

—Voy a necesitar una distracción.

Tenía razón. El detonador de él estaba a la vista en el lecho del arroyo con la trampa del oro. Fei se sacó la dinamita del bolsillo.

—Yo te la daré.

—Llévate el farol —ella lo tomó—. Y Fei…

Esta se dio la vuelta.

–Ten cuidado.

Ella asintió. Siempre tenía cuidado. Especialmente ahora que había esperanzas de futuro. Solo tenía que llegar a aquel sitio. El terreno era peliagudo, había muchas piedras sueltas y a ratos se inclinaba peligrosamente, pero tenía que ir hasta allí. Solo había un lugar en el que poder colocar la dinamita de manera eficaz. Si Daniels pasara con éxito por aquel punto, Tucker quedaría atrapado. No tenía en mente una explosión capaz de matarlos. Simplemente les bloquearía la entrada principal, lo que los obligaría a regresar al centro de la cueva. Las cargas que había colocado dos meses atrás se encargarían del resto.

Vio a Tucker tomar posiciones desde lejos. Parcialmente oculto tras una roca, le hizo una señal con el pulgar hacia arriba. Ella encendió el fósforo. Los hombres de Daniels se volvieron al ver la llamarada de luz.

–¡Allí está!

–¡A por ella!

Ella negó con la cabeza y encendió la mecha. Tenían que quedarse donde estaban.

Cinco.

Cuatro.

Tres.

Dos.

Uno.

Capítulo 16

Tucker había hecho su parte del trabajo. Las explosiones se produjeron una tras otra. Un hombre que estaba cerca de una de las cargas fue catapultado por los aires como un muñeco. Otro se lanzó a cubierto entre imprecaciones. El único que no se dejó vencer por el pánico fue el coronel. Con determinación inquebrantable corrió hacia ella mientras las rocas se desprendían y caían por todas partes envolviéndolo todo en una polvareda más espesa que el humo. Costaba oír, respirar, hasta pensar. Fei no había caído en la cuenta del ruido que se iba a formar. Ni en lo devastadoras que iban a ser las explosiones. Parecía que el mundo se fuera a acabar. Se giró y salió corriendo hacia el interior de la cueva. No tenía mucho tiempo. Las cargas estaban instaladas por toda la cueva por secciones. Era el plan de último recurso. Y ahora que lo había puesto en marcha, no había manera de detenerlo.

—¡Maldita seas! —gritó Daniels por encima de las explosiones.

Fei miró hacia atrás por encima del hombro y vio que la iba alcanzando. El farol que llevaba el coronel en la mano se balanceaba frenéticamente, iluminándolo todo con una luz estridente. Llevaba el revólver en la mano.

—¡No!

Fei se volvió y le lanzó su farol. Cayó al suelo a la derecha de él. El aceite se derramó y se incendió, aumentando el caos reinante. Daniels lanzó una risotada entre el horror de la caverna que se hundía y las llamas que se iban expandiendo. Estaba loco.

«¡Más deprisa!», le gritaba su mente, pero daba igual lo rápido que corriera, el coronel corría más rápido que ella. Tras él, la cueva comenzó a derrumbarse. Las siguientes dos explosiones fueron muy seguidas. Oyó un grito a su espalda. Al mirar por encima del hombro vio al coronel de rodillas bajo una lluvia de rocas.

«Bien».

Llegó hasta la cascada. Giró en el recodo y se detuvo junto al montoncito de piedras. Retiró las de arriba y liberó la mecha. Entonces se metió la mano en el bolsillo y buscó un fósforo. Vaciló durante un momento. Después de aquello no habría marcha atrás. No habría oro. Ni futuro. Ni un nuevo comienzo. El coronel tomó el recodo. Iba cubierto de sangre y estaba furioso. Encendió el fósforo. Nada.

—¿Dónde estás, zorra?

Ni amenaza para Shadow.

«Enciéndete, enciéndete», repetía una y otra vez mentalmente. El fósforo se encendió con una llama. Protegiéndola con la mano, la acercó a la mecha.

La mecha siseó y salieron chispas. Perdió unos segundos preciosos asegurándose de que no se apagara. El coronel la vio. Se le había terminado el tiempo. Medio gateando, medio corriendo, guiándose por el tacto, llegó hasta la estrecha repisa que se adentraba en la cueva. Estaba muy, muy oscuro. Sin despegar la mano de la pared, se puso de pie y corrió con desesperación y temeridad. Llegado ese punto tenía muy pocas posibilidades de escapar. Si la mecha ardiera un poco más despacio de cómo estaba diseñada, si ella corriera un poco más rápido de lo que creía que podría… tal vez hubiera una posibilidad.

Algo la golpeó por detrás. Los fósforos salieron volando de su mano cuando cayó como un fardo al suelo y se golpeó la nariz con una roca. Estaba aturdida, no se podía mover.

—Maldita zorra —aquellas palabras resonaron en sus oídos—. Es mi oro lo que estás volando.

Unas manos toscas la obligaron a darse la vuelta. No había nada pulcro en Daniels en ese momento. Tenía el pelo cubierto de polvo y masas apelmazadas le salían disparadas en todas direcciones. Le corría un reguero de sangre por la cara, dibujando líneas de aspecto demoníaco en el polvo que resplandecían fantasmagóricamente a la débil luz del farol tirado por el suelo.

—Te voy a matar.

Fei seguía llevando el morral a la espalda. Todavía le quedaba esperanza. La cueva tembló a su alrededor como si estuvieran en mitad de un terremoto. Había colocado bien la dinamita. El derrumbe era inminente.

—¡Suéltame!

Fei lo atacó a los ojos. Él le apartó las manos. Fei le dio patadas en las piernas y le lanzó puñetazos a la cara. El coronel maldijo y la agarró por la garganta. Fei le abofeteó la cara y le agarró las manos, tratando de soltarse, pero en vano. Aquel hombre le atenazaba la garganta con la fuerza de un demonio, impidiéndole respirar. Ella bajó la mano y se topó con algo cuadrado de cierto tamaño. «El diario». Puede que se hubiera quedado sin el oro con el que comprar la libertad de Shadow, pero todavía estaba el diario de Daniels. Intentó hacerse con él con la mano derecha mientras forcejeaba tratando de alcanzar el morral con la izquierda. Daniels apretó con más saña. Le dolía el cuello y el pánico amenazaba su mente, pero de un modo extraño era como si a la vez funcionara desde otro plano, escudándose del horror a fuerza de determinación. Enganchó el dedo en el bolsillo del morral. Su mano rozó el cuchillito que usaba para pequeñas tareas diarias justo cuando los límites de su visión se volvían negros.

—¡No! —gritó ahogadamente desde el corazón. No podía perderlo todo ahora. Estaba muy cerca. Cerca de la salida. De su vida.

«Shadow». Su rostro se le apareció mentalmente. Su amado y decidido rostro. Alargó la mano y la curvó alrededor de la nuca de Fei, acariciándole la mejilla con el pulgar. Era tan real que podía sentirlo. Piel áspera acariciándola con ternura infinita. Por encima del asqueroso rostro del coronel, los ojos de Shadow se clavaron en los suyos con un mensaje que no podía leer, sus labios formaron sílabas que no podía oír.

–Shadow…

El mero hecho de pronunciar su nombre le dio fuerzas.

El coronel se inclinó hacia delante y le susurró al oído:

–¡Qué jodan a ese indio y que te jodan a ti!

«¡Vive!».

La orden cobró vida de repente en su mente justo cuando el cuchillo cayó en su mano. Abrió el seguro de la funda con el pulgar y, mirando al coronel a los ojos, se lo hundió en el cuello con todas sus fuerzas. Él se echó hacia atrás y se llevó la mano a la garganta. Fei le puso el pie en el centro del torso y empujó. El coronel cayó de lado en el momento en que la repisa se desmoronaba. Los pies se le fueron hacia delante, hacia el borde. Ella se echó hacia atrás a trompicones. El coronel alargó el brazo y le rodeó el tobillo con saña. Acto seguido sintió que se deslizaba con él hacia el abismo. Afianzó los pies como pudo tratando de vencer la gravedad. Estaban muy cerca del borde, el abismo se cernió sobre ellos amenazadoramente, engullendo a Daniels. Su risotada demente resonó por toda la caverna mientras se precipitaban hacia el borde de la repisa.

–¡Shadow!

El grito se perdió entre las sacudidas de una nueva explosión.

Oyeron las explosiones antes de llegar a la cueva.

–¡Mierda!

–Parece dinamita –dijo Caine.

–Dijiste que a tu esposa se le daban bien esas cosas, ¿no? –dijo Tracker.

–Lo mismo es Tucker –opinó Zach–. Le encanta jugar con esas cosas.

Pero Shadow sabía que no era Tucker. Espoleó a Noche y subió al galope la pendiente que conducía a la boca de la cueva.

–Es Fei.

Tracker se le puso a un lado, Zach al otro. Tracker se agachó para agarrar las riendas de Noche y tiró hacia él mientras Caine los adelantaba y se colocaba en primera posición. Shadow se dio cuenta de que lo estaban protegiendo.

–No sabemos en qué nos estamos metiendo –espetó su hermano con brusquedad–. Usa la cabeza.

A Shadow le importaba bien poco en lo que fueran a meterse. Si Fei estaba volando la cueva por los aires es que tenía problemas.

«¡Shadow!».

El grito de Fei resonó como un susurro imaginario mezclándose con el apremio que sentía por dentro.

–Que te rompas el cuello no la va a ayudar –gritó Sam.

–Y tampoco que estemos aquí perdiendo el tiempo –se sacó el cuchillo de la bota e, inclinándose por encima del cuello de Noche, cortó las riendas que sujetaba Tracker.

El caballo permaneció fiel a su jinete, descendiendo al galope aun con la diferencia del peso. Tracker se lanzó a un lado cuando cedió la tensión de las riendas. Zach siguió aferrándose con firmeza, en su atezado rostro se dibujó una sonrisa y se llevó los dedos al sombrero mientras Tracker dejaba caer al suelo las inservibles correas de cuero.

–Como quieras.

Tracker se volvió a colocar sobre su montura. Caine lo alcanzó y se le colocó a la derecha, Sam a la izquierda, los cuatro cabalgando con la misma temeridad que Shadow. Los caballos alcanzaron la llanura con un último impulso entre bufidos. No hubo preguntas. Ni discusiones.

Shadow estaba en el suelo, corriendo, sin esperar a que Noche se hubiera detenido. Caine le iba a la zaga, seguido por Tracker, Zach y Sam.

En cuestión de segundos quedó claro que era imposible pasar por aquella abertura. Shadow maldijo dando una palmada sobre la roca.

–¿Dónde demonios está Tucker?

–Si Fei está ahí dentro, él también –respondió Sam. La dinamita seguía explotando. Los caballos del coronel, atados a los árboles, pateaban la tierra presas de la agitación. Sus jinetes no salían a por ellos.

–Allí.

Shadow miró en la dirección que apuntaba Caine y divisó una fina columna de humo.

–¡Hay otra entrada!

–Según parece no va a durar mucho.

Duraría lo suficiente. Shadow no permitiría que fuera menos. Subiéndose de un salto a lomos de su caballo, lo puso de nuevo al galope. El macho le dio lo que le pedía, corrió a toda velocidad por el rocoso terreno. Pero no era suficiente. Las explosiones cesaron. Shadow saltó de nuevo al suelo y en ese momento la tierra dejó de sacudirse y la fina columna de humo se esfumó casi por completo. De haber llegado un minuto más tarde, no la habrían visto.

«Aguanta, Fei».

–¿Sigues pensando que está ahí dentro? –preguntó Tracker.

Shadow no tenía la más mínima duda.

–Sí.

–Tendremos que agrandar la abertura. Puede que baste para una mujer, pero nosotros no cabemos por ahí –dijo Sam, desmontando.

Shadow agarró la pala que llevaba atada a la silla.

–Pues manos a la obra.

Los otros lo imitaron.

–Menuda determinación la suya si ha sido capaz de echar abajo toda la cueva con ella dentro –dijo Zach.

–¿Podría haber sido un error? –preguntó Tracker.

–No.

–Tal vez la dinamita estuviera inestable –terció Sam.

Shadow se acordó de Fei aquella noche con la dinamita en la mano, totalmente segura de sí misma, mientras se tiraba un farol.

–No es un error.

Se puso a cavar. La tierra era dura y rocosa. Le costó roturar a la primera. Se le hizo un nudo en el estómago. Fei. Tenía su imagen en la cabeza. No como era posible que la encontrara, ensangrentada y aplastada bajo toneladas de roca, sino como estaba la última noche que pasaron juntos. Dulce, apasionada y generosa. Su Fei.

«¡Vive!».

Otras tres palas golpearon la tierra y la roca que había debajo. Juntos cortaron y cavaron, agrandando la abertura.

–La aparté de mi lado para alejarla de esto.

–¿De morir? –preguntó Tracker.

–Sí.

–¿Y pensaste que alejarla de tu protección lo garantizaría?

–Sí.

Tracker tiró una palada de tierra a un lado.

–Eres un cabrón arrogante.

–Ahora no, Tracker –gruñó Caine.

–¿Dónde está Zach?

–Cubriéndonos el culo, como siempre.

–Dejad de hablar y cavad –ordenó Shadow.

–Solo intentaba distraerte.

–No quiero que me distraigas.

–Nunca quieres –espetó Tracker–. Tú te aferras a algo como si fuera el único modo de hacer algo, tanto si es cierto como si no.

–¿Y eso qué demonios significa?

–Ahora no, Tracker.

–Si vas a irritarte por todo, será mejor que te subas a la loma con Zach.

–No.

Sam agarró una roca de gran tamaño y la apartó del agujero empleando al máximo sus músculos.

–Por si no te has dado cuenta, Shadow, todos tenemos ganas de patearte el culo.

La roca cedió. Ya se podía pasar por el hueco.

–Podéis hacerlo luego.

Caine encendió un farol con un fósforo. Sam le pasó una cuerda. Shadow la ató al farol y lo metió por el agujero. No llegaba a un metro de profundo. El suelo estaba sembrado de rocas y tierra suelta. Todavía quedaban restos de la polvareda. Era un hueco muy pequeño.

Sam se desabrochó las pistoleras.

–Voy a entrar.

Shadow lo agarró del brazo.

–No. Yo iré.

–Es muy estrecho. Yo tengo más posibilidades.

–El interior es inestable.

–¿Y crees que lo será menos si entras tú?

–No te gustan las cuevas.

–Es mi mujer.

–Por eso mismo es importante para todos nosotros.

Lo sabía. Se despojó de las armas y las dejó caer al suelo. Pero sería él quien entrase.

Tracker enarcó una ceja.

–Debes estar muy enamorado para tratar así tus armas.

–Cierra el pico.

Sam le puso las manos en el pecho para detenerlo.

–He dicho que voy a entrar yo.

–Deja que vaya –terció Caine.

–¿Por qué?

–Porque si fuera Bella la que estuviera ahí dentro, tú no dejarías que ningún otro ocupara tu lugar.

Sam levantó las manos y retrocedió.

–Haz lo que tengas que hacer.

–Gracias. Eso creía.

–No hace falta que seas sarcástico –le advirtió Caine.

Sam rodeó la cintura de Shadow con una cuerda y se la ató a la espalda.

–Da tres tirones y te sacaremos tan deprisa que te marearás y todo.

–Entendido.

Tracker le dio el farol.

–Haz lo que sea, pero sal de una pieza.

–Lo haré.

–Bien, porque si no tendré que darte una patada en el culo cuando salgas.

–¿Por qué demonios estás tan enfadado?

–Eres uno de los Ocho del Infierno, Shadow –dijo Caine.

Lo sabía.

–¿Y?

–Eso significa que somos una familia.

–No jodas.

Tracker comprobó el nudo y entonces dio un tirón para llamar su atención.

–Y también significa que tenemos que protegerte.

Iba gateando por su tumba, pensaba Shadow sin cesar mientras avanzaba, agachado, por un túnel de poco más de metro de alto y noventa centímetros de ancho, respirando más profundamente a medida que se adentraba en la cueva. Avanzar por ella era un lento y tedioso proceso en el que tenía que adelantar primero el farol para reptar después hasta él y así una y otra vez. Estaba sudando. No solo porque el ambiente fuera asfixiante, sino porque según avanzaba, la montaña que lo rodeaba parecía pesar más. Carajo, cuánto odiaba los espacios cerrados.

El túnel parecía gemir. Le llovían piedrecitas sin cesar.

El polvo lo envolvía en una densa nube. Tosió y cerró los ojos, esperando a que se asentara.

–¿Estás bien, Shadow? –le gritó Sam.

–Como una rosa.

–Tienes que salir. La cueva podría venirse abajo de un momento a otro.

–Aún no.

–Mira a tu alrededor. ¿Te parece que haya podido sobrevivir?

–No lo sé.

–Te voy a sacar.

–No.

–Sí.

Shadow se metió la mano en la bota y sacó el cuchillo. Sin pensarlo dos veces cortó la cuerda. Dos segundos después, cuando Tracker se dio cuenta de lo que había hecho, comenzaron las imprecaciones.

–Maldito seas, Shadow.

No pensaba salir de allí sin Fei.

Lo único que se veía delante de él era un sólido montón de rocas al llegar a un recodo. Maldición. Gateó hacia él sujetando el cuchillo entre los dientes. Fei estaba detrás. En alguna parte. Se limpió el sudor de los ojos y empezó a quitar las rocas, una por una. Las fue dejando a lo largo del túnel, tratando de no dejarlo impracticable.

–¿Hay alguien ahí? –dijo alguien, la voz amortiguada por las rocas, pero reconocible.

El sonido más dulce que había oído jamás Shadow.

–¿Fei?

–Sí.

No había hecho más que apartar la roca con todo cuidado cuando el hueco se llenó de trozos de cueva que se desmoronaban de la parte superior.

–¿Dónde estás?

–Aquí abajo.

–¿Dónde es «aquí abajo»?

Consiguió abrir un pequeño agujero.

–En la repisa.

«¡Mierda!». Le costó mantener la calma en la voz.

–¿A qué distancia?

–Unos dos metros.

Lo que significaba que si conseguía llegar, lo más probable era que pudiera alcanzarla.

–Tienes que darte prisa. La caverna podría venirse abajo en cualquier momento.

Ya se había dado cuenta.

–¿Estás herida?

–No, pero esto no pinta bien.

No, estar enterrado vivo no pintaba nada bien.

–Voy a sacarte.

–No. El camino se ha hundido. Tardarás demasiado. El aire está viciado.

Justo lo que necesitaba. Más malas noticias.

–Tienes que salvarte tú.

–Estoy en ello –justo después de que la salvara a ella.

–Tucker dijo que no te gustan los espacios cerrados.

Había visto a Tucker.

–Tucker habla demasiado.

Apartó otra roca. Sesenta centímetros más de espacio. Algo es algo.

–Veo la luz.

–Bien.

–¿Qué pasó, Fei? Te dije que te quedaras con tu familia.

–No puedes echarme de tu lado y esperar que vayas a seguir controlándome.

Seguía con aquello.

–Ya sabes cómo es mi vida. No quería que tú tuvieras que llevar esa vida también.

–Aun así, me afectó.

–¿Qué quieres decir?

–Tu coronel me encontró.

–¿Daniels? ¡Hijo de puta!

–Sí. Hijo de puta. Me hizo venir hasta aquí porque quería el oro.

–¿Por qué no se lo diste?

–Era para que yo empezara de nuevo, no él.

–¿Y por eso decidiste volar la cueva?

–No, eso lo decidí cuando él decidió matarme. Me alegro de que no lo haya conseguido.

«Se me dan mucho mejor los faroles que matar». Recordaba cuando se lo dijo.

–¿Qué demonios significa eso?

–Sigue intentándolo.

Shadow se quedó de una pieza.

–¿Te está apuntando con una pistola?

–Creo que está muerto.

Eso explicaba la tirantez que notaba en su voz.

–No pienses en ello.

–No puedo evitarlo. Estoy sentada encima de él.

¿Sentada encima de él?

–¿Qué tamaño tiene esa repisa, Fei?

–No es muy grande. Y se reduce con cada temblor.

–¿Puedes empujar su cuerpo fuera de la repisa?

–No.

–¿Puedes…?

–Shadow, no puedo hacer otra cosa que quedarme donde estoy hasta perder la cabeza.

–Eres demasiado testaruda para perder la cabeza.

–Es lo único que me queda por perder.

El agujero le daba para meter el brazo. Encontró un breve espacio de suelo firme y después nada. Fei tenía razón, el camino había desaparecido. Por lo que podía ver, donde debería haber suelo no había más que una caída al vacío. Se retorció para llegar más lejos con el brazo.

–¿Alcanzas mi mano?

Fei le rozó los dedos. Shadow se lanzó hacia delante y la agarró todo lo fuerte que pudo cuando notó que se le resbalaba. Cerró los ojos con un alivio debilitador por haberla tocado.

—¡Maldita sea, Fei!

Entonces los dedos de Fei resbalaron. Shadow sacó el brazo y gritó a través del agujero:

—¡Fei!

—Lo siento. Cuesta guardar el equilibrio estando encima de él.

Dios bendito. ¿Estaba haciendo equilibrio sobre un cadáver en una estrecha repisa solo para tocarle la mano?

—Lo siento, cariño. No estaba pensando. Pero este no es momento para hacer manitas.

—No, ese tiempo ya pasó.

—Fei…

—Me rompiste el corazón, Shadow Ochoa.

Oírla hablar con voz estrangulada le partía el alma y el muro que había levantado alrededor de sus sentimientos para protegerla comenzó a resquebrajarse. El sollozo que siguió convirtió la pequeña fractura en una falla insondable. El dolor rompió su concentración.

—No llores, cariño.

—No tenías derecho.

Era como un rompecabezas. Tenía que pensar qué pieza mover sin descolocar otra.

—Este no es el momento.

—No hay mejor momento. Se me da muy bien lo que hago. He volado la cueva, así que se acabó. Lo que aún no se haya derrumbado, lo hará en breve.

Sería mejor que hablara aunque le doliera.

—Solo quería que estuvieras a salvo.

—No era elección tuya.

—Claro que sí.

Notó que algo se le clavaba en la cadera.

—¿Qué demonios…?

—Ella tiene razón.

—¿Sam?

–Pensamos que tal vez necesitaras ayuda para salir de este atasco. Me he encontrado con esto ahí fuera.

Shadow alargó hacia atrás la mano y notó que le empujaba la cadera con un tablón. Tendría la longitud de su brazo.

–Voy a necesitar unos sesenta centímetros para sacarla de ahí.

–Entendido –hizo una pausa y al cabo añadió–: Menos mal que es menuda. Si no, no tendríamos probabilidades.

Shadow puso la mano en el montón de rocas e imaginó que podía sentir la mano de Fei al otro lado.

–Te sacaremos en un minuto, Fei.

–No, no lo haréis, pero está bien. He conseguido más de lo que había esperado en la vida.

–No quiero oírte hablar así.

–Yo no quería oírte decirme adiós. No siempre conseguimos lo que queremos.

Sam regresó.

–Yo en tu lugar, le daría lo que quiere.

Shadow maldijo y agarró el poste que Sam deslizó a su lado.

–¿Qué has conseguido que ha superado tus expectativas? –Fei no respondió–. ¿Fei?

–He conocido la pasión. He amado. He hecho fortuna y he tenido un nuevo comienzo.

La pasión le había durado tres días, su amor la había apartado de su lado, jamás llegaría a gastar su fortuna y en su nuevo comienzo la habían raptado. Se centró solo en esto último.

–Menudo comienzo. Te ha durado cinco días.

–No tenía que durar, solo tenía que ocurrir. Y fue más de lo que habría tenido de haberme quedado en un lugar del que no formaba parte. El lugar al que tú trataste de enviarme de nuevo.

Shadow encajó el poste en un lado del agujero. Incluso para alguien poco experto era evidente que era inestable. Estudió el otro lado.

–Ya hemos hablado de eso.

–No –una roca cayó estrepitosamente por el agujero y rebotó en su hombro–. Hablaste tú del tema. Tú tomaste la decisión. Hiciste lo que te convenía a ti. No te importó que me rompieras el corazón. No te importó que te pudieran colgar y que yo no me hubiera enterado. No te importó.

Mierda. Estaba llorando.

–Sí que me importó –dijo él.

–Si te hubiera importado, no me habrías echado de tu lado.

–¿Qué podrías haber hecho tú?

–Muchas cosas. Algunas estúpidas, otras inteligentes, pero habría tenido la oportunidad de hacer algo.

–Habrías intentado sacarme de la cárcel.

–Puede ser.

–Cariño, seguro que habrías empleado dinamita.

Ella continuó como si él no hubiera dicho nada.

–O puede que me hubiera sentado a tu lado a esperar el juicio sujetándote la mano. Y puede que hubiera enviado un mensaje a tu familia. Y puede que si ellos no hubieran llegado y nada de lo demás hubiera funcionado, puede que me hubiera quedado delante de todo el mundo, abrazando tu alma con mi corazón hasta el final, sin dejar que te fueras solo a reencontrarte con tus ancestros.

–Maldita sea, Fei. Yo solo quería ahorrarte todo eso.

–Y puede –continuó ella, atacándolo duramente con la fuerza de la verdad–, puede que si me hubieras dejado ejercer mi derecho no te odiara tanto ahora.

–Fei.

–No me hables más, Shadow. No quiero que mis últimas emociones sean la rabia y el arrepentimiento. Quiero recordar lo que fue antes de que decidieras que yo no importaba.

–Tú eres lo único que importa.

Sam deslizó otro tablón.

–Menuda forma que tiene esa mujer de decir las cosas.

Shadow alcanzó el tablón.

–Está disgustada.

–Y tiene razón.

–Yo estoy en mi derecho de proteger a las personas que amo.

–Pero no se trata solo de ti.

Shadow encajó el primer tablón en la abertura de la cueva y lo martilleó con el puño.

–Nunca se trata de mí.

–Será mejor que mejores tu capacidad de escuchar, porque cuando saquemos a esa mujer de ahí dentro, te va a costar lo tuyo ganártela de nuevo.

Shadow encajó a la fuerza el segundo tablón. El agujero tenía menos de sesenta centímetros. Era muy justo.

–No quiero que le hagan daño por mi culpa.

–Y, sin embargo, a pesar de tu sacrificio ha sufrido y ahora está en una estrecha repisa sentada encima del cadáver del hombre que intentó matarla, respirando aire putrefacto y oyéndote decir que tú tienes razón y ella está equivocada.

–Sam.

–Bella me enseñó que no puedes afirmar amar a alguien si no sabes aceptarlo –Sam le dio unas palmaditas en la pierna–. Preferiría tener que enfrentarme a veinte apaches en pie de guerra que volver a pasar por ese proceso de «aceptación».

–Bella te ama.

–Puede que Fei te ame.

Shadow se encogió ante la idea.

–Ella cree que soy un héroe.

–No es cierto. Creo que eres un idiota –terció Fei.

Sam se rio.

–Ahí lo tienes.

–Cierra el pico, Sam –Shadow empujó el tablón de encima y el lado del agujero amenazó con caer.

–¡Cuidado! –Sam se estiró, pero no pudo alcanzar el poste para ayudar–. Joder, qué estrecho está esto.

–Sí.

–Ponte de lado y déjame ver si puedo entrar ahí y asegurarlo.

–Mierda –Shadow esperó a que Sam estuviera sujeto antes de soltarlo–. ¿Lo tienes?

–Más o menos.

Se produjo una nueva avalancha de rocas, pero el improvisado refuerzo pareció aguantar.

–Ha aguantado –le gritó a Fei–. Te sacaré de ahí en un momento.

–Shadow –gritó ella–. Es hora de que te vayas.

«Te odio».

No pensaba irse con aquellas palabras entre ellos.

–Creo que es buena señal que haya aguantado –dijo Sam con voz tensa–. Saca todas las rocas que puedas mientras yo voy a por la cuerda.

–Hecho –respondió Shadow.

Sam se fue dejando tras de sí solo silencio.

–¿Fei? Háblame, cariño.

–¿Por qué?

–Para que sepa que estás viva.

–Estoy viva.

–Bien.

Apartar rocalla no era tan fácil como habría esperado. Dado el limitado tamaño del túnel, había que distribuir los escombros a todo lo largo, de manera que no bloquearan el paso. Y parecía que el túnel se iba desintegrando cada vez que Shadow gateaba transportando rocas de un lado a otro.

Sam regresó.

–Caine dice que te des prisa. Desde arriba se ve por dónde se hunde el suelo.

–Mierda –hizo un anillo con la cuerda y se la lanzó a Fei por el agujero.

–Fei, te estoy pasando una cuerda.

–De acuerdo.

Se oyó un rumor procedente del fondo de la cueva. Fei dio un grito. Shadow oía cómo se desprendían las rocas.

—Agarra la cuerda.

La orden era tanto para Sam como para Fei.

Tracker los llamó desde fuera.

—¡Deprisa!

—¿Qué ocurre? —gritó Shadow.

—¡Se está hundiendo por el otro lado! —gritó Caine.

—Fei, ponte la cuerda alrededor de la cintura.

Ella no contestó de inmediato.

—¿Fei? —gritó Shadow.

—La tengo.

—¡Tirad! —gritó Shadow a los que estaban fuera.

—Despacio y con cuidado —corrigió Sam, retrocediendo para darles espacio.

Shadow se estiró lo que pudo dentro del agujero aguantándose el dolor cuando los refuerzos de madera se le clavaron en el costado. Mientras estuviera dentro de aquel agujero, Fei tendría una posibilidad de salvarse. Y Fei iba a salvarse. Notó el roce de sus dedos. De su mano entera. La agarró por la muñeca y respiró aliviado.

—Te tengo.

Fei le rodeó la muñeca a él.

—Y yo te tengo a ti.

Por un segundo permanecieron así, él asiéndola a ella, ella asiéndolo a él. No podía ver la cara de Fei, pero sí podía sentir su pulso bajo el pulgar. Estaba desbocado.

—No te dejaré ir.

—Ya lo has hecho antes.

—No volveré a hacerlo.

Ella le tiró algo por encima del saliente de la repisa.

—¿Qué es esto?

—Un diario que llevaba Daniels. En él están documentadas todas sus maniobras. Era un hombre vanidoso. Se veía como un héroe. Te dará la libertad.

—Deja de darme con esa cosa.

—Te proporcionará la libertad.

—Lo que yo quiero es liberarte a ti.

–Shadow…

–Dame esa maldita cosa.

–No lo pierdas…

Se guardó el diario en el camisa al tiempo que le ordenaba:

–Apoya los pies contra la pared y trata de mantenerte recta hasta que veas el agujero, entonces túmbate y yo te arrastraré.

–Quiero decírtelo.

–Dímelo cuando estemos a salvo.

–Pero es que quiero que sepas…

–Que me odias. Ya te he oído.

–No te…

–Tirad –gritó sin dejarla terminar la frase.

Retrocedió tirando él también de la cuerda, aunque trató de quedarse dentro del agujero todo lo posible. El momento más horroroso de su vida fue cuando tuvo que soltarle la mano.

–No te sueltes de la cuerda, Fei, por lo que más quieras.

–No lo haré.

–Venga, sal de ahí, Shadow –gritó Caine.

–Tirad –respondió Shadow, apretándose contra la pared mientras sujetaba el farol por encima de la cabeza. Era muy estrecho, pero Fei cabría.

–¡Maldita sea, Shadow, sal tú primero!

No sin Fei.

–Sacadla de aquí.

La cuerda se puso tensa. Fei fue saliendo del agujero poco a poco. La cueva gimió ruidosa y prolongadamente sobre sus cabezas. Un llanto de muerte. No quedaba tiempo.

–¡Sacadla!

Ellos lo hicieron. Fei pasó junto a él veloz como la mecha de un cartucho de dinamita.

Por un momento vio sus ojos y la mirada acusadora en ellos, antes de que se golpeara el hombro con una roca que hizo que volviera la mirada.

Se dijo que no importaba lo que sintiera Fei en ese momento. Estaba a salvo. Lo superaría. Había hecho lo correcto. No le sirvió de nada.

–La tenemos –gritó Sam–. Y ahora sal de ahí cagando leches.

Shadow empezó a retroceder de espaldas. Seguían desprendiéndose rocas, de pequeño tamaño primero y luego mayores. Una lluvia que se convirtió en torrente de puños furiosos. Tierra y rocalla le golpeó la cabeza. Shadow cayó al suelo y los huecos libres a su alrededor comenzaron a llenarse, enterrándolo lentamente. No podía moverse.

–¡Shadow!

Fei. Su Fei.

–¡Que alguien la sujete! No dejéis que vuelva a meterse ahí dentro –oyó gritar a alguien.

–¡Maldita sea! Se mueve deprisa.

Algo le tocó la pierna. Lo agarraron del tobillo.

–¡Shadow, muévete!

¿Fei? Se suponía que no tenía que estar allí dentro.

–Vete de aquí.

Le ataron una cuerda alrededor de los tobillos.

–¡Tirad! –gritó.

–Primero tú –le susurró él, apoyándose en las manos–. Ponte a salvo.

Fei no respondió. Shadow no sabía dónde estaba. Se preguntó si habría salido.

«Sal de aquí».

Notó que tiraban de sus pies y empezaba a deslizarse. Trató de retorcerse. La vislumbró a sus pies, guiando la cuerda. Vio la grieta que empezó a abrirse en el techo. Vio que el final se cernía sobre ellos.

Se apoyó en las manos y se abalanzó sobre ella, empujando con las piernas todo lo fuerte que pudo para sacarla a través del orificio de salida hacia la luz.

«Vive».

Capítulo 17

Esa noche, Shadow estaba de pie junto a la ventana de una de las habitaciones de hotel que habían alquilado. Apartó la cortina con dos dedos y miró hacia la calle. No había nada extraño. Nada de hombres escondidos en puntos estratégicos ni mujeres colgadas de las ventanas. Era el estado natural de una ciudad adormilada un domingo por la noche. Y eso estaba bien. A juzgar por todo ello, parecía que iba a poder descansar y curarse.

Un pinchazo en el hombro lo obligó a frotarlo y rotarlo en forma de pequeños círculos. No había un solo músculo en su cuerpo que no le doliera. Estaba magullado de la cabeza a los pies, y seguro que iba a estar rígido durante varios días, pero teniendo en cuenta que era un milagro que no estuviera muerto, no iba a quejarse. El recuerdo de estar dentro de aquella cueva iba a acompañarlo mucho tiempo. El momento en que la cueva entera se derrumbó y ver a Fei en medio de las rocas que caían por todas partes lo perseguiría hasta la tumba.

Había momentos en la vida de un hombre que definían hasta qué punto su comprensión del mundo era acertada o equivocada. Aquel había sido ese momento en su caso. Él siempre se había considerado un asesino a sangre fría. Un hombre cuya sensibilidad emocional había sido aplastada a golpes mucho tiempo atrás, pero en el momento que vio que el techo se resquebrajaba y supo que Fei moriría si no la sacaba, tuvo clara una cosa: que la amaba. Para un hombre que creía que estaba vacío por dentro era toda una revelación. Y estaba completamente aterrado.

No estaba seguro de lo que había visto Fei en aquel momento, pero pasado el susto se había puesto furiosa como un avispón. Nada más sacarlo de la cueva y comprobar que estaba vivo, se dio la vuelta y exigió que la llevaran a casa. Al enterarse de que no podían hacerlo hasta que averiguaran qué andaba tramando el coronel antes de ir a buscarla, resopló y exigió que la llevaran a un hotel. Lejos de él.

Había conseguido lo que quería solo a medias.

Estaban en un hotel a un día de distancia de Barren Ridge. A cuatro días de los Ocho del Infierno. Fei lo había evitado estudiadamente durante el viaje, gravitando en todo momento alrededor de Tucker. Cabalgaba a su lado y hablaba con él hasta el punto de que había despertado celos en él. Otra emoción nueva que no había experimentado nunca. No le apetecía especialmente sentirlos en ese momento, cuando sus emociones estaban como carne cruda sobre una parrilla caliente. Ni siquiera le había dado las gracias. Claro que tampoco él se las había dado. Se pasó los dedos por el pelo. Tal vez sí viera las cosas de un modo unilateral.

Un movimiento en la calle le llamó la atención. Una figura familiar vestida de negro: Fei. Reconocería aquella forma de andar con recato y desafío al mismo tiempo en cualquier parte. Se suponía que estaría descansando en su habitación. ¿Qué hacía ahí fuera? Caminaba a paso ligero, mirando con nerviosismo por encima del hombro. Llegó al final de la calle y subió a la estructura elevada del... ¿*saloon*?

¿Dónde estaba Tucker? Se suponía que tenía que vigilarla. Dejando a un lado el impacto para su reputación, eran innumerables los problemas que podría encontrarse en aquel establecimiento. Justo cuando ya pensaba bajar y traerla de vuelta a rastras, y al demonio si alguien lo reconocía, Fei salió del *saloon*. Caminaba con más ligereza ahora. Y hasta parecía que estaba sonriendo.

¿Qué se traía entre manos?

Cruzó la calle y se metió en una tienda. No alcanzaba a ver de qué tienda se trataba. Si no recordaba mal, era una tienda donde se vendían alimentos secos. Esperó a que saliera, escudriñándolo todo en busca de alguna señal de amenaza. La paciencia de Shadow se agotó cuando pasaron diez minutos y no había señales de ella. Golpeó la pared con el puño.

—¡Tracker!

Su hermano apareció un momento después, desnudo de cintura para arriba, estirándose y bostezando. Era evidente que estaba durmiendo. Entró en la habitación.

—¿Has llamado?

Shadow seguía mirando por la ventana.

—Fei está fuera.

Tracker enarcó una ceja.

—¿Y?

—Está tramando algo.

—No es nuestra prisionera.

Shadow observó la calle nuevamente. Seguía sin dar señales de vida.

—Se mete en problemas.

—Es mayorcita.

—Eso solo significa que se mete en problemas más gordos.

Tracker apoyó el hombro en la pared.

—Pues pareció manejarse bien ella solita con Daniels.

Shadow soltó la cortina y se volvió.

—Hizo estallar una cueva con ella dentro.

Tracker se encogió de hombros.

—Y salió de ella viva.

—No lo habría hecho de no haber estado nosotros allí.

—Pero estábamos allí. ¿Y acaso no es el lema de los Ocho del Infierno que un plan es bueno cuando salimos vivos?

—No es su lema.

Tracker se sentó en la cama y se apoyó en el cabecero sacudiendo la cabeza.

–¿Qué miras? –exigió saber Shadow.

–A ti. Te ha dado fuerte, ¿eh?

–¿Qué?

–El amor.

Shadow sintió pánico.

–No digas eso.

Si no lo decía en voz alta, aún era posible que Fei no saliera herida por caprichos del destino.

–No estoy enamorado de Fei.

–Y una mierda.

Shadow apretó la mandíbula.

–Merece algo mejor.

–¿Y dónde crees que lo va a encontrar?

–Sus tíos le han encontrado a alguien.

Tracker hizo una pausa.

–¿Sus tíos?

–Sí.

–¿Encontrado? ¿Como quien dice «he ido a comprar comida enlatada y mira a quién me he encontrado por el camino»?

–Los matrimonios concertados son una tradición entre su gente.

–También lo es el rapto entre la nuestra. Y eso no significa que me parezca bien.

–Déjalo, Tracker.

–Creo que no. Has sido tú el que me ha sacado de un estupendo sueño para tener esta charla, así que creo que tengo derecho a hacer unas cuantas preguntas. La primera es qué tiene de deseable ese hombre.

–Sus tíos dijeron que era de buena familia, que poseía varias tiendas de alimentación y que es estable –se guardó lo de que Fei sería segunda esposa.

–A mí me parece que es un hombre de lo más aburrido.

–Fei estará segura a su lado.

Tracker soltó una sonora carcajada y sacudió la cabeza.

–¿Pero tú has visto a tu mujer, Shadow? Esa mujer juega con dinamita.

El recordatorio no le hizo gracia.

–Probablemente no sea mi mujer.

Tracker se sentó un poco más erguido.

–¿Te has acostado con ella?

–Eso no es asunto tuyo.

–Te lo preguntaré de otro modo. ¿La estás utilizando?

–Claro que no.

–Pues entonces es tu mujer.

«Aun así, me afectó».

Fei estaba a kilómetros de distancia de él y su pasado la había encontrado y la había puesto en peligro. Casados, eso sería una constante en su vida.

–No hicimos ninguna promesa.

–Mira tú por dónde –dijo Tracker arrastrando las palabras con enfado. Algo que no estaba acostumbrado a oír en su hermano cuando se refería a él.

–¡Joder, Tracker, ella no quiere estar casada!

–Y no la culpo. A una mujer le gusta saber que su marido sabe lo que quiere.

–Yo sé lo que quiero.

Tracker se reclinó de nuevo contra el cabecero.

–En parte al menos.

Shadow no estaba de humor.

–¿Qué demonios quieres decir? –dijo Shadow.

Se produjo un largo silencio. Tracker se pasó la mano por el pelo. Algo que solo hacía cuando estaba incómodo. Apretó los labios en una delgada línea y entornó la mirada.

–Deberíamos haber hablado hace mucho tiempo.

Ahora le tocó a Shadow el turno de echarse el pelo hacia atrás.

–No.

–Sí –Tracker sacudió la cabeza–. No nos hace ningún bien fingir que no está ahí.

–Éramos niños.

–Y ya no lo somos, pero a veces creo que el viejo sigue detrás de mí, con el cinturón en la mano, dispuesto a desgarrar lo bueno que pudiera encontrar, por pequeño que fuera.

Shadow avanzó un paso más hacia el centro de la habitación. Un paso más hacia Tracker.

–Déjalo.

Tracker se levantó con el mismo odio en los ojos.

–Yo estaba allí, Shadow. Sé exactamente lo que es preguntarte por qué te odia tu padre. Intentar no amar porque sabes que acabarás sufriendo. Conozco la sensación de fracaso que se te instala en las tripas cuando amabas a tu pesar y él se enteraba. La incapacidad de salvar lo que amabas. Recuerdo las palizas, el odio. Dios, yo me llevé palizas por ti igual que tú por mí. Palizas que nos daba sin otro motivo que el de volvernos el uno contra el otro. Sobrevivimos y tenemos cicatrices que lo demuestran.

Shadow odiaba el niño que había sido. Demasiado débil para proteger a su hermano, su perro, su gato, su madre. Había jurado que no volvería a ser débil.

Tracker avanzó un paso hacia él. Estaban tan cerca que se podían tocar. Shadow no fue capaz de alargar la mano y cubrir la distancia que los separaba.

–Eso fue hace mucho tiempo.

Tracker le puso la mano en el hombro.

–Sí, pero a veces cuando me despierto en mitad de la noche, sigo estando allí.

Shadow retrocedió un paso, lejos del consuelo que se le antojaba parecido a la debilidad.

–El viejo tiene un brazo muy largo.

–Se está acortando.

No para Shadow.

–¿Cómo?

Tracker se cruzó de brazos y pronunció el nombre como un desafío.

–Ári.

Su esposa. La mujer que había llevado el sol a la vida de su hermano y la oscuridad a la de él. Muchas cosas habían cambiado cuando Tracker encontró a su mujer. Se habían perdido muchas cosas.

—Ella te ama.

—¿Lo crees por fin?

—No habría matado a Amboy como lo hice si no lo creyera.

—Ya.

Tracker dejó caer las manos a lo largo de los costados. La sincera camaradería que siempre hubo entre ellos se había desmoronado bajo la presión de los cambios ocurridos en el último año y medio.

—Quiero darte las gracias de nuevo por ese don, y después quiero que lo recuperes.

Pues Shadow no quería eso. Él quería que su hermano volviera a ser como antes.

—¿Es ahora cuando me dices que me vas a patear el culo?

Tracker entornó los ojos.

—No estaba en mis planes, pero estás haciendo que cambie de opinión muy deprisa.

Shadow se pasó la mano por el pelo y sacudió la cabeza. Estaba demasiado cansado esa noche para pelear.

—Dime qué don es ese que quieres que recupere. Termina con esto ya.

—Mataste a Amboy para darme a Ari.

Había matado a Amboy para que su hermano pudiera ser feliz.

—Feliz cumpleaños.

Tracker apretó los labios, señal inequívoca de que iba a empezar a balancearse. Por una parte, Shadow sentía una perversa satisfacción en irritar a su hermano.

—Quiero que lo recuperes —dijo Tracker.

—Amboy estará pudriéndose vete tú a saber dónde. ¿Seguro que quieres que lo desentierre?

-No.

Una expresión que Shadow no había visto nunca cruzó por el rostro de su hermano. Absoluto cansancio mezclado con algo parecido al derrotismo. Mierda. Nada había derrotado nunca a Tracker. Era un luchador. El hombre con quien él siempre podía contar para romper crismas en vez de para beber. Shadow debería retractarse.

-¿Tracker?

Este negó con la cabeza y le indicó con un gesto de la mano que no dijera nada.

-Me importa un carajo Amboy, pero si pudieras encontrar donde enterraste a mi hermano, lo recibiría con los brazos abiertos, esté como esté.

Shadow permaneció allí de pie mientras Tracker se daba la vuelta, sintiendo su dolor mezclándose con el suyo propio en una herida abierta. Siempre habían sido Tracker y él contra el mundo. Aun con la camaradería entre los Ocho del Infierno, siempre habían sido una entidad independiente. Tracker había sido para él un ancla, y viceversa. Hasta que llegó Ari. Cuando Tracker encontró a Ari, todo cambió. Ya no eran Tracker y Shadow. El vínculo cambió de forma, se partió. No envidiaba la felicidad de su hermano, pero no iba a entrometerse en ella.

-Ahora tienes a Ari -le dijo justo cuando Tracker llegaba a la puerta.

Él se detuvo.

-Sí -contestó sin volverse.

-Eres feliz con ella.

-Sí.

-Eso está bien.

-Sí -esta vez sí se volvió. Miró a Shadow con la expresión más impasible que Shadow había visto-. Y te advierto que no podrás hacer nada para estropearlo.

-¿De veras? Pues parecía un poco molesta cuando yo estaba cerca.

-Sabes lo que he tenido que sufrir. Y sabes por qué.

Simplemente no te quedaste el tiempo suficiente para que aprendiera a dejar de temerte. Saliste huyendo.

Empezaba a hartarse de que la gente lo acusara de huir.

–¿Qué es lo que quieres de mí, Tracker?

–Quiero que comprendas que no es cuestión de uno u otro, Shadow. Sería una elección antinatural, pero si me viera en la situación de tener que elegir entre Ari y tú, elegiría a Ari.

Shadow dio un respingo al oír la flagrante verdad.

–Claro.

Tracker abrió la puerta, pero en eso se volvió y le sostuvo la mirada, dejando que viera su dolor, su frustración, su rabia.

–Exactamente igual que tú elegirías a Fei.

«Exactamente igual que tú elegirías a Fei».

La verdad le cayó como un mazazo. Tracker tenía razón. Elegiría a Fei porque ella era su futuro, la parte buena de su persona. Porque así se suponía que tenía que ser. Pero amar a Fei no significaba que amara menos a su hermano. Jugó un rato con la comprensión del hecho, lo miró desde distintos ángulos, lo comparó con el punto de vista que había tenido hasta ese momento. Las cuentas no le salían cuando intentaba sacar a Tracker de la ecuación. Lo mismo ocurría cuando intentaba dejar fuera a Fei. Los dos formaban parte de su vida. Los dos eran igual de necesarios. Y ahora lo entendía. Añadir a Fei a su vida era como añadir otra habitación a la casa. No rompía la estructura, sino que proporcionaba más espacio de disfrute.

«No es cuestión de uno u otro».

No lo era, no. Simplemente le había llevado más tiempo que a otros darse cuenta.

Dio unos golpecitos en la pared. Tracker no respondió. Mierda. Se puso la camisa. Ahora dependía de él arreglarlo. No había salido de la habitación cuando oyó que llamaban a la puerta. Tomó el cuchillo y se apoyó contra la pared al lado de la puerta.

—¿Quién es?

—Fei.

Abrió la puerta. Fei estaba allí de pie con un precioso vestido blanco con florecitas azules. Nuevo obviamente. Pestañeó al ver que Shadow tenía la camisa abierta. Bajó la vista hacia los pantalones y abrió mucho los ojos. Se humedeció los labios.

Shadow siguió la dirección de su mirada y vio que tenía los pantalones desabrochados.

—Lo siento.

Ella le cubrió la mano con la suya.

—No te los abroches por mí.

Shadow no sabía qué pensar.

—Tracker me ha reprendido por haberme aprovechado de ti.

—Tu hermano tendría que meterse en sus propios asuntos.

—Le diré que lo has dicho.

—Por favor, no lo hagas.

Le tenía un poco de miedo. Shadow sonrió.

—¿Puedo pasar?

Shadow se hizo a un lado y Fei pasó junto a él con su paso elegante. Se balanceaba igual que al salir del *saloon*. Estudió detenidamente la forma del vestido en busca de algún bulto delator. No parecía que llevara oculta ninguna carga de dinamita.

—¿Qué te traes entre manos, Fei?

—¿Qué te hace pensar que estoy tramando algo?

—¿Qué hacías en el *saloon*?

—Me estabas espiando.

—Estaba mirando la calle.

—He pedido una bañera. Una lo bastante grande como para que puedas meterte entero. Era el único lugar en el que tenían una.

Carajo. Aquella mujer no dejaba de sorprenderlo nunca.

–¿Qué creías que estaba haciendo? –preguntó a continuación.

–Ni idea.

Fei se acercó a él.

–¿Pero estabas preocupado?

–Sí.

–¿Por qué?

No tenía más remedio. Había pedido que le subieran una bañera. Tenía que confesar.

–Porque la última vez que hablamos dijiste que me odiabas.

Ella suspiró.

–Intenté corregirlo, pero no me dejaste.

–Estaba ocupado.

–Y yo estaba enfadada.

–¿Por qué?

–No escuchas.

–Sí escucho. Es solo que no estoy de acuerdo.

–Si las únicas palabras que oyes son aquellas con las que estás de acuerdo, significa que no escuchas.

Lo había cazado.

–Tienes razón.

–¿La tengo?

Él asintió.

–Recientemente he llegado a la conclusión de que puedo ser un cabezota...

–¿Y un cretino? –sugirió ella.

–Sí –Fei sonrió y le acarició el brazo–. He llegado a la conclusión de que no puedes evitarlo. Eres demasiado protector.

–¿Eso es lo que crees?

–Sí. Proteges a los que amas incluso de ti mismo.

–Ya.

–¿Pero sabes una cosa?

–¿Qué?

Fei dio un paso y sus muslos quedaron pegados. Apoyó las palmas en su torso.

—No quiero que me protejas de ti.

Él debería haberla alejado, pero en su lugar la atrajo más hacia sí, deslizó los dedos entre su pelo, saboreando la sensación de su cuerpo contra el suyo, abriendo sus sentidos al contacto, al aroma de ella. La realidad de ella.

—Deberías.

—Solo si tú quieres que te protejan de mí.

Dios, no.

—Ni por casualidad. ¿Qué otra mujer entraría en mi habitación a decirme que me deje los pantalones desabrochados, a invitarme a que me aproveche de ella y a informarme de que la amo?

—Yo no he dicho que me amaras.

—Lo has insinuado.

—No es lo mismo.

—Muy cierto.

Fei aguardó. Shadow sabía lo que quería. Las palabras se le atascaban en la garganta. Le acarició los labios con el pulgar y sacudió la cabeza.

—Lo siento.

La sonrisa de Fei se quebró.

—¿No puedes decirlo?

—Quiero hacerlo.

—¿Por qué?

Shadow no quería que Fei conociera aquella parte de su pasado. Aquella parte tan fea de él.

—Nada bueno ha salido de ello.

—¿Me estás diciendo que estoy equivocada?

No sabía cómo responder a aquello.

Fei le tocó un moretón que tenía en el torso, siguió la forma con el dedo. Su lengua asomó entre sus dientes. Ladeó la cabeza como si lo estuviera mirando a los ojos, todo lo que sentía quedaba patente en su expresión. Deseo. Duda. Amor. Mucho amor.

–Si no puedes decírmelo, ¿puedes mostrármelo al menos?

–Oh, sí, Dios sí –claro que podía mostrárselo. Bastó con que le hiciera una leve presión en la nuca para que Fei se pusiera de puntillas–. Ven aquí.

Fei le rodeó los hombros con los brazos y tiró de él.

–Encantada.

La pasión estalló como siempre, impetuosa y exigente, casi rabiosa en su intensidad. «¿Puedes mostrármelo?».

Shadow se detuvo. ¿Podía? Sabía cómo mostrarle la pasión. ¿Pero podría mostrarle el amor? Cerró los ojos y haciendo que el deseo volviera a fuerza de voluntad, buscó la emoción que se ocultaba debajo y encontró la ternura en lo más profundo. En el exuberante centro.

Le rozó los labios con toda la suavidad que pudo, adaptando el contorno de sus labios a los de ella, presionando ligeramente, demorándose un momento y aprovechándolo todo lo posible antes de repetirlo una vez más. Con la misma dulzura, con la misma demora.

Ella suspiró y se derritió contra él con la dulzura de una brisa estival, con el aliento entrecortado contra su mejilla cuando ladeó la cabeza para besarla en el cuello.

–Oh, Dios mío…

Era la primera vez que Shadow percibía aquella combinación de asombro y gozo supremo en la voz de Fei. Le gustaba. Le gustaba saber que era él el causante.

–¿Lo sientes, cariño?

–Creo que sí.

Creerlo no era suficiente. Él quería que lo supiera.

–Pues tendré que intentarlo con más fuerza.

Ella ladeó la cabeza.

–Por favor, hazlo.

Shadow se rio por lo bajo y la mordisqueó suavemente. Bajo la superficie, el deseo se retorcía de impaciencia. Le retuvo un poco porque aquello era nuevo para él también. Nunca le había hecho conscientemente el amor a una mujer. La primera vez tenía que ser con Fei.

–Shadow –gimió cuando este le tomó el lóbulo de la oreja con los dientes y lo mordió lo justo para provocarle un escalofrío por la espina dorsal.

–¿Sí?

–No puedo aguantar de pie cuando haces eso.

Él lo repitió solo para comprobar que era cierto. Las rodillas se le doblaron. La sostuvo con facilidad. La tomó entre sus brazos con una carcajada.

–La puerta.

Él la cerró de una patada. Fei sonrió y agachó la cabeza.

–Gracias.

–Tienes una sonrisa preciosa, Fei. No me la ocultes.

Se sentó en la cama y, apoyando la rodilla junto a la cadera de Fei, la tendió de espaldas, y se tumbó sobre ella a continuación.

Dios bendito, la amaba.

–Fei.

Ahuecó las manos contras su pecho a través de la tela del vestido y buscó el pezón, que se endureció con solo pasarle la mano por encima. Fei ahogó un gemido.

Shadow lo repitió.

–¿Te gusta?

–Oh, sí.

–Dime lo que sientes.

–Siento que una puerta maravillosa se abre a algo aún mejor.

–Me gusta.

–A mí también –y enmarcándole el rostro entre las manos, susurró–: Mi dragón.

–¿Qué tienes tú con los dragones?

–Son míticas criaturas mágicas que me maravillan.

Decía aquellas cosas con toda la franqueza del mundo. Exponía su corazón con toda la franqueza del mundo.

–Igual que tú –añadió.

–Fei.

–¿Qué?

Él sacudió la cabeza.

–Solo eso... Fei.

La sonrisa de Fei se ensanchó.

–Bésame otra vez.

Él lo volvió a hacer de buena gana. El deseo escapó a su control, exigiéndole más que suaves caricias, añadiendo fuego a la dulzura. Llama al calor. Quería tocarle los pechos, quería su piel contra la suya.

–Necesito que te quites esa ropa.

–Oh, sí –Fei fue más rápida que él en llevarse las manos a los botones del vestido. Los desabrochó uno a uno.

Él siguió con el dedo la V cada vez más amplia, despegando las dos solapas que exponían los pechos a sus ojos. Trazó círculos alrededor de un pezón, después volvió y lo repitió con el otro. La provocó hasta que empezó a retorcerse y a arquearse, gimiendo ante la dulzura de sus caricias.

–¿Shadow?

–¿Sí?

–Solo eso –sonrió y se recorrió el torso con las manos. Aquella sonrisa provocaba todo tipo de sensaciones en él. Sin dejar de sonreír, se bajó la camisola exponiendo los pechos a su hambrienta mirada–. Y quizá esto.

Su miembro empezó a palpitar y perdió aún más el control.

–Cariño, no voy a poder darte lo que quieres como sigas así.

Ella se puso las manos debajo de los pechos y los apretó bajo su mirada.

–Ya te lo he dicho, Shadow, no quiero que me protejas de ti mismo.

–No es protección.

Ella se pellizcó los pezones suavemente. Se le puso la piel de gallina y suspiró. Shadow apretó los puños de envidia.

–¿Entonces qué?

Shadow no sabía cómo decirlo.

–Quiero que me oigas.

Ella abrió los ojos.

–Siempre te he oído. Incluso cuando no me gustaba lo que decías. Me quieres, Shadow, igual que yo te quiero a ti.

–Mierda.

Le agarró las manos y se rodeó el cuello con ellas. Sintió que la sonrisa brotaba en lo más hondo de sí y se mezclaba con el calor, dando lugar a algo nuevo. Algo bueno. Algo mejor.

–Échame tu aliento de fuego encima, dragón –le susurró al oído.

Shadow le tomó la palabra. Le deslizó un brazo por detrás de la espalda arqueándola hacia él y se metió un pezón en la boca, cerró los labios y comenzó a succionar con fuerza, jugueteando con la lengua sobre la receptiva superficie. La obligó a quedarse quieta cuando empezó a retorcerse y le dio lo que quería. Todo el fuego que ella le provocaba.

–Así –la alentó él mientras ella le enredaba los dedos en el pelo, atrayéndolo hacia sí mientras gritaba de placer–. Arde para mí.

–Estoy ardiendo.

Shadow vio por el rabillo del ojo el otro pezón, gordito y arrugado. Necesitaba su atención. Dirigió hacia él su atención y con un suave gemido se metió el suave botón en el calor de su boca, adorándolo hasta que se puso duro como su compañero.

–Shadow. Oh, Dios mío, Shadow.

Sabía cómo se sentía. Él estaba igual de ansioso, la necesitaba y la deseaba igual que ella lo necesitaba y lo deseaba a él. Presionó el pezón con la punta del dedo.

–Solo un poco más.

–No puedo aguantar más.

–Sí que puedes.

La colocó de un tirón al borde de la cama. Le subió la falda, le desató los pololos y se los bajó por las caderas. La admiró durante un segundo, le acarició el sexo con los dedos siguiendo la raja en sentido descendente, resbalando por los pliegues húmedos, probando hasta dar con el botón del clítoris. Se dejó caer entonces de rodillas y se colocó las piernas de Fei sobre los hombros. Su olor lo envolvía. Se le hizo la boca agua. Su miembro palpitó. El corazón se le aceleró dentro del pecho. La sangre se le espesó en las venas. Olía a jabón y al más dulce deseo. Muy dulce.

–Precioso.

Fei se agarró las faldas y se cubrió la cabeza con ellas.

–No mires.

–Cariño, nada podría impedirme que te mirara.

Ella gimió en protesta.

Él se rio, pero no le importó. Lo que quería era tenerla abierta ante sus ojos como un delicioso festín. Rosada, hinchada y ansiosa. Besó el blando sexo. Ella chilló y gimió estranguladamente. Separó aún más los muslos. Estaba muy ansiosa.

Separándola con el pulgar y el índice, sopló sobre los húmedos pliegues. Fei se estremeció. Le enredó los dedos en el pelo y tiró hacia ella. No era necesario que se preocupara. No pensaba irse a ninguna parte. Durante mucho tiempo. La primera pasada de su lengua la hizo ahogar un gemido. A la segunda se puso rígida. A la tercera se quedó totalmente inmóvil.

–¿Aquí?

–Oh, Dios.

Arrimándose bien a ella, le lamió el sexo arrastrando con la lengua sus fluidos. Encontró el clítoris, lo capturó entre los labios y lo sostuvo bien para golpearlo con la áspera lengua.

–¡Ay, sí, Shadow! –exclamó Fei, alzando las caderas.

Shadow metió la mano entre sus cuerpos y le buscó la vagina. Estaba tensa, húmeda. Preparada. Introdujo un dedo en el resbaladizo canal y gimió al sentir que lo apresaba con los músculos vaginales e imaginó la misma presión alrededor de su miembro en un íntimo abrazo. Le succionó el clítoris llevando su placer a cotas más altas y empezó a meter y sacar el dedo de su tenso canal al mismo ritmo que Fei agitaba las caderas y tomaba aire entrecortadamente.

–¡Shadow!

Shadow cambió de opinión cuando Fei comenzó a estremecerse y a arquearse. No quería que se corriera así. Quería sentir cómo lo hacía alrededor de su miembro, quería disfrutar de aquellas tremendas contracciones antes de quedar reducidas a las placenteras ondas, que lo abrazaran tan fuerte como lo abrazaba con los brazos. Quería sentirla suspirar de satisfacción contra su piel mientras la abrazaba tras llegar al clímax.

No podía aguantar más. Con un último beso, se retiró de su clítoris. Se bajó los pantalones y se colocó entre sus muslos. Su miembro quedó alojado cómodamente en la entrada de su vagina. Entró un poco primero con una suave embestida. Los delicados músculos se tensaron en un beso de bienvenida. Era tan dulce. Tan salvaje. Era suya.

Fei dobló las rodillas y lo acogió en su seno. Elevó a continuación las caderas en un gesto de invitación.

–Mírame, Fei.

Ella levantó lentamente los párpados. Shadow entrelazó los dedos con los suyos y le sujetó las manos a los lados de la cabeza.

–Déjame verlo –añadió.

Con una suave embestida se fundió con ella, saboreando la caricia de las sedosas paredes vaginales alrededor de su miembro, sosteniéndole la mirada mientras ella se la sostenía a él. Observó cómo se le entrecortaba la respiración y se le dilataban las pupilas, consciente de que ella también lo observaba detenidamente a él.

Le había pedido que se lo mostrara y no sabía de qué otra manera hacerle ver lo que era para él tenerla en su vida. Las sonrisas que le arrancaba. La paz que le proporcionaba. La felicidad. Ella no perdía detalle mientras lo absorbía en su interior, estremeciéndose con ese deseo que ardía siempre entre ellos.

Susurrándole con ternura:

—Mi Shadow.

Él se inclinó y la besó en los labios como al principio. Dulzura en llamas.

—Mi Fei.

—Sí. Soy tuya.

—Siempre.

Le rodeó la cintura con las piernas y le clavó los talones en las caderas.

—Mierda —Fei le estaba robando la cordura.

—Por favor, Shadow. Ámame. Ahora.

—Lo estoy haciendo.

—Me encanta la ternura, pero… —se inclinó hacia arriba y le mordisqueó el pecho—, necesito tu fuego. Me encanta tu fuego.

Y con eso las llamas se extendieron fuera de control. Fei se alzó y Shadow empujó, dándole todo lo que tenía, tomando todo lo que ella le daba. Quería más. Necesitaba más. Liberó una mano y la metió entre sus cuerpos, buscando el clítoris con el pulgar, y lo friccionó con firmeza mientras ella gritaba.

—¡Oh, Dios mío!

Shadow notó que los testículos se le tensaban y el hormigueo aumentó en la base de su espina dorsal. No iba a durar mucho, pero la quería con él. Siempre.

Ella se convulsionaba con agónico placer debajo de él. Le faltaba muy poco. Continuó friccionándole el clítoris.

—¿Qué es lo que necesitas?

—A ti —gimió ella.

—¿Cómo?

—Fuerte —contestó ella y, clavando los talones en el colchón, se elevó hacia él—. Necesito que me lo hagas fuerte.

Bien porque él también lo necesitaba.

—Hondo.

—¡Sí!

Shadow embistió. Fei gritó y le clavó los talones en la espalda, arqueándose con el movimiento de sus caderas, atrayéndolo con los brazos, suplicándole que la besara, suplicándole que siguiera. Él le dio todo lo que tenía. La amó con fuerza, hundiéndose profundamente en ella, besándola, absorbiendo sus gritos de placer, su respiración y devolviéndole los gemidos, su nombre entre susurros. Le dio todo lo que tenía en una explosión que lo sacudió hasta los cimientos. Su Fei. Su vida.

Y entonces en un susurro que solo ella pudo oír, le dio aquella última parte de su ser que creía perdida hacía mucho, mucho tiempo.

—Dios bendito, Fei. Te quiero.

Capítulo 18

Cuando llamaron suavemente a la puerta, Fei no sabía si maldecir o alegrarse. Tenía que ser el baño que había pedido. Después de llevar varias horas haciendo el amor le iría bien un buen baño, pero bañarse significaba romper la tierna paz que había entre Shadow y ella. Tenían tantas cosas que discutir aún. Cosas que seguro que lo iban a poner furioso. Suspiró y se acurrucó contra su hombro una vez más. Pero el mundo no quería mantenerse al margen demasiado tiempo. Volvieron a llamar. Cuando intentó bajar de la cama, Shadow le tapó la boca con la mano. Giró la cabeza y le susurró al oído:

–Quédate a la izquierda de la puerta y pregunta quién es.

Una voz desde el pasillo dijo:

–¿Había pedido un baño, señora?

Fei se bajó de la cama cubriéndose con la colcha. La habitación estaba registrada a su nombre. Era lógico que asumieran que era ella la que estaba dentro.

–Es el baño –le susurró ella a Shadow.

La expresión de este siguió siendo tensa, alerta.

–Haz lo que te digo.

Ella hizo una inclinación con la cabeza en respuesta a la orden, aunque la irritó, pero no hasta el punto de no hacer caso de las precauciones de Shadow. Había comprobado en carne propia lo malvadas que podían ser las personas de aspecto inocente.

–¿Quién es? –preguntó, siguiendo las indicaciones de Shadow.

–¿No ha pedido usted un baño en El final del camino?

–¿Es el nombre del *saloon?*

–Sí, señora.

No había nada en la voz del hombre que los hiciera sospechar. Miró a Shadow. Estaba de pie junto a la cama, pistola en mano.

–Abre y hazte a un lado –le susurró.

Fei comprendió que quería que se quitara de la línea de fuego. Se le erizó el vello de la nuca.

–Ya voy.

Fei levantó la barra y se colocó a la izquierda, contra la pared junto a la mesilla.

Miró a Shadow y cuando este le hizo un gesto de asentimiento con la cabeza dijo:

–Pase.

La puerta se abrió sin aspavientos y entró un hombre con dos cubos de agua humeante. Apenas la miró, se volvió y salió de nuevo.

–Meted la bañera, chicos, y cuidado no dañéis las paredes.

Dos chicos imberbes entraron con la enorme bañera de cobre. Fei estaba excitada, pero por una razón muy diferente. Hacía mucho tiempo que no se daba un baño de verdad.

–¿Dónde quiere…? –ver a Shadow de pie solo con los pantalones y las pistolas lo dejaron sin habla, pero no por mucho tiempo. Sin apartar la vista de Shadow, terminó la frase–: ¿Dónde quiere que la dejemos, señora?

Solo había un sitio donde iría bien.

–Ahí mismo, donde está usted.

–Ya habéis oído a la señora.

Los chicos dejaron la bañera en el suelo con un ruido metálico.

–Como la desportilléis, Jimmy va a arrancaros la piel del culo a tiras.

Los chicos retrocedieron de un salto. El hombre echó el primer cubo de agua en la bañera.

–Subid el resto del agua y no la tiréis por el camino.

Los chicos salieron corriendo.

–Habrá que hacer varios viajes para llenarla –añadió el hombre en dirección a Fei con un tono más suave.

Ella hizo una reverencia sin poder contenerse.

–*Xei-xei.*

El hombre entornó los ojos. Su expresión cambió con sutileza. El sonido de una pistola amartillándose le hizo volver la cabeza.

Shadow le indicó la puerta con el cañón.

–Mi mujer quiere su baño lo antes posible.

El respeto que había desparecido de la expresión del hombre regresó rápidamente.

–Por supuesto.

Vertió el segundo cubo y se marchó.

En cuanto se cerró la puerta, Fei dijo:

–No le pareció extraño ver a una mujer blanca contigo.

–Imagino que verá todo tipo de cosas.

–Pero cuando revelé mi ascendencia, perdió todo respeto.

–La gente se hace unas ideas absurdas.

–¿Shadow? –dijo, poniéndose junto a él.

–¿Qué?

Le gustó la forma en que dejó la pistola en la mesa y la tomó entre sus brazos.

–No estoy herida, estoy enfadada.

–Ah. ¿Quieres que te deje mi pistola?

Estaba sonriendo. Fei lo notó en su voz. Levantó la vista y lo vio en su rostro. Su Shadow estaba sonriendo. No una sonrisa de oreja a oreja. Era demasiado contenido para eso. Pero sí una sonrisa genuina que dejaba a la vista sus precio- sos dientes y mostraba al hombre que podía haber sido si su pasado hubiera sido diferente. No pudo evitar devolverle la sonrisa.

—Prefiero ir a por mi dinamita.

—Cielos, no —respondió él, levantándole el rostro—. Le harías un agujero a la bañera y la idea de un baño de verdad es demasiado tentadora para dejarla escapar.

Ella fingió decepcionarse mientras el pelo de Shadow le caía alrededor de la cara en una caricia de seda. Le rozó los labios con los suyos. Como fósforo a la mecha.

—Pero yo disfrutaría.

Shadow le metió los dedos en el pelo y le ladeó la cabeza ligeramente, sonriendo de una forma diferente mientras Fei se estremecía de anticipación. Adoraba sus besos.

—Disfrutarás aún más del baño —le prometió con una voz ronca que la hizo estremecer de nuevo. Le rodeó el cuello con los brazos.

—Seguro que tienes razón.

Tenía razón. Fei disfrutó mucho más del baño, de hacer el amor en la bañera y del baño en sí. Y en ese momento, acurrucándose más contra él, decidió que le gustaba aún más. Estaba sentada delante de él en la bañera, la espalda apoyada contra su pecho, sintiendo que la rodeaba con los brazos por completo, sintiendo la paz que los envolvía. Estaba en la gloria.

—Mmm —Shadow ahuecó la palma de la mano contra uno de sus pechos y suspiró satisfecho—. Qué buena idea has tenido, mujer.

—Gracias —Shadow le estimuló el pezón, despertando recuerdos de la pasión que acababan de satisfacer. Le tocó entonces a Fei suspirar.

—Siempre haces que me sienta bien.

Él la estrechó con un poco más de fuerza.

—Yo podría decir lo mismo.

El agua rebosó en forma de suaves olas cuando Fei se

puso de lado para verle mejor la cara. Su expresión fue una revelación para ella.

—Estás nervioso.

—Percibo que hay un «pero» dentro de tanta alegría.

Fei no se sorprendió. Tenía muchas preocupaciones en la cabeza.

—Me asusté cuando me mandaste a abrir la puerta.

—Lo he hecho por precaución.

Ella le acarició el torso con una mano.

—Necesaria, lo entiendo, ¿pero y si hubiera habido problemas? ¿Si te hubieran herido? ¿Adónde habría ido yo?

—Con los Ocho del Infierno.

—¿A ese lugar que ni siquiera llamas hogar? ¿Cómo podría serlo para mí?

—Tia se ocuparía de que te sintieras bien acogida.

—¿Quién es Tia?

—Tia nos salvó el pellejo. Sin ella, nos habríamos muerto de hambre o nos habrían disparado por robar.

Otra mujer fuerte en la vida de Shadow. Él no se lo había dicho explícitamente, pero Fei tenía la impresión de que su madre no había sido una mujer fuerte.

—¿Cómo ocurrió?

Él le puso la mano en el hombro.

—No es momento para historias tristes.

—Me gustaría conocerte, esposo.

—Conoces ya todo lo que merece la pena conocer.

—Esto no lo sé.

Él la miró enarcando una ceja.

—Qué testaruda eres.

Ella no respondió, sino que le sostuvo la mirada hasta que le dio lo que quería. La sonrisa se esfumó de sus ojos.

—El ejército mexicano invadió nuestra ciudad.

—¿Por qué?

—Porque era el momento oportuno. Porque podían. Porque tenían ganas de derramar un poco de sangre. Elige la opción que más te guste.

Ella hizo una mueca de dolor y le acarició el pecho. Las viejas cicatrices del pecho le arañaron la palma en forma de reprimenda. Aquello era doloroso para él.

—Lo siento. No volveré a interrumpirte.

Shadow le tomó la mano y se la llevó a los labios.

—Ya te dije que no era el momento.

Ella tenía la impresión de que no habría otro.

—El momento es adecuado. Mi interrupción es lo que ha estado fuera de lugar.

—Fei…

Ella lo interrumpió.

—Me gustaría saberlo.

—Entonces escucha bien porque no voy a repetirlo.

Ella asintió.

—El ejército llegó una tarde. Tracker y yo estábamos cazando. Ocurrió sin aviso. Llegaron y empezaron a matar.

—¿Cuántos años teníais?

Shadow tenía el rostro serio.

—Once. Doce. Edad suficiente para matar.

Un niño matando hombres.

—Fuisteis muy valientes.

—Estábamos furiosos. El coraje no tuvo nada que ver. Cuando conseguimos llegar a casa de los Allen, era demasiado tarde.

Un sentimiento que Fei no comprendió cruzó por el rostro de Shadow.

—¿Demasiado tarde para qué?

—Para hacer nada, maldita sea.

Culpabilidad. La expresión de su rostro era de culpabilidad.

—Eras un niño.

La miró con ojos ancianos y angustiados.

—Era buena con Tracker y conmigo.

—¿Quién?

—La señora Allen. La madre de Caine. Siempre fue buena con nosotros. Nunca nos preguntaba nada, pero siempre estaba allí con comida y medicamentos. Y abrazos –sacudió la cabeza como si aquello fuera lo más asombroso–. Siempre nos daba abrazos.

–A lo mejor eras un niño dulce.

Él la miró como si se hubiera vuelto loca.

–Cielo santo, Tracker y yo éramos poco más que unos animales por entonces. Lo único que conocíamos era enfadarnos y matar.

Fei lo dudaba mucho. El hombre que ella conocía no fue creado en vano.

«Gracias por ver su ternura». Dirigió la oración a la mujer desconocida que había sido tan importante para un niño que nunca recibía amor.

–Y amor. La querías –le dijo a Shadow.

–¿La queríamos?

Ella respondió sin vacilar:

–Se te nota en la voz.

–Puede. Por entonces tenía una profunda rabia en mi interior –sacudió la cabeza–. Aquella mujer era buena con todo el mundo y ellos la violaron y la destriparon como si fuera un animal. La dejaron en el suelo como si no valiera nada.

–¿La encontraste tú?

–No me acuerdo de quién la encontró. Solo la promesa.

–¿Qué promesa?

–Que pagarían por lo que habían hecho.

El agua tibia no impidió el escalofrío que le recorrió la espina dorsal.

–¿Quién hizo esa promesa?

–Los que sobrevivimos.

–Los Ocho del Infierno –susurró ella.

Él la sacó de la bañera.

–Sí.

Fei alcanzó una toalla.

–¿Y Tia?

Shadow esperaba de pie en la bañera, descaradamente desnudo, mientras el agua resbalaba por su duro cuerpo.

–Nos encontramos a Tia en el camino hacia nuestra promesa.

–¿Fue buena con vosotros?

Shadow se rio.

–Al principio amenazó con desollarnos vivos.

–No entiendo.

–A pesar de nuestra fanfarronería, no éramos más que unos niños y no teníamos muchas armas ni comida. Los mexicanos habían devastado la zona. Nadie quería acoger a ocho chicos rabiosos y con un apetito igual de voraz.

–Excepto Tia –adivinó ella.

–Excepto Tia. Ella impidió que nos asalvajáramos.

–Os dio un hogar.

–Eso también.

–La quieres.

Shadow hizo una pausa como si admitirlo conllevara mala suerte o algo y entonces dijo:

–Sí.

Fei le alargó la toalla y dijo:

–¿Ella es una de las razones por las que no quieres volver a casa?

Él salió de la bañera y se frotó el pecho con la toalla.

–Siempre ha sido buena conmigo.

Las mismas palabras que había empleado para describir a la madre de Caine. La otra mujer a la que había querido. La que había sido asesinada. Fei tomó la otra toalla y se secó con deliberada atención.

–No fue culpa tuya lo que le ocurrió a la madre de Caine –dijo.

Él tiró la toalla sobre la silla con tanta fuerza que Fei dio un respingo. Nunca le había visto una expresión de dureza como la que tenía en ese momento y, por primera vez, Fei sintió la fuerza de su rabia.

–¿Y tú cómo demonios lo sabes?

Shadow quería hacerla retroceder, que lo dejara en paz con su rabia. Que lo dejara con la herida abierta. En vez de eso, Fei dio un paso al frente y le puso la mano en el pecho. Sintió el respingo que dio. Era una herida muy antigua para seguir estando tan fresca.

—Sé que hiciste todo lo que pudiste, marido mío. Sé que luchaste con fuerza y honor para defender a los que amabas. Pero también sé que un niño no puede detener a un ejército.

Shadow le rodeó las muñecas con los dedos.

—Y un cuerno. Podríamos haberlos advertido. Vimos las señales. Si los hubiéramos advertido...

Ella lo interrumpió resistiendo el tirón en el brazo. No le permitiría que cortara la conexión. Lo miró a la cara y desafiando su dolor y su rabia le dijo la verdad.

—Habrían muerto igualmente.

—Maldita sea...

Ella negó con la cabeza.

—No puedes controlar el mundo, marido mío. Lo bueno y lo malo ocurre a su antojo. El cómo y el cuándo escapa a tu control.

—Y un cuerno.

Tenía que aceptarlo.

—Me apartaste de ti para salvarme y en vez de eso, me enviaste a las manos de tu enemigo.

—Te envié con tus tíos.

—Intentaste obligarme a aceptar una vida que creías era la más conveniente para mí.

—Quería que estuvieras a salvo.

—Y yo quería vivir.

—Tomé una decisión.

—Sí. Y me obligaste a aceptarla. ¿Obtuviste el resultado que querías?

Él se pasó los dedos por el pelo. Le apretó la muñeca casi hasta hacerle daño. Ella no se movió. Observó cómo la rabia llevaba su frustración a cotas inimaginables.

—Solo porque no te quedaste donde debías.

—Porque no escuchaste lo que yo quería.

–¡Por el amor de Dios, Fei!

Estaba jugando con fuego. Solo contaba con su fe en el hombre que decía que no la lastimaría.

–Dios no tiene nada que ver. El daño lo hiciste tú creyendo que podías controlar todo lo que no puede ser controlado.

La estaba apretando tanto que le hacía daño.

–Puedo controlarte a ti.

Ella se miró la muñeca de un modo significativo.

–¿Igual que te estás controlando a ti mismo ahora?

Shadow dejó caer el brazo como si fuera fuego y retrocedió un paso. Se suponía que el muro que había construido entre los dos era para que Fei no lo siguiera. Pero ella lo acababa de saltar desafiando su rabia.

Fei le puso la mano en el pecho y susurró:

–Has dicho que me querías, Shadow.

–No necesitas el amor que yo te puedo dar.

–No estoy de acuerdo.

Él la agarró de la mano y le dio la vuelta a la muñeca. Le había dejado en la piel las marcas de los dedos.

–Esto es lo que soy.

Quería que saliera corriendo. Ella no retiró la mano.

–No, lo que estás haciendo en luchar contra lo que verdaderamente eres.

–¿Y quién podría ser?

Ella avanzó hasta quedar unidos.

–Un hombre que ha visto demasiadas cosas. Un hombre que ama. Un hombre que quiere proteger a los que ama de las cosas feas que ha visto.

–Mierda.

Shadow ya no trataba de huir. ¿Creía que Fei no había aprendido nada de él en el tiempo que habían estado juntos?

Subió ambas manos por su torso y susurró:

–No cambiaría esa parte de ti, marido mío. Solo cambiaría la idea que tienes de que puedes controlarlo todo, de que si corres tú todos los riesgos, nada malo le ocurrirá a los que amas.

—Lo he estado haciendo hasta ahora.

Ella negó con la cabeza.

—Todo el mundo tiene un destino. No puedes moldearlo. Solo puedes decidir hasta dónde estás dispuesto a formar parte.

—¿Eso es lo que creía tu padre?

Ella asintió. Aceptaba el dolor de su pérdida y había decido recordarlo cómo era años atrás.

—Tenía una amplia visión de las cosas, antes de que la enfermedad se lo llevara.

—Ya.

Shadow estaba empeñado en ponerle las cosas difíciles.

—Mi pueblo cree que tiene que haber un equilibrio en todas las cosas. El poder del amor es de doble sentido. No puedes ser la única fuerza.

Él se envaró.

—¿Me estás diciendo que no puedo proteger a aquellos a los que amo?

—Digo que no puedes negar a aquellos a los que amas que también ellos necesiten protegerte a ti.

—No necesito tu protección.

Fei lo empujó contra la cama. La sorpresa le dio ventaja. Siguió empujando y se subió a la cama, empujándolo de los hombros hasta que quedó tumbado en el colchón. Fue por amor a ella por lo que le permitió que ejerciera aquel poder sobre él. No era propio de la naturaleza de Shadow mostrarse vulnerable y ella lo sabía. Se puso a horcajadas sobre él y apoyó las manos en su torso.

—Dejar que te protejan no quiere decir que seas débil.

—¿Qué demonios significa entonces?

Le dieron ganas de ponerle unas esposas por encima de la cabeza. Los dragones podían ser unas criaturas realmente testarudas. En su lugar lo besó con dureza al principio hasta que la frustración fue dejando paso al deseo. El miembro de Shadow se levantó. Notaba cómo le latía el corazón en el pecho. Su leal, fuerte y apasionado corazón. Fei sintió que la ternura se abría paso en ella dejando de lado a la frustración.

—Significa que te aman —una verdad simple a la que era difícil enfrentarse.

—Mierda —dijo él.

Y con eso su rabia desapareció. Y con la misma rapidez estaba tendida de espaldas con su marido encima mirándola con la combinación de frustración y amor que había sentido ella un momento antes. Y tal como le había sucedido a ella, vio cómo el amor vencía, suavizándole la boca, la expresión.

—¿Qué quieres de mí, Fei?

Era una pregunta, no una exigencia. Un regalo para ella. Fei le enmarcó el rostro con las manos. Era un hombre fuerte. Un hombre generoso. Su hombre. Le acarició los labios tal como él hacía con ella. Él entornó los ojos y su miembro palpitó. A él también le gustaba.

—Quiero que me prometas que intentarás dejar que el amor fluya en las dos direcciones para sobrevivir.

—No pides demasiado.

—Solo te pido que lo intentes.

Él entornó los ojos y descendió con la mirada hasta sus pechos. Fei sintió un hormigueo. Un vistazo reveló su deseo en forma de los pezones duros.

—¿Algo más? —preguntó Shadow, arrastrando las palabras.

—Sí —Fei arqueó la espalda y le clavó las uñas en la nuca, oyendo con una sonrisa cómo se le entrecortaba la respiración.

Le encantaba poder proporcionarle tanto placer.

—Cuando me lo prometas, quiero que me hagas el amor.

La cama cedió cuando Shadow cambió de posición y se colocó de lado junto a ella. Le agarró el pecho haciendo cuenco con la mano y apretó ligeramente. Fei sintió un escalofrío en un perezoso preludio del fuego que con tanta facilidad despertaba en ella.

—Eso puedo hacerlo.

Fei deslizó la mano entre su pezón y la boca de él y le preguntó:

—¿Me lo prometes?

—Sí. Maldita sea. Lo intentaré —le apartó la mano y gimiendo contra su pecho añadió—: Y ahora ven aquí.

Ella fue, como haría siempre. Con amor.

No llamaron a la puerta. Se colaron en la habitación como fantasmas en la calma previa al amanecer. Tres, cuatro tal vez. Intrusos. Shadow empujó a Fei a un lado y buscó el cuchillo bajo la almohada.

Una mano le sujetó el brazo contra la cama.

—Que te lo has creído.

Conocía aquella voz.

—¿Tucker? ¿Qué demonios es esto?

—No vas a necesitarlo.

Le apretó la muñeca hasta que abrió la mano. Se oyó el ruido de cristal y alguien encender un fósforo para encender la lámpara. El olor a queroseno impregnó el aire y una luz cálida iluminó la habitación. Tucker tenía una lóbrega expresión en el rostro cuando le quitó el cuchillo.

—¿Qué ocurre?

—¿Shadow? —preguntó Fei, apretándose tímidamente contra su espalda al tiempo que se cubría con la colcha hasta los hombros—. ¿Qué ocurre?

—No tengo ni idea.

—No tienes nada que temer —dijo Zach, levantándose el sombrero—. Solo hemos venido a resolver un asunto.

Tucker se puso a un lado de la cama. Sam les lanzó dos trozos de cuerda.

—La cuestión es si vendrás voluntariamente o vamos a tener que emplear la fuerza.

Shadow miró a su hermano. Tracker estaba de pie en la puerta con los brazos cruzados, observando. Sin decir una palabra. A su lado estaban Sam y Zach también de pie.

–¿Puedo ponerme los pantalones al menos?

Caine los recogió del suelo y se los tiró al regazo. Shadow le dio las gracias con sequedad y se los puso sentado en la cama.

–¿Qué es lo que hay que resolver?

Fei se echó hacia atrás en la cama. Shadow notó a su espalda que las sábanas se arrugaban y la suavidad de su piel. Fei le tocó el hombro con suavidad. De un modo calmante. En contraste directo con la tensión que emanaba de los demás.

–¿Adónde iréis? –preguntó Caine.

–Había pensado en llevar a Fei a San Francisco.

–No –dijo esta ahogando un grito.

–A ver a tu familia –le dijo él por encima del hombro–. No a que te quedes con ellos.

–Os dije que saldría corriendo –comentó Zach.

–Hacer una visita no es salir corriendo –le espetó Shadow.

–Yo no quiero visitarlos –dijo Fei.

–Tu familia es importante.

Fei retrocedió aún más.

–Igual que la tuya –estaba tan decidida como Tracker a juzgar por su expresión.

–Ya está harto de huir –dijo Tracker con eso tono bajo que no admitía discusión.

–¿Lo has olvidado? Soy un hombre buscado.

–Razón de más para venir a casa.

«Casa». La palabra quedó flotando entre ellos. Tentadora. Prohibida.

–Sabes que es imposible. No puedo poner en peligro…

Fei le besó el hombro y le tapó la boca con una mano, sorprendiéndolo. Shadow notó que Fei negaba con la cabeza por como se movían sus labios sobre su piel.

—No puede evitarlo –le dijo a Caine por encima del hombro de Shadow–. No es que no os quiera. Es que un dragón no puede cambiar lo que es.

Él liberó su boca de un tiró. Y agarrándole la mano antes de que pudiera retirarla, la besó en el dorso.

—Puedo ocuparme yo solo de esto.

—Yo solo…

—Lo que eres es un miembro de los Ocho del Infierno –terció Caine.

Sam y Zach asintieron.

—Nunca dije que no lo fuera.

—Pues nadie lo diría por tu forma de actuar –gruñó Tracker.

Fei le clavó las uñas en el hombro.

«El poder del amor es de doble sentido. No puedes ser la única fuerza».

Sentado allí mirando a los hombres que eran sus hermanos en la batalla y en la vida, comenzó a comprender la importancia de aquellas palabras. Si fuera a Tracker a quien persiguiera la justicia, y tuviera la seguridad del complejo de los Ocho del Infierno como refugio, Shadow lo querría a su lado. Donde pudiera protegerlo mejor.

«Dejar que te protejan no quiere decir que seas débil. Significa que te aman».

Mierda. ¿Cómo no lo había comprendido antes?

—El lugar de Shadow está con los Ocho del Infierno.

—El gobierno no lo verá del mismo modo –señaló él.

Caine sonrió de aquella manera fría y desafiante que era un grito de guerra en sí misma.

—Y si el ejército tiene algún problema, que vengan a discutirlo –tocó la culata del revólver–. Cuando quiera.

Tucker y Zach dejaron caer la mano sobre sus cuchillos. Sam ladeó su rifle.

—Cuando quiera.

—¿Algo que discutir? –preguntó Tracker, buscando la mirada de Shadow.

Bastantes cosas, pero no aceptarían sus razones.

–Si me acogéis, será como declararle la guerra a Estados Unidos –señaló tratando de apelar a la lógica.

Sam sacó el diario del coronel Daniels del bolsillo.

–Pues yo lo veo como un desacuerdo con un coronel que se ha llevado demasiadas heridas de guerra.

–¿De verdad crees que los convencerás con eso? –preguntó Shadow.

–Mierda –Tucker le devolvió a Shadow el cuchillo–. Sam sería capaz de vender astillas para el fuego a alguien que va a incendiar un bosque.

–Y el gobierno nos necesita más de lo que te necesita a ti muerto –añadió Caine.

Aquello sí era cierto. Y con la llegada de cada vez más pioneros que causaban problemas a los indios y las tensiones que se estaban produciendo en los estados sureños, el gobierno necesitaba toda la ayuda que pudiera conseguir en el Oeste.

–Los Ocho del Infierno son un amigo poderoso en estos momentos –añadió Tucker–. Y si conseguimos volver dentro de unos meses y recuperar parte del oro del depósito de Fei, rellenaríamos el caldero.

–Sí –convino Fei–. Debería emplearse para un nuevo comienzo –le rodeó el cuerpo con el brazo y, sujetándose la sábana contra el pecho, dijo–: Tu familia te quiere en casa, marido mío.

Shadow miró a los hombres. Hombres con los que había crecido. Luchado. Sobrevivido. Hombres grandes llenos de cicatrices por dentro y por fuera de las batallas que habían librado. Hombres que irían al infierno por aquellos a los que amaban. Hombres que habían conocido lo peor y nunca habían esperado nada bueno. Su vínculo se había forjado en su juventud entre dolor y sangre. Un año y medio atrás, él había tomado la decisión de sacrificarse por dos de aquellos hombres. Había tomado la decisión él solo. Sin consultárselo a nadie. Lo había hecho porque le había parecido que era lo correcto y porque no había visto futuro para él. Lo volvería a hacer sin pensar. Pero si tuviera que volver a hacerlo, no se iría sin decir nada. No dejaría a su familia con esa preocupación.

Introdujo los dedos en el pelo de Fei y después le acarició la boca con el pulgar.

—Ya lo veo.

Un año y medio atrás no había pensado que el amor estuviera hecho para él, y menos aún hubiera podido comprender lo que una sonrisa podría significar para él, pero ahora tenía a Fei que le besaba el pulgar y se acurrucaba contra su cuerpo en el lugar que le correspondía, junto a su corazón. Ahora era un hombre amado, por una mujer tan salvaje y temeraria a su manera como él lo era a la suya. Recordó el momento en que el túnel se le estaba cayendo encima, cuando pensó que era el fin, y ella lo agarró por el tobillo cuando él creía que ya estaba sana y salva en el exterior. El terror que le produjo saber que seguía allí dentro. La esperanza. El amor. Todo se le había caído encima en un segundo de cegadora toma de conciencia, derrumbando el muro que había construido entre el mundo y él. Le había dejado la sensación de que no tenía el control de las cosas. Se había asustado. Vaya que sí.

«Todo el mundo tiene un destino».

Aceptarlo le iba a llevar toda una vida, pero había hecho a Fei una promesa y tenía que empezar por alguna parte.

—¿Entonces qué vas a hacer? —preguntó Tracker con una expresión ilegible en el rostro que dejaba a la vista lo importante que la respuesta era para él.

Estrechando a Fei entre sus brazos al tiempo que sostenía la mirada de su hermano, Shadow se liberó de la respuesta que antes le salía por instinto. Fei tenía razón en lo del destino. Independientemente de su futuro, él era uno de los Ocho del Infierno. Así había vivido hasta ahora y así moriría. Se levantó. Fei retrocedió en la cama, clavándole la mirada en la espalda mientras él se subía los pantalones.

–¿Y bien? –instó Sam.

–¿Shadow? –susurró Fei.

Él se volvió ante la duda que percibió en su tono y le acarició la mejilla con el dorso de los dedos. Vio la duda también en sus ojos.

–¿Te gustaría ver mi hogar, cariño?

La sonrisa de Fei tembló un poco y Shadow comprendió lo mucho que había temido que volviera a rechazarla. Iba a tener que arreglar algunas cosas. Menos mal que tenía toda una vida para hacerlo. ¿Desde cuándo se paraba a considerar las cosas en esos términos?

–Mucho.

Le acarició la boca con el pulgar y presionó un poco.

–Bien, porque quiero que también sea tuyo.

Fei contuvo la respiración y seguidamente una sonrisa lo iluminó con una inmensa sonrisa.

–Eso me haría muy feliz.

Sabía exactamente donde construiría su hogar. En aquel punto situado justo por encima de la vivienda principal. Siempre le había parecido que desde allí se podía ver el mundo. Su mundo. El que quería compartir con Fei.

–Podríamos casarnos en el jardín.

Ella contuvo la respiración de nuevo.

–Ya estamos casados.

Él negó con la cabeza.

–Quiero una ceremonia que sepa que es totalmente legal –se inclinó y la besó en la boca porque no pudo evitarlo y le susurró–: Y esta vez quiero oírte pronunciar los votos con la misma suavidad que pronuncias mi nombre después de hacer el amor y guardarlos en el recuerdo.

Fei se sonrojó violentamente, pero su Fei no era mujer que huyera de sus sueños, y por alguna razón que escapaba a su entendimiento, pero que siempre agradecería, había decidido que él era suyo.

–Oh, sí. A mí también me gustaría tener ese recuerdo.

Si su familia no estuviera allí, Shadow la tumbaría sobre

la cama y le haría dulcemente el amor. De la manera que siempre planeaba hacérselo, pero que luego nunca lograba llevar a cabo. Tal vez en su noche de bodas. Por el momento solo tenía palabras.

—Maldita sea, te quiero.

Lo dijo con más brusquedad de la que había pretendido. Fei seguía mirándolo como si le hubiera entregado el oro más puro. Tal vez lo entendiera de verdad.

—Yo también te quiero.

Dibujó con los labios las palabras «mi dragón» de forma que solo él pudiera verlo. Y entonces le tocó el turno de sonreír a él. Estaba claro que lo que Fei veía en él era bueno.

—Supongo que eso significa que no vamos a necesitar las esposas —terció Tucker.

—Ni las cadenas —añadió Zach.

¿Esposas y cadenas? Shadow se volvió hacia ellos.

—Carajo. ¿Qué teníais en mente hacerme si hubiera dicho que no?

Fue Tucker quien respondió.

—Lo que hubiera hecho falta.

—Mierda —Shadow se lo creía. Miró a Caine en busca de confirmación.

Caine se limitó a encogerse de hombros.

—Has estado fuera mucho tiempo.

—Nuestra casa no es lo mismo sin ti y tu manera de revolucionarlo todo —añadió Sam.

Fei se cubrió con la sábana y se puso junto a él, recordándole con solo tocarlo aquello que era verdaderamente importante. Su Fei. Su destino. La estrechó contra sí y miró a Tracker. Su hermano asintió.

—Es la hora.

Sí que lo era. Hora de dejar que descansar el pasado. Hora de avanzar en una nueva dirección.

—Vamos a casa.